光文社古典新訳文庫

ピノッキオの冒険

カルロ・コッローディ

大岡玲訳

光文社

Title : LE AVVENTURE DI PINOCCHIO
1883
Author : Carlo Collodi

目次

ピノッキオの冒険

第一章

大工のサクランボ親方が、子供のように泣いたり笑ったりする棒っきれと、どんなふうに出会ったか、その一部始終《いちぶしじゅう》。

昔々、あるところに……

「王様だ！」小さい読者のみんなは、すぐにそう言うだろうね。

諸君、そうではないんだ。むかし、あるところに一本の棒っきれがあった。

べつに立派な棒ではない。ただの薪ざっぽうで、冬のあいだストーブや暖炉《だんろ》にくべて、部屋をあたためる時に使うやつだ。

どうしてそんなことになったのかわからないが、とにかくある日、この棒っきれは、ある年寄りの大工の工房になんとなくころがっていた。その大工には、アントーニオ親方という立派な名前があったが、みんなは彼をサクランボ親方と呼んでいた。なぜかというと、親方の鼻のあたまが、よく熟したサクランボみたいに、いつもツヤツヤ光って真っ赤だったから。

サクランボ親方は、薪ざっぽうを見つけると、大よろこび。満足そうに手をこすりあわせながら、低い声で呟いた。

「うまい具合に、いい棒っきれが見つかったもんだ。こいつでテーブルの脚をこしらえてやろう」

そしてすぐさま、皮を剝《は》いで粗《あら》くけずろうと、よくといだ手斧《ちょうな》をとりあげた。ところが、最初のひとけずりをやろうと手斧をかまえたとたん、親方の腕は空中で凍りついたようにとまってしまった。

「あんまりひどくぶたないで！」かぼそい、かぼそい声が、懇願するようにそう言ったのだ。

お人よしのサクランボ親方は、びっくり仰天。

どこからそんな声が聞こえてきたのかと、目をきょろきょろさせながら、部屋の中をぐるりと見まわした。だが、だれもいない。仕事台の下をのぞいても、だれもいない。いつも閉めてある洋服だんすの中を見ても、かんなくずやおがくずが詰まった籠《かご》をたしかめても、だれもいない。工房の出入口を開けて外の通りを見たけれど、やっぱりだれもいないのだ。ということは……

「そうか」親方は笑って、かつらをのせた頭をかきながら言った。「ただのそら耳だったんだ。さあ、仕事仕事」

で、再び手斧をとりあげて、力いっぱいうちおろした。

「痛いッ！　ひどいよ、ひどいよ！」さっきのかぼそい声が、泣きながら叫んだ。

今度こそ、サクランボ親方はセメントでかためられたみたいになった。あんまりおそろしくて、目玉は飛びだすし、口はあんぐり開いたまま閉まらないし、舌なんかあごのところまでたれさがっている。噴水によくある、水を吐きだす魔物の顔にそっくりだ。

ようやく口がきけるようになると、おそろしさにふるえ、口ごもりながらも、ブツブツ喋りだした。

「『痛い』なんて言うあの声は、いったい全体どこからでてきたんだ？　……ここには、生きものなんかいやしないんだぞ。ひょっとすると、この棒っきれのヤツ、子供みたいに泣いたり文句言ったりできるのかもしらんな。いや、そんなことはとても考えられん。ほら、ちゃんとこのとおり、ただの棒っきれ、薪ざっぽうだ。火にくべて豆を煮るのにもってこいじゃないか。……てことは、だれかこの中に隠れているんか？　もしそうなら、お気の毒さま。今から、たっぷりいい目を見せてやるからな！」

こう言いながら、彼は哀れな棒っきれを両手でにぎりしめ、情け容赦なく部屋の壁に、ガンガン叩きつけはじめた。

それから、さっきの泣き声が聞こえるかどうか、じっと耳をすませた。二分待った。なんにも聞こえない。五分。まったく、なにも。十分。ぜんぜん、まるっきり！

「わかったぞ」親方は、ひきつり笑いを浮かべ、かつらをくしゃくしゃにかきまわして言った。「『痛い』なんていうアレは、やっぱりそら耳だったんだ。さて、仕事に戻るとするか」

それでも、もうすっかりこわくなってしまっている親方は、小声でひくく鼻うたを歌って元気をだそうとした。

歌いながら、彼は手斧をわきにおいて、かんなをとりあげた。棒っきれの表側をすべすべにしようと思ったのだ。ところが、上から下へかんなをかけていると、さっきの声が笑いながら、こんなことを言いだした。

「やめてよ！　ぼくのからだから皮を剝いだりして、くすぐったいじゃないか！」

かわいそうに、サクランボ親方は、とうとう雷にうたれたみたいに、その場にひっくり返ってしまった。気がついて目を開けた時には、床に坐りこんでいた。

人相《にんそう》も、ひどい変わりようだ。いつもは真っ赤な鼻の先が、激しい恐怖のせいで真っ青に変わっていた。

第二章

サクランボ親方は、棒っきれを友だちのジェッペットさんにプレゼントする。ジェッペットさんは、それを持ち帰り、ダンスしたり、フェンシングをしたり、とんぼ返りをしたりする、不思議なあやつり人形を作ろうとする。

その時、戸をたたく音がした。

「どうぞ、お入んなさい」大工の親方は、立ちあがる気力もないまま、言った。

すると、すごく元気のいい小柄な老人が、工房に入ってきた。彼の名は、ジェッペット。だが、近所の子供たちは、ポレンディーナ、つまり《トウモロコシがゆ》というアダ名で呼んで、彼をカンカンに怒らせてよろこぶ。というのも、ジェッペットさんのかつらは黄色くて、トウモロコシの粥《かゆ》の色にそっくりだからだ。

しかも、ジェッペットさんはとてつもなく短気で、《トウモロコシがゆ》なんて呼ばれようものなら！　たちまち猛獣みたいに荒れくるい、だれも手をつけられなくなってしまうのだった。

「こんちは、アントーニオ親方」ジェッペットさんはあいさつした。「地べたに坐りこんで、いったいなにをしとるんだね」

「アリンコに、算数を教えてるのさ」

「そりゃあまた、ご精がでるこったねえ」

「で、ジェッペットさんよ、あんたの方はどういう風のふきまわしで、わしんとこへやってきたんだい？」

「なに、足が勝手にわしを運んできちまったのさ……てのは冗談で、あんたにたのみがあるんだよ」

「いいとも、なんなりと言ってくれ」大工は、ひざをついて立ちあがりながら、そう返事をした。

「実は今朝《けさ》、いい考えがわしの脳みそにぽっかり浮かんでな」

「どんな考えなんだね？」

「木彫りのあやつり人形を作ってみようと思うんだよ。それもただの人形じゃない、踊ったり、フェンシングをしたり、とんぼ返りをしたりするヤツなんだ。そいつと一緒に、わしは旅にでる。そうすれば、パンのひときれ、ワインの一杯くらいには、ありつけようもんじゃないか。この案、あんたはどう思うね？」

「いいぞ！　トウモロコシがゆ！」どこから聞こえてくるのかわからない、さっきのあの小さな声が叫んだ。

大嫌いなアダ名で呼ばれたジェッペットさんは、カッとなってみるみるトウガラシみたいに真っ赤になった。そして、大工の親方の方をむくと、怒りくるって言った。

「あんた、わしにケンカを売るつもりか？」

「だれがケンカを売るって？」

「トウモロコシがゆって言ったじゃないか！」

「そんなこと言ったおぼえはない」

「じゃ、わしが自分で言ったとでもいうんかね！　あんた以外にだれが言う！」

「言ってない！」

「言った！」

「言ってない！」

「言った！」

どんどん興奮したふたりのあらそいは、とうとう口ゲンカから、ほんもののケンカになってしまった。つかみあい、ひっかきあい、かみつきあい、もみくちゃの大騒動。やっとおさまった時には、アントーニオ親方の手にはジェッペットさんの黄色いかつらがにぎられ、ジェッペットさんの口には、親方の白髪《しらが》混じりのかつらがくわえられていた。

「わしのかつらを、返せ！」アントーニオ親方が吠えた。

「あんたもわしのを返してくれ。それで、仲なおりにしようじゃないか」

ふたりの小柄な老人は、それぞれのかつらを取り戻すと、握手をして、これからは一生仲良くやっていこう、と誓いあった。

「ところで、ジェッペットさんよ」と、大工は仲なおりのしるしを見せようと、きりだした。「わしに頼みたいことがあるって、いったいなんなんだね」

「あやつり人形を作るために、すこしばかり木が欲しいんだが、もらえるかね？」

アントーニオ親方は、すっかり上機嫌になった。そして、すぐさま仕事台の上から、彼をさんざんこわがらせた、例のあの棒っきれを持ってきた。ところが、それをジェッペットさんに手わたそうとした瞬間、棒っきれははげしく身をよじったかと思うと、大工の手からすべり落ち、哀れなジェッペットさんの痩せこけたむこうずねを、思いきりひっぱたいたのだ。

「痛いッ！　アントーニオ親方、あんたは、こういうステキな礼儀作法で人に物をあげるくせがあるんかね。あやうく足を折るところだったぞ！」

「誓って言うが、わしがやったんじゃない」

「じゃ、わしが自分でやったって言いたいのか！」

「悪いのは、この棒っきれなんだ」

「そんなことは、わかってる。だが、そいつでわしの足をひっぱたいたのは、あんたじゃないか！」

「わしは、ひっぱたいてない！」

「このウソつき！」

「ジェッペット、あんまりわしを怒らせるなよ。さもないと、いいか、あんたをトウモロコシがゆって呼んでやる！」

「底なしのマヌケめ!」

「トウモロコシがゆ!」

「アホウ!」

「トウモロコシがゆ!」

「たわけザル!」

「トウモロコシがゆ!」

三回も《トウモロコシがゆ》呼ばわりされたジェッペットさんは、目がくらむほど腹をたて、大工の親方に飛びかかった。そして、その場でたっぷりなぐりあった。

戦いが終わると、アントーニオ親方の鼻のあたまには、ひっかき傷がふたつ。そして、ジェッペットさんの上着のボタンが、ふたつなくなっていた。ふたつ同士で、おあいこという勘定《かんじょう》。ということで、握手がかわされ、これからは一生仲良くしていこう、と誓いあったのだった。

こうしてジェッペットさんは、彼のものになったステキな棒っきれをかかえると、アントーニオ親方に礼を言い、足をひきずり、わが家へもどった。

第三章

ジェッペットさんは、家に帰るとすぐ、人形をこしらえはじめ、ピノッキオと名付けることにする。あやつり人形の、最初のいたずらの話。

ジェッペットさんの住まいは、建物の一階にある小部屋だった。建物の外壁には二階にあがる階段があり、その階段の下の陰になっているところに開いている窓からしか、光は入ってこない。家具も、ひどく質素なものばかり。粗末な椅子に、安物のベッド、今にもこわれそうなテーブルだけだ。部屋の奥の壁には、火があかあかと燃えている小さな暖炉《だんろ》がある。しかし、火は絵の具で描いたニセモノだし、火の上でぐつぐつ煮えている鍋も絵だった。鍋からは湯気がでていたが、まるでほんものみたいに描かれていた。

部屋に入ると、ジェッペットさんはさっそく道具を取りだして、棒っきれをけずり、あやつり人形作りに精をだしはじめた。

「こいつの名前は、どうするかな」と、彼は独《ひと》り言《ごと》を言った。「そうだ、ピノッキオと呼ぼう。運がむいてくる名だからな。家中《じゅう》みんなが、ピノッキオって名前の家族があったっけ。おやじがピノッキオ、おふくろはピノッキア、子供たちまでみんなピノッキオ。それで、みんなつつがなく過ごしていたよ。中でいちばん金持ちのやつは、人様に物を恵んでもらって暮らしてた……」

名前が決まると、彼はまたせっせと仕事にはげんだ。すぐに髪が仕上がり、おでこ、目玉と進んでいく。

目玉ができあがったとたん、奇妙なことが起きてジェッペットさんはびっくりした。作った目玉がキョロリと動いて、こっちをまじまじと見つめたのだ。

目玉にじっと見られているせいで、彼はだんだん気分が悪くなってきた。それで、いらいらした声をだした。

「おい、木の目玉め、なんだってそうわしを見るんだ？」

返事はない。

目玉の次には、鼻ができた。が、できるとすぐ、鼻はどんどん伸びはじめた。伸びて伸びて伸びて、あっというまに途方もない長さになって止まる気配もない。哀れなジェッペットさんは、鼻をもとどおりにしようと奮闘《ふんとう》する。でも、鼻は短く切れば切るほど、しょうこりもなくまた伸びてしまうのだ。

鼻に続いて口にとりかかる。

ところが、まだすっかりできあがらないうちから、もう、その口は笑って、ジェッペットさんをからかいはじめた。

「笑うのは、よせ！」ジェッペットさんは、むかっ腹《ぱら》をたてて言った。しかし、壁にむかってものを言うみたいなもので、まるで効果はない。

「いいか、笑うのはよせ、と言っとるんだ！」今度は、おどすようなうなり声をだす。

すると、口は笑うのはやめて、舌をペロリとだした。

彼は、仕事が台なしになってはいけないと、それを無視して作業を続けた。口のあとは、あご、それから首、肩、胴体、腕と手。

やれやれ手ができあがったと思った瞬間、頭からかつらがむしりとられる感触。上を見ると、なんと、黄色いかつらは人形の手ににぎられているではないか。

「ピノッキオ、わしのかつらを今すぐ返せ！」

が、ピノッキオは、返すかわりに、かつらを自分の頭にすっぽりかぶって、あやうく息ができなくなりかけるありさま。

こんな失礼な、人を小バカにしたふるまいをされ、ジェッペットさんは、すっかり悲しくなった。こんな気分になるのは、生まれてはじめてだった。彼は、ピノッキオにむかって言った。

「この悪たれ小僧め！　すっかりできあがってもいないくせに、もう父親をバカにしおって。ほんとに悪いやつだ。このならず者め」

言いながら、彼は涙をぬぐった。

あとは両足ができれば、完成だった。

ところが、ジェッペットさんがその足を作りおえると、いきなり鼻のてっぺんを蹴《け》とばされた。

「そうくると思ったよ」と、彼は自分に言いきかせるように呟いた。「こんなことは、最初っから考えておかなきゃいけなかったんだ。だが、もう、あとの祭りさ」

それから、あやつり人形をかかえると、歩かせてみようと部屋の床に立たせた。

はじめのうち、ピノッキオは足がうまく使えず、動かすことができなかった。そこで、ジェッペットさんは、ピノッキオの手をとって、一歩また一歩という具合に歩き方を教えてやった。

足が自由に動かせるようになると、ピノッキオは自分で歩きだし、すぐに部屋の中をかけまわった。しまいには、家の玄関を通って、外の道に飛びだした。そして、さっさと逃げていく。

気の毒にジェッペットさんは、必死で追いかけるが、とうてい追いつかない。なにしろ相手は、野ウサギみたいにぴょんぴょんはねていくのだ。おまけに、石だたみの道をバタバタ逃げるものだから、そのやかましいことといったら、まるで二十足分の木靴がいっせいに走っているよう。

「そいつをつかまえて！ つかまえて！」ジェッペットさんは叫ぶ。けれども、通りかかった人たちは、競馬馬みたいにすっ飛んでいく木の人形を、立ちどまってはあっけにとられて眺めるばかり。あげくの果ては、おかしさのあまり笑って笑って笑いころげるだけだった。

ようやく、運のいいことに、警官がやってきた。彼は、この大騒ぎを見て、飼い主の手をふりきった仔馬《こ》かなにかがあばれているんだな、と思った。そして、これ以上騒ぎが大きくなってケガ人がでたりしないうちに取り押さえてやろうと、勇敢にも道の真ん中に、足をふんばって立ちはだかった。

ピノッキオは、遠くから道に立ちふさがっている警官の姿を見つけた。一計《いっけい》を案じ、ふんばっている股《また》のあいだをくぐり抜けたら、さぞや相手はびっくりするだろう。その隙に……と考え、やってみた。しかし、みごとに失敗。

警官はびくともせず、ピノッキオの鼻を苦もなくひっつかんだ（ピノッキオの鼻ときたら、警官につかまえてくれと言わんばかりに長く伸びていたのだ）。そして、ジェッペットさんにひきわたした。彼はこらしめるために、すぐさま耳をひっぱろうとした。ところが、ひっぱろうとするその耳が、どこをさがしても見つからないではないか。どうしてかというと……なんと、あんまり急いでピノッキオを彫りあげたせいで、耳のまわりの部分をうっかりつけ忘れたのだった。

しかたなく、ジェッペットさんは首ねっこをつかんだ。そして、ピノッキオを家に連れもどしながら、おどかすように頭をふって宣言した。

「さ、ウチに帰るんだ。帰ったら、まちがいなくこの報いを受けてもらうからな！」

ピノッキオは、このほのめかしを聞くや、地面にはりついて一歩も動こうとしない。そのうちに、やじ馬やヒマ人がまわりに集まってきて、人垣ができた。

ひとりが何か言えば、別の者がちがうことを喋り、ああだこうだと、てんでに勝手なことを口にする。

「かわいそうにな、あのあやつり人形」と、だれかが言う。「帰りたくないってのも道理さ。ジェッペットのおやじ、どんなにひどくぶん殴るか、わかったもんじゃないからな」

別の者が、意地悪くつけくわえた。

「ジェッペットなんて、いい人間みたいに思われているけど、とんだ猫っかぶりで、一皮むけば子供をいじめぬくヤツなのさ。もしも、このままかわいそうな人形をあいつに連れていかせたら、きっとこなごなにくだいちまうことだろうぜ」

結局、みんながワイワイあらぬ非難をなげかけたせいで、警官はピノッキオを自由にしてやり、かわりに哀れなジェッペットさんを牢屋《ろうや》にほうり込むことにしたのだ。ジェッペットさんは、あまりのことに、弁解の言葉さえ見つからず、まるで仔牛みたいにポロポロ涙をこぼした。そして、牢屋にむかう途中、すすり泣きながら呟いた。

「ひどい息子もあったもんだ。わしがあんなにも努力して、できのいいあやつり人形にしてやろうとがんばったのに、まったく結構な破目《はめ》になったもんだ。だが、こうなることははじめから考えとかなけりゃいけなかったんだ」

そして、このあと起こった出来事は、ほとんど信じがたいお話なのだが、それはこれからじっくり述べることにしよう。

第四章

ピノッキオと、お話しするコオロギの話。いたずら小僧というものは、自分より物事がわかっている相手に説教されるのが、なにより大嫌いだ、ということ。

さて、哀れなジェッペットさんが、罪もないのに牢屋に入れられてしまってからのことだ。警官のおそろしい手から逃《のが》れた、いたずら小僧のピノッキオは、早く家に帰りたい一心で、野原を突っ切って駆けだした。それはもう大急ぎで、高い土手だろうが、いばらの垣根だろうが、水がいっぱいたまっている堀だろうが、なんでもかんでも飛び越えていく。猟師に追いかけられている仔ヤギか仔ウサギでなければ、とてもこんな走り方はできないだろう。

そうやって家の前にたどりつくと、道に面した扉が、すこしだけ開いていた。ピノッキオは、それを押し開け、中に入った。そして、すぐさましっかりかんぬきをかけると、ぺったり床に坐りこんで、安心したように大きなため息をついた。

だが、その平安もつかのま、部屋のどこかでだれかがこんな音をたてたのだ。

「クリッ、クリッ、クリッ」

「だれだ、ぼくを呼ぶのは？」ピノッキオは、ふるえあがって言った。

「わたしさ」

ピノッキオがふりむくと、まるまる太ったコオロギが目に入った。ゆっくりゆっくり、壁を這《は》い登っている。

「なんだ、コオロギか。お前は誰なんだ？」

「わたしは、お話しするコオロギだよ。もう百年以上、この部屋に住んでるのさ」

「でも、今日から、ここはぼくの部屋なんだ」と、あやつり人形は言い放った。「ぼくをいい気分のままにしておきたいなら、さっさと出ていくんだな。ふり返ったりせずにね」

「出てってもいいが」と、コオロギは答えた。「その前に、お前さんに物事の大切な道理を教えてやらにゃならんのさ」

「とっとと言えよ」

「親にさからって、勝手気ままに家を飛びだしたりする子は、気をつけた方がいい。そんな子供は、決してしあわせにはなれないんだから。遅かれ早かれ、苦い後悔を味わうことになる」

「ふん、コオロギ野郎め、勝手なことを好きなだけほざいてろ。ぼくは、明日、夜が明けたらすぐに、ここから出ていくつもりさ。だって、いつまでもここでグズグズしてたら、ほかの子供たちとおんなじ目に遭《あ》わされるからね。学校に行かされ、甘いことを言われたりおどされたりしながら、むりやり勉強させられるんだ。はっきり言って、ぼくは勉強なんてだいっ嫌いなのさ。チョウを追いかけて走りまわったり、木登りして鳥の巣からヒナをとってきたりする方が、ずっと楽しいからね」

「かわいそうに、お前はバカなんだね。そんなことをしていたら、いずれ折り紙つきの大バカのロバになって、みんなの笑い者になれるだろうよ」

「だまれ！　このくそったれのでぶコオロギ！」と、ピノッキオは叫んだ。

しかし、がまん強く考えぶかいコオロギは、相手の失礼な言い草にも腹をたてず、同じおだやかな声でさとし続けた。

「学校が好きじゃないなら、なにか手に職をつければいいだろうに。そうすれば、パンのひときれくらいにはちゃんとありつける」

「じゃあ教えてやるよ」と、だんだん頭に血がのぼってきたピノッキオが答えた。「この世でたったひとつ、ぼくのお気に入りの仕事がある」

「それはなんだね？」

「食べて、飲んで、寝て、遊びほうけて、朝から晩までのらくら過ごす生活さ」

「お前さんのやり方にしたがって」と、決して変わらない静かな口調でコオロギは言った。「そういう仕事にはげんだら、末はまちがいなく救貧病院か牢屋行きだろうね」

「気をつけてモノを言え、このくそったれのでぶコオロギ！　……ぼくをあんまり怒らすと、ひどい目に遭うぞ」

「哀れなピノッキオ！　お前さんが不憫《ふびん》でならないよ」

「どうして不憫なんだ」

「なぜかって？　そりゃ、お前さんが木の人形で、おまけに脳みそまで木でできてるからだよ」

この最後の言葉を聞くと、ピノッキオはカンカンになって跳《と》びあがり、台の上にあった木槌を取って、お話しするコオロギに投げつけた。たぶん、ピノッキオだって、本気でぶつけるつもりはなかったはずだ。だが、まずいことに、木槌はコオロギの頭にまともに当たってしまった。気の毒にコオロギは、クリッ、クリッ、クリッとかすかに息もたえだえに鳴くと、壁にはりついたまま死んでしまった。

第五章

ピノッキオはおなかが空き、卵を見つけてオムレツを作ろうとする。だが、卵を割ったとたん、オムレツのもとは窓から逃げていってしまう。

やがて夜になった。ピノッキオは、何も食べていないことに気づいた。すると胃ぶくろが、仔イヌのようにきゅーんきゅーんと鳴いて、シクシク痛んだ。

子供の食欲が変化するスピードといったらすごいもので、実際二、三分もすると食欲は飢えに変わった。そしてその飢えは、まばたきするまにガツガツしたオオカミみたいに、あるいはナイフで切り裂くみたいにはげしくなる。

ピノッキオは、暖炉《だんろ》にすっ飛んでいった。ぐつぐつ煮えている鍋のふたを取って、中になにが入っているのかたしかめようとした。だが、鍋は、壁に描かれた絵だった。

ガックリ！　それでなくても長い彼の鼻は、匂いを求めて十センチは伸びた。

それからは、必死の家《や》さがし。部屋中《じゅう》を走りまわり、全部の棚、食べ物が入っていそうな場所すべてをさがした。パンのひとかけら、いや、コチコチに乾いたパンでもいい、パンの皮だってかまわない、イヌがしゃぶった骨の残り、かびの生《は》えたトウモロコシ粥《がゆ》、魚の骨、サクランボの種、なんでもいい、とにかく口に入れて噛めるものならなんだってよかった。ところが、なんにも見つからない。さっぱりきれいに、すっからかん。

こうしているうちにも、空腹はどんどんはげしくなる。かわいそうなピノッキオは、あくびをしてしのぐほかなくなってしまった。そのあくびはひどく大きくて、何度か口が耳の穴まで裂けそうになったくらいだった。あくびのあとは、つばを吐いてみた。すると、胃ぶくろが、あやうく口から飛びだしそうになった。

とうとう彼は絶望しきって、泣きだしてしまった。

「お話しするコオロギが言った通りになっちゃった。おとうさんの言うことも聞かず家を飛びだしたりしちゃ、いけなかったんだ……おとうさんさえここにいてくれたら、ぼくはあくびで死にかけたりしなくてすんだのに。ああ、おなかが空くって、ほんとにおそろしい病気だよ」

そのとき、ごみの山の上に、なにか丸くて白いものが見えたような気がした。鶏《にわとり》の卵そっくりだ。ピノッキオは躍《おど》りあがって、パッと、それに飛びついた。正真正銘《しょうしんしょうめい》の卵だった。

あやつり人形のよろこびをきちんと描写するのは、作者の筆にあまるので、読者諸君がよろしく想像してくれたまえ。とにかく、夢ではないかと、ピノッキオは卵を両手でひっくり返したり、なでてみたり、キスしてみたり。そしてキスをしながら、言った。

「さて、これをどんなふうに料理すればいいだろう。オムレツってのは、ステキだな。いや、鉄板焼きにするか。それとも、鍋で煎《い》り卵という手もある。半熟にゆでて、黄身がとろーりっていうのもうまそうだ。いやいや、やっぱり一番手っ取り早いのは、フライパンで焼く、だ。食べたくて食べたくて、もう待ちきれないよ」

そう言うやいなや、あかあかと燃える炭がいっぱい入った小さな火鉢に、フライパンをのせた。油もバターもなかったので、フライパンには水を少々。水が湯気をたてはじめたところで、カチン。卵を割って、中身を落とそうとした。

ところが、白身や黄身のかわりに中から飛びだしてきたのは、とても陽気で礼儀正しいヒヨコだった。ヒヨコは、深々とお辞儀をした。

「まことにありがとうございます、ピノッキオさま。あなたさまのおかげで、卵の殻《から》を苦労して割る手間がはぶけました。では、ごきげんよう、さようなら。おウチのみなさまにも、よろしくおつたえください」

そう言うと、羽をひろげ、開いていた窓から飛びたち、すぐに見えなくなった。

哀れなあやつり人形は、しばらく魔法にかかったみたいに、目をまんまるにし、口をポカンと開けたまま、手に殻を持ったまま突っ立っていた。けれども、やがて最初のショックからさめると、泣きだした。わめいたり、やけを起こして地団駄《じだんだ》をふんだり。そして、涙ながらに言った。

「やっぱり、コオロギの言ったとおりだ。もし、ぼくが家を飛びだしたりしないで、おとうさんがここにいてくれたら、死ぬほどひもじい目に遭《あ》わずにすんだのに。ああ！　おなかが空くって、ほんとにおそろしい病気だ」

腹がグーグー鳴って、どうやってもしずめられなくなり、ピノッキオは家をでて、近くの村までひとっぱしりしようかと考えた。もしかしたら、親切な人がパンをすこし恵んでくれるかもしれない、と思ったからだ。

第六章

ピノッキオは、暖房用の火鉢に両足をのせたまま眠ってしまう。そして、あくる朝目をさますと、両足はすっかり焼けている。

外は、おそろしい地獄の夜だった。ものすごい雷が鳴りひびき、空が火事になったかのようにいなびかりが走る。からだがひき裂かれそうなほど、強く冷たい風が吹き荒れ、砂ぼこりをまきあげたり、野原の木々をきしませ、悲鳴をあげさせていた。ピノッキオは、その雷といなびかりがこわくてしかたない。だが、空腹の方が恐怖よりも強かった。で、彼は家の玄関をすこし開けると、大急ぎで駆けだした。ぴょんぴょんぴょんぴょんぴょん百回ほどもはねて、村にたどりついた。息はあがってハアハアするし、舌はだらりと出てしまって、猟犬そっくりだった。

ところが、あたりは真っ暗で、人の気配などまったくない。店は、みんな閉まっているし、家の門も窓も閉じられ、通りにはイヌの仔一匹いない。まるで、死の村のようだった。

ピノッキオは、絶望と空腹に押され、ある家の呼び鈴のひもにしがみつくと、うるさく鳴らしはじめた。「こうすれば、だれか出てくるだろう」と、自分に言い聞かせながら。

と、たしかに、ナイトキャップをかぶった小柄な老人が窓から顔をだした。怒った声で叫ぶ。

「こんな時間に、なんの用だ」

「すみませんが、パンを少々恵んでいただけないでしょうか」

「待ってろ。すぐ持ってきてやる」と老人は答えたが、腹の中では別のことを思っていた。真夜中に呼び鈴を鳴らしては、やすらかに寝ている善良な人々を悩ます、例のいたずら小僧どものしわざだな、これは。

三十秒後に、窓がまた開いた。そして、さっきの老人の声が、ピノッキオにむかって叫んだ。

「もっと窓の下に近寄って、帽子を差し出せ」

ピノッキオは、すぐさまみすぼらしい帽子をぬいだ。だが、帽子を差し出したとたん、大きな洗面器一杯分もの水[1]を、ざんぶり上から浴びせられた。おかげで、彼は頭から足の先までずぶぬれになり、鉢植えのしおれたゼラニウムそっくりの姿になった。

ヒヨコみたいにぐっしょりぬれ、疲れと空腹でボロボロになって、ピノッキオは家に戻った。立っている元気もなくし、椅子に坐りこむと、濡れて泥まみれになった足を、炭火がたっぷり入った火鉢の上にのせた。

そして、そのまま眠りこんだ。すると寝ているあいだに、木でできた足に火がうつり、足はゆっくりゆっくり炭に変わり、とうとうすっかり灰になってしまった。

けれども、ピノッキオは、まるで自分の足ではないみたいに、ぐうぐういびきをかいて眠りこけていた。朝になってやっと目をさましたが、それは誰かが表の扉を叩いていたからだった。

「誰？」と、ピノッキオはあくびをし、目をこすりながら訊《き》いた。

「わしだ！」声が返事をした。

ジェッペットさんの声だった。

1　原文では acqua（水）と書かれているが、ここでは明らかに「尿瓶《しびん》に入った尿」を含意している、とコッローディの研究者である N. J. Perella は注釈している。たしかに、当時のヨーロッパにおける就寝時の排便習慣や、水道が普及していない土地での飲料水の貴重さを考えれば、老人があやつり人形に浴びせたのは尿瓶の中身だとするのが至当だろう。

第七章

気の毒なジェッペットさんは、自分のために持って帰ってきた朝食を、ピノッキオに食べさせてやる。

ピノッキオは、まだはっきり目がさめていなかった。だから、自分の足がすっかり焼けてしまっていることに気がついていなかった。それで、父親の声を聞くと、すぐさま椅子から飛びおりて、扉のかんぬきをはずしにいこうとした。ところが、二、三歩よろよろ歩いたかと思ったら、あっというまに床にバッタリ倒れてしまったのだ。倒れた時にピノッキオがたてた音のひどさといったら、木でできたしゃもじをいっぱいに詰《つ》めた袋が、六階の高さから落ちたくらいすごかった。

「ドアを開けろ！」そのあいだも、ジェッペットさんは外の道で怒鳴《どな》っている。

「おとうさん、できないんだよう」あやつり人形は、泣き叫び、床をころげまわりながら答えた。

「なんでダメなんだ」

「だって足を食べられちゃったんだ」

「食べられたって、だれに」

「ネコにだよ」ピノッキオは、目の前にいるネコが、木のけずりくずを前足でいじっている姿を見て、言った。

「開けろと言ってるのが、わからんのか！」父親はくりかえした。「さもないと、お前を全部ネコに食わせちまうぞ」

「ほんとに立てないんだ。ウソじゃないよう。ああ、かわいそうなぼく！　これから一生膝で歩かなくちゃなんないよう」

ジェッペットさんは、この泣き言もまた、あやつり人形の悪ふざけだと思いこんだ。それで、そんなことはさっさとやめさせなければと、壁をよじのぼって窓から家に入った。

最初、ジェッペットさんは、小言を言ってこらしめてやろうと、心に決めていた。

しかし、足がほんとうになくなってしまったわが子ピノッキオが、床にころがっている姿を目にすると、不憫《ふびん》に思う気持ちが一気にこみあげてきて、すぐさまピノッキオを抱きあげた。キスをし、何度も何度もなでさすり、やさしい言葉をかけてやる。大粒の涙が、彼の頰をつたって流れ落ちた。そして、しゃくりあげながら、たずねた。

「おい、ぼうず、どうしてまた、足が燃えたりしたんだね」

「わかんないよう、おとうさん。でも昨日の夜は、ほんとうに怖かったんだ。ぼく、一生忘れないよ。雷がすごい音で鳴って、いなびかりがピカピカするし、それでぼくものすごくおなかが空いてきて、そしたらお話しするコオロギが、『それはあたり前だ。お前がいけない子だから、バチがあたったんだ』って。ぼく言ってやったんだ、『だまれ！　コオロギめ』。そしたら、また『お前は木の人形で、脳みそまで木でできている』なんてコオロギが言うもんだから、しゃくにさわって木のトンカチを投げたんだ。コオロギ、死んじゃった。でも、悪いのは向こうなんだ、だってぼく、殺すつもりなんか全然なかったし、その証拠に、ぼく、火鉢の上に小さいフライパンをおいたんだ。それなのに、ヒヨコが飛びだしてきて、こう言うんだ。『ごきげんよう、さようなら。おウチのかたに、よろしく』それで、どんどんおなかは空いてくるもんだから、あのナイトキャップをかぶった小さなおじいさんが、窓から顔をだして『もっと近くに来て帽子をかまえてろ』って言うから、ぼく、頭から水をたっぷり浴びせられた。パンをひと切れくださいって頼んでも、それは恥ずかしいことじゃないよね。すぐにウチに帰ってきたんだけど、まだおなかが減ったままだったから、濡れた足を火鉢にのせて乾かそうとしたんだ。そしたらおとうさんがもどってきて、ぼくの足は焼けちゃってた。だけどそれでもおなかはペコペコで、足はすっかりなくなっちゃったんだ……うわ〜ん、うわ〜ん、うわ〜ん、うわ〜ん」

こうして、哀れなピノッキオは、ボロボロ涙を流しながら、五キロ先からでも聞こえるほどの、とてつもない大声で泣きわめいた。

話はこんがらがって、なにがなんだかよくわからなかったが、ただひとつジェッペットさんに理解できたのは、ピノッキオが空腹で死にそうだということだった。そこで彼は、ポケットからナシを三つ取りだし、ピノッキオにあたえた。

「この三個のナシは、わしが朝飯にと思って持って帰ったんだが、いいからお食べ。そうすりゃ、元気も出てくるだろうよ」

「ぼくに食べさせたいんなら、皮をむいてよ」

「皮をむけだって？」ジェッペットさんは、びっくりして言い返した。「信じられんな、この子は。お前が、そんなにお上品でより好みする口を持っていたなんて。とんでもない！ ダメだダメだ。人間、子供のころから、好き嫌いなくなんでも食べられるようにしとかないと、いかんのだ。どんなことが起きるか、わかったもんじゃないんだからな。人生には、いろんなことがあるんだ」

「それはよくわかるけどさ」と、ピノッキオは言いつのる。「でも、皮をむいてない果物なんて、飲みこめないよ。我慢できないもの」

お人よしのジェッペットさんは、怒りたいのをぐっとこらえて、三個のナシをむいた。そして、皮はみんなテーブルの隅にまとめておいた。

ピノッキオはというと、最初のナシをたったふた口で食べてしまうと、残った芯《しん》を投げ捨てようとした。が、その腕をつかみ、ジェッペットさんは言った。

「捨てちゃいかん。この世にあるものは、すべて役にたつんだからな」

「だけど、ぼくは絶対芯なんか食べないよ！」ピノッキオは叫び、怒った毒蛇みたいなしぐさでジェッペットさんを見た。

「そんなこと、わかるものか。人生には、いろんなことが起きるんだから」彼は、辛抱強くおだやかに言い返した。

　こうして、三つの芯も窓から投げ捨てられず、皮と一緒にテーブルの隅に置かれた。ナシを全部、食べるというよりガツガツ呑《の》みこむ感じで腹におさめてしまうと、ピノッキオは大きなあくびをした。それからメソメソした声で、

「まだおなかが空いてるよう」と言った。

「だがな、お前、もう何もないんだよ」

「なんにもないの？　ほんとになんにもないの？」

「あるのは、皮と芯だけさ」

「じゃ、しかたないや」と、ピノッキオ。「ほかにないんなら、皮だって食べるさ」

　そして、まず皮からかじりはじめた。最初はちょっと顔をしかめたが、やがてひとつ、またひとつとたいらげた。皮のあとは、芯。残らず胃ぶくろにおさめてしまうと、ようやく満足そうに胃のあたりを叩いた。

「これでやっとおちついた！」

「ほらごらん」と、ジェッペットさんはさとした。「さっきわしが言ったとおりだろ

う。人間、あんまりえり好みしたり、お上品になっちゃいかんのだ。いつどういう目に遭《あ》うか知れたもんじゃないんだから。世の中には、いろんなことがあるんだ」

第八章

ピノッキオの足を直してやったジェッペットさんは、アルファベットの練習帳を買うために、自分の上着を売ってしまう。

空腹がおさまったあやつり人形は、すぐまたブツブツ泣き言を言いはじめた。新しい足が欲しいというのだ。

しかしジェッペットさんは、あんなひどいいたずらをしでかしたのだからと、こらしめのために半日ほどそのまま泣きわめかせておいた。そのあと、ピノッキオにたずねた。

「それで、どういうわけで足を作り直してもらいたいんだ？　おおかた、またウチを飛び出してやろうと思ってるんだろう」

「そんなことしないって約束するよ」あやつり人形は、しゃくりあげながら言った。「今日からうんといい子になる」

「子供ってものは」とジェッペットさん。「なにか欲しい時には、みんなそう言うのさ」

「学校にも行くし、勉強もする。勉強して優等生になるよ」

「子供ってものは、なにかしてもらいたい時には、みんなそういう約束をするもんさ」

「ぼくはほかの子とはちがう！　みんなよりずっといい子になるし、ウソなんて絶対につかない。おとうさん、約束する。なにか手に職をつけて、おとうさんが歳をとったら、ぼくがささえて楽をさせてあげるよ」

こわい顔をつくってはいたが、ジェッペットさんは、かわいいピノッキオにこうまでやさしいことを言われると、思わず胸がいっぱいになり、目に涙があふれた。そして、それ以上なにも言わず、大工道具としっかり乾燥した木をふたつ手にとると、わきめもふらず仕事にとりかかった。

一時間と経《た》たないうちに、立派な足ができあがった。ほっそりしているが、とてもすばしこそうな力強い足で、まるで天才芸術家の作品のようだった。

ジェッペットさんは、ピノッキオに言った。

「目をつぶって、寝てなさい」

ピノッキオは、目をつぶり寝たふりをした。そのあいだに、ジェッペットさんは卵の殻《から》の中に溶かしておいた、ほんの少しのにかわで、二本の足をもとの場所にくっつけた。つぎめがどこかまるでわからないくらい、上手なつけ方だった。

あやつり人形は、足ができたのがわかると、寝ていたテーブルから飛びおり、はねまわって大騒ぎをはじめた。うれしさのあまり、気が変になったみたいだった。

「おとうさんへのお礼に、ぼく、すぐに学校に行きたいな」とピノッキオは言った。

「えらいぞ、ぼうず」

「でも、学校に行くには、服を着てなくちゃ」

ジェッペットさんは貧乏で、ポケットに一チェンテージモ[2]の金さえない。そこで、服は花模様の紙を使い、靴は木の皮で、帽子はパンのやわらかいところを利用して作った。

2　一リラの百分の一。現在の邦貨で、十円くらいの感覚だろうか。

ピノッキオは、すぐさま水がいっぱい入った洗面器のところへ走っていき、自分の姿をうつしてみた。そして、まるでクジャクのようにうっとり自分に見とれながら、こう言った。

「すごく立派な紳士に見えるね」

「たしかにな」と、ジェッペットさんは答えた。「しかし、これだけはよくおぼえとくんだぞ。きれいな服が紳士を作るんじゃない。服に汚れをつけないのが、紳士なんだ」

「えーと」と、ピノッキオが言った。「学校に行くのに、まだ忘れてるものがある気がする。あっ、いちばん大切なものが足りないや」

「なんだね、それは?」

「アルファベットの練習帳だよ」

「なるほど。だが、どうやって手に入ればいいんだね」

「簡単さ、おとうさん。本屋に行って買えばいいんだ」

「それで、お金は?」

「ぼくは持ってないよ」

「わしもなんだ」と、善良な老人は悲しげな顔で、唱和した。

ピノッキオはとても陽気な子だったが、さすがにこれには悲しくなった。貧乏、それもとことん本物の貧乏というのは、子供にだって身に沁《し》みてしまう代物なのだ。

「まかせておけ！」ジェッペットさんは、そう大声で叫ぶと、急に立ちあがった。そして、つぎはぎだらけの粗末な上着をひっかけると、家を走り出ていった。

まもなく戻ってきた彼の手には、息子のための練習帳がにぎられていた。だが、上着がなくなっている。外は雪だというのに、彼はかわいそうにシャツ一枚の姿なのだ。

「上着は、おとうさん？」

「売っちまった」

「なんで売っちゃったの？」

「暑かったからさ」

ピノッキオは、その言葉の意味がすぐにわかり、感激で心がはり裂けそうになった。その気持ちをおさえきれず、ジェッペットさんの首に飛びついて、顔中《じゅう》にキスの雨をふらせた。

第九章

ピノッキオは、アルファベットの練習帳を売って、人形芝居を観《み》にいってしまう。

雪がやむと、ピノッキオは真あたらしい練習帳をかかえて、学校へと続く道を歩きだした。その道すがら、彼の小さな頭は、幾千ものすばらしい空想、幾千もの空中のお城を思い浮かべ、その楽しさといったらなかった。

自然に独《ひと》り言《ごと》がでる。

「学校に行ったら、今日は字の読み方を習うんだ。そして、明日は書き方、あさっては算数だな。そうしたら、精いっぱいはたらいて、お金をかせぐ。最初にポケットに入ったお金で、おとうさんに毛織りの服を作ってあげるんだ。いやいや、毛織りの服だって？　金銀でできた服にダイヤのボタンの方が、よっぽどいいや。気の毒なおとうさんには、それくらいのことはしてあげなくっちゃ。だって、おとうさんは、ぼくを学校にやるために本を買ってくれて、それでシャツ一枚になっちゃったんだからな。こんなに寒いのに……ぼくのためになにもかも犠牲にしてくれるのは、おとうさんだけなんだ」

こんな風に感激しながら独り言を口にしていると、遠くからフルートとドラムの音が聞こえたような気がした。ピッピピピ、ピッピピピ、ダンダンダンダンダン。

たちどまって耳をすます。と、その音は、海辺にある小さな村へと通じる、とても長い横町のいちばん奥から聞こえてくる。

「なんだろう、あの音楽は？　学校に行かなくちゃならないんだけど、でも……。学校に行かなくていいんだったら……」

ピノッキオは、はたと迷ってしまった。いずれにしろ、どちらかに決めなくてはならない。学校か、それともフルートの音か。

「よし、今日はフルートだ。学校は明日でいいや。逃げやしないからな、学校は」

とうとうこのいたずら小僧は、肩をすくめて言った。

そして、言うが早いか、ピノッキオは横町をまがり、すごい勢いで駆けだした。駆ければ駆けるほど、フルートとドラムの音は大きくなっていく。ピッピピ、ピッピピ、ダンダンダンダン。

いつのまにかピノッキオは、たくさんの人でごったがえしている広場の真ん中に来ていた。彼らは、色とりどりに塗られた幕や木を組み合わせて作った、大きな小屋のまわりに集まっているのだ。

「あの小屋はなに？」ピノッキオは、そこに居合わせた村の子供をふり返って、たずねた。

「ポスターを読んでみな。ちゃんと書いてあらあ。読めばわかるよ」

「読みたいところなんだけど、今日は読めないんだ」

「呆れたのろま牛だな。じゃ、読んでやるよ。いいか、あのポスターには、火みたいに真っ赤な字で、『人形芝居の大一座』って書いてあるんだ」

「お芝居が始まって、もうだいぶ経《た》つの？」

「ちょうどこれから始まるんだよ」

「入場料は、いくら？」

「四ソルドさ」

観《み》たくてたまらなくなったピノッキオは、慎しみも何もほうり捨て、恥も外聞《がいぶん》もなくその少年に言った。

「ね、明日まで四ソルド貸しといてくれないかなあ」

「貸してやりたいのは山々なれど」と、別の少年がふざけたからかいの口調で答えた。

「今日は、あいにくダメだな」

「じゃ、ぼくの上着を四ソルドでどうだい」と、ピノッキオは言ってみた。

「花柄の紙の服なんか買ってどうすんだよ。雨がふったらびしょびしょに濡れて、ぬげなくならあ」

「靴だったら？」

「たきぎにはもってこいだな」

「帽子なら、いくらで買ってくれる？」

3 一ソルドは二十分の一リラ、つまり五チェンテージモ。したがって、四ソルドは二十チェンテージモ。

「こりゃあいい買いもんだぜ！　パンの白いところでできた帽子ときたもんだ。うっかりしてると、ネズミに頭をかじられるってか」

ピノッキオは、ジリジリしてきた。最後の申し出が、喉もとまで出かかっている。だが、勇気がでない。しばらく言おうか言うまいか、グズグズためらって、しかし、とうとう言ってしまった。

「この新しいアルファベットの練習帳、四ソルドで買ってくれないか」

「おれは、子供なんだぜ。ほかの子から、物なんか買ったりするかい」と、ピノッキオよりずっと分別のある相手の少年は、そう応じた。

「四ソルドで、その練習帳買った！」と、ひとりの古着屋がさけんだ。彼らの会話を、ずっとそばで聞いていたのだ。

こうして、練習帳はその場で売られてしまった。家では、息子にこれを買ってやった哀れなジェッペットさんが、シャツ一枚でぶるぶるふるえているというのに。

第十章

あやつり人形たちは、兄弟分のピノッキオに気づき、よろこんで大騒ぎ。ところが、その最中に、人形使いの火喰《ひく》い親方があらわれ、ピノッキオはあやうく命を落としかける。


ピノッキオが人形芝居の小屋に入ると、ちょっとしたハプニングが起こり、やがてそれは暴動みたいな騒ぎになった。

彼が小屋に入った時、すでに幕はあがり、芝居がはじまっていた。

舞台には、アルレッキーノとプルチネッラ[4]が登場していて、いつものように口ゲンカをしていた。今にも、平手打ちをしたり棒でなぐりあいをしたりしそうな様子で争っている。

見物人は、舞台に完全に見とれ、腹をかかえて笑っている。というのも、道化のふたりときたら、まるで生きた人間そっくりに、それは見事に身ぶりをしたり、本当のケンカのように、ありとあらゆる悪口を言ってののしりあったりしているからだ。

ところが、突然アルレッキーノが芝居をやめてしまった。そして、見物客のほうに向きなおると、席の奥にいるだれかを指さして、芝居がかった調子で叫びはじめたではないか。

「天の神々もごらんあれ。夢か、うつつか。あれにいるのは、まさしくピノッキオ!」

「ほんとだ。ピノッキオだ!」プルチネッラも大声をあげる。

「まちがいない、彼だわ」舞台の奥から顔をのぞかせたロザウラ夫人も、黄色い声をだす。

「ピノッキオだ! ピノッキオだ!」舞台のそでから人形たちが、ドッとみんな飛びだしてきて、いっせいに叫びたてる。「ピノッキオ! ぼくらの兄弟ピノッキオ! 万歳! ピノッキオ!」

「ピノッキオ、ここにあがってこいよ!」と、アルレッキーノが大声で誘った。「木から生まれたお前の兄弟たちの、この腕に飛びこんでこいよ！」

やさしく誘われたピノッキオは、ぱっとひと跳《と》びして、まずは見物席の奥から前方の特等席へ。それからもうひとっ跳び、今度はオーケストラの指揮者の頭を経由して、最後に舞台上にあがった。

舞台の上は、それはもう信じられないほどの大騒ぎ。一座全部の人形たちが、ピノッキオの首にかじりつくわ、抱きつくわ、友情のあかしだといってくすぐるわ、友情のしるしだといってポカポカ頭をたたくわ、めちゃくちゃだ。

たしかに、ちょっと感動的な情景だった。だが、客は芝居がちっとも進まないので、しびれを切らして怒鳴りはじめた。

「芝居を続けろ！　芝居を続けろ！」

しかし、効き目はまるでない。人形たちは、芝居を続けるどころか、いっそう大声

4　十六世紀から十七世紀頃にかけてイタリアで盛んだった即興喜劇コンメーディア・デッラルテの道化役《どうけやく》ふたり。アルレッキーノは、いつも腹をへらし、隙があればすぐ盗みをはたらいたりするずるい性格。プルチネッラは、空威張りをする愚か者のキャラクター。人形劇でも、人気の役柄である。

をあげ、騒ぎたて、しまいにはピノッキオをかつぎあげると、勝ちほこって彼を舞台の前の方、フットライトのあたる場所へ運んでくる始末。

　この騒ぎを聞きつけて、人形使いが舞台に飛びだしてきた。ひと目見ただけで、恐ろしさにすくんでしまうような、ひどく醜い大男だ。黒インクのように真っ黒で長いひげが、あごから床までたれていて、歩くたびに自分で踏んづけそうになっている。口はオーヴンそっくりに大きく、目は、あかあかと燃えるランプのように光り、手には蛇の皮とキツネの尾を編んで作った太いムチを持っていた。ムチのピシリッという音が、空気をふるわす。

　思いがけず人形使いがあらわれたので、みんな黙りこんでしまった。息もとめている。ハエが飛んでいく音さえ聞こえるほどだ。人形たちは、男も女も、みんな風に吹かれた木《こ》の葉のようにぶるぶるふるえだした。

「なんだって、おれさまの芝居をめちゃめちゃにしたんだ?」と、人形使いはピノッキオを問いつめた。その声は、ひどい頭痛のする風邪にかかった人喰い鬼のように、しゃがれていた。

「ちがうんです、親方様、ぼくが悪いんじゃないんです」

「言い訳なぞ、たくさんだ。今夜しっかり片をつけてやるからな」

実際、芝居がはねると、人形使いは台所にむかった。そこには、彼の夕食のしたくがされていて、串刺しになった大きなヒツジが、火の上でゆっくりまわっている。ただ、こんがりほどよく焼きあげるには、少々薪が足りなかった。そこで、彼はアルレッキーノとプルチネッラを呼びつけ、命じた。

「釘《くぎ》にぶらさげてあるさっきの人形を、ここへ運んでこい。あいつめ、よく乾いた木でできてるようだから、火にくべたらきっとよく燃えて、肉がちょうどいい具合に焼きあがるにちがいない」

アルレッキーノとプルチネッラは、はじめはためらっていた。が、親方に恐ろしい目つきでにらみつけられ、しかたなく言われる通りにした。すぐに、ふたりは哀れなピノッキオを両腕でひきずるようにして、台所にもどってきた。ふたりにはさまれたピノッキオは、水の外に出たウナギみたいにからだをくねらせ、絶望的な金切り声をあげていた。

「おとうさーん、助けて！　死にたくない、ぼく、死にたくないよう！」

第十一章

火喰い親方は、くしゃみをして、ピノッキオを許す。そのあとピノッキオは、彼の身代わりにされかけた友だちのアルレッキーノの命を救う。

人形使いの火喰い（これが、男の名前だったのだ）親方は、たしかに恐ろしい男に見えた。エプロンみたいに、黒々としたひげが胸から足までをすっぽりおおっているありさまは、とりわけ怖い。しかし、外見とはちがって、心の底は、そう悪い人間ではなかった。その証拠に、ピノッキオがひきずられてきて、むやみやたらに暴れもがきながら、「死にたくないよう、死にたくないよう」とわめきたてるのを見たとたん、心を動かされ、かわいそうになってきたのだ。しばらくはその気持ちをおさえていたのだが、とうとうこらえきれなくなって、とてつもなく大きくていい音のくしゃみをしてしまった。

このくしゃみを聞くと、それまでシダレヤナギみたいにうなだれていたアルレッキーノは、パッと顔色をあかるくし、ピノッキオの耳もとでささやいた。

「おい兄弟、心配するな。親方がくしゃみをしたのは、君のことをかわいそうに思いはじめたからだ。これで、助かるぞ」

だれでも知っていることだが、人は他人のことをかわいそうに感じると、泣くか、泣かないまでも、にじんだ涙をぬぐうふりくらいはする。ところが、この火喰い親方ときたら、ほんとうに心を動かされるとくしゃみがでてしまうという、おかしな癖があったのだ。まあこれも、他人に感動をつたえるひとつのやり方にはちがいないが。

くしゃみをしてしまうと、あいかわらず気むずかしげな顔だけはくずさず、ピノッキオにむかって吠えた。

「泣くのはやめろ！　お前がワアワア言うのを聞いていると、おれさまの胃ぶくろまで仔イヌみたいにキュンキュン鳴くわい。……なにかこう、むずむず痛いというか……ハークション、ハークション！」と、またふたつ、人形使いはくしゃみをした。

「お大事に」と、ピノッキオはそのくしゃみにお見舞《みま》いを言った。

「ありがとう。で、お前のおやじやおふくろは、まだ達者なのかい」火喰いはたずねた。

「おとうさんは、元気です。おかあさんは、いないんです」

「それじゃ、お前が燃やされて炭になっちまったら、さぞおやじさんは悲しむことだろうな。かわいそうな老人だ。ほんとに気の毒だぜ。……ハークション、ハークション、ハークショイ」またしても、くしゃみが三つ。

「お大事に」とピノッキオ。

「ありがとうよ。しかし、おれだって気の毒なんだ。見てのとおり、ヒツジの丸焼きをきちんと仕上げるには、薪が足りない。ほんとのことを言えば、こういう時には、お前みたいなヤツをくべるのが最高なんだ。だが、おれはお前がかわいそうになっちまった。しかたない。許してやる。そのかわり、一座の人形のどいつかを、串の下で燃やすしかない。おい、番兵はいるか」

この命令を聞いて、すぐさま木の番兵がふたりやってきた。ふたりとも、おそろしく背が高くて、やせ細っている。頭には三角帽をかぶり、抜きはなった剣を手にしていた。

人形使いは、しゃがれ声でふたりに命令をくだした。

「アルレッキーノを捕《つか》まえろ。縄できつくふんじばって、火にくべてしまうんだ。おれは、どうしてもヒツジをこんがり焼きあげたいんだからな」

アルレッキーノは、かわいそうに、怖れのあまりへなへなと足からくずれおち、うつぶせに床にばったり倒れてしまった。

この残酷な光景を目にしたピノッキオは、思わず飛びだしていって、人形使いの足にすがりついた。おいおい泣いて、人形使いのおそろしく長いひげをぐっしょりぬらす。そして、哀願した。

「お願いです、火喰いの旦那《だんな》さま」

「ここには、旦那などおらんわ」

「お願いです、騎士さま」

「騎士などおらん」

「お願いです、司令官さま」

「司令官なぞ、おらん」

「お願いです、お偉い閣下さま」

閣下と聞いて、人形使いはくちびるをすぼめ、やさしく愛想《あいそ》のいい様子になり、ピノッキオに言った。

「それで、願いとは、なんだ？」

「かわいそうなアルレッキーノを許してやってください」

「いや、それはできんな。お前を許したんだから、かわりにあいつには燃えてもらわにゃならん。でないと、ヒツジがこんがり焼けんからな」

「そういうことなら」と、ピノッキオはすっくと立ちあがると、パンでできた帽子をぬぎすて、雄々《おお》しい態度で声を張りあげた。

「それなら、ぼくは自分の義務を果たさなきゃ。さあ番兵さん、ぼくをしばって、火にくべてください。ぼくの身代わりで、親友のアルレッキーノが死ぬなんて、間違ってるんだから」

この堂々としてけなげな口ぶりに、その場にいあわせた人形たちは、そろって泣きだした。番兵までが、木でできているくせに、生まれたての仔ヒツジみたいに泣いたのだ。

火喰い親方も、しばらくは、氷のかけらみたいにひややかな硬い表情をくずさなかったが、だんだんだんだん心を動かされ、ついにくしゃみをしはじめた。四つ、五つとくしゃみをすると、やさしく両腕をひろげ、ピノッキオに言った。

「お前は、ほんとに偉いヤツだ！　さあ、こっちへ来て、おれにキスをしてくれ」

ピノッキオはさっと駆けよると、人形使いのひげにリスのようによじ登り、彼の鼻のあたまに心のこもったキスをした。

「それじゃ、ぼく、許してもらえたんですか？」と、アルレッキーノは今にも消え入りそうな声でたずねた。

「ああ、そうだ」と、火喰いは答えた。そして、ため息をついて、頭をふった。

「しょうがない。今夜はあきらめて、なま焼けのヒツジを喰うとするか。だが、今度こういうことがあったら、その時は許さんぞ」

ピノッキオもアルレッキーノも助かった、というニュースを聞いて、人形たちはいっせいに舞台に駆けあがり、まるで祝祭特別公演の夕べのように、あかあかとランプやシャンデリアをともし、はねたり踊ったりした。夜が明けても、踊り続けた。

第十二章

人形使いの火喰い親方は、父親であるジェッペットさんに持っていくようにと、ピノッキオに金貨五枚を与える。しかし、ピノッキオはキツネとネコにだまされ、ふたりについて行ってしまう。


あくる日、火喰い親方はピノッキオをかたわらに呼んで、たずねた。

「おまえのおやじは、なんて名だ？」

「ジェッペット」

「商売はなにをやってる」

「貧乏人」

「儲けは、たくさんあるのか？」

「ポケットに、一チェンテージモだって入っていたためしがないほど、貧乏です。なにしろ、ぼくにアルファベットの練習帳を買うために、たった一枚しかない上着を売ったくらいですからね。その上着っていうのも、つぎはぎだらけでボロボロでした」

「なんてこった！　泣けてくるよ、まったく。さ、ここに金貨が五枚ある。こいつを持っていって、おれの分もよろしく言っといてくれ」

ピノッキオは、心からよろこんで、何度も何度も人形使いに礼を言った。それから、人形一座のみんな、ひとりひとりとしっかり抱きあい、しまいには番兵とさえ抱きあった。そして、うれしさのあまりはじけそうになりながら、家路を急いだのだった。

ところが、ものの五百メートルと行かないうちに、彼は一本の足をひきずっているキツネと両目が見えないネコに出会った。ふたりは、いかにも不幸をわけあう仲間同士といった感じで、おたがい助けあいながらゆっくり歩いてきた。足の不自由なキツネは、ネコの肩にもたれ、ネコはキツネが導くままになっている。

「いいお日和《ひより》で、ピノッキオさん」キツネは礼儀正しくあいさつした。

「どうしてぼくの名前を知ってるんだい？」と、ピノッキオは訊《き》いた。

「おとうさんを、よく存じあげているんですよ」

「どこで会ったの？」

「きのう、おたくの玄関のところでね」

「で、おとうさんは、どんな様子だった？」

「シャツ一枚で、ふるえていらっしゃいましたよ」

「ああ、かわいそうなおとうさん！　でも、神さまのおかげで、今日からもう、ふるえなくってすむんだ」

「なぜです？」

「なぜって、ぼく、すごいお金持ちになったんだ」

「すごい金持ちって、あなたが？」とキツネは言い、いかにもバカにしたような失礼な態度で笑いだした。ネコも笑ったが、そう見えないように、前足でひげを梳《す》いたふりをした。

「なにがおかしいんだ！」と、ピノッキオは頭にきて叫んだ。「君らにうらやましさでヨダレをたれさせよう、なんてつもりはさらさらないけど、ほら、ここに素晴らしい金貨が五枚あるんだ」

そして、火喰い親方にもらった金貨をひっぱりだした。

金貨がこすれ合うとても魅力的な響きを耳にすると、キツネは思わず不自由なはずの足をニュッと伸ばし、ネコはネコで緑色の角灯のような両目をカッと見ひらいた。が、すぐに閉じてしまったので、ピノッキオはそれにはまったく気づかなかった。

「これはこれは」とキツネはピノッキオに言った。「で、その金貨で何をお買いになるおつもりなんです？」

「まずまっ先に」と、あやつり人形は言った。「おとうさんに、新しい立派な服を買うんだ。金と銀でできていて、ダイヤのボタンがついたやつ。それから、自分のためにアルファベットの練習帳を買いたいんだ」

「あなたのため、ですって？」

「そうさ。学校に行って、きっちり勉強するんだ」

「私をごらんなさい」と、キツネは言った。「勉強したいなんてバカな望みを持ったばっかりに、ごらんのとおり足を一本ダメにしちまったんですよ」

「私をごらんなさい」と、ネコも言う。「勉強したいなんてバカな望みを持ったばっかりに、両方の目が見えなくなっちまったんですよ」

ちょうどその時、道の生け垣に白い黒ウタドリがとまって、いつものさえずりを聞かせながら、言った。

「ピノッキオ、悪い仲間の言うことに耳を貸したりしない方がいいよ。さもないと、後悔するから」

哀れな黒ウタドリ。口は災いのもと。ネコは躍《おど》りあがると、黒ウタドリに飛びかかり、〈あっ〉と言う間も与えず、ひと口にペロリと羽根から何から呑《の》みこんでしまった。

食べおわると、ネコは口をなめまわして、ふたたび目を閉じて見えないふりをした。

「かわいそうに！」と、ピノッキオは、ネコに言った。「なんだって、そんなひどいことをするんだ！」

「なにね、あいつに教訓をあたえてやったんですよ。こうしておけば、次は人の話に首を突っ込むようなことはしないでしょうからね」

家への道のりのなかばを過ぎたところで、急にキツネが立ちどまり、ピノッキオに言った。

「あなたのその金貨、増やしてみる気はありませんか？」

「その五枚の、悲しくなるくらいわずかな金貨を、百枚、千枚、二千枚にする気はないかということなんです」

「どういうこと？」

「そんなことができるんなら、もちろん！　でも、どうやって？」

「方法は簡単。家に戻るかわりに、私たちと一緒に来ればいいんですよ」

「どこにぼくを連れていくって言うんだい？」

「《マヌケの国》にですよ」

ピノッキオは一瞬考えたが、すぐにきっぱりした態度で言った。

「ダメだ。ぼく、行かない。もう家も近いし、ちゃんと戻るよ。おとうさんが、待ってる。ぼく、きのう家に帰らなかったから、かわいそうなおとうさんは、きっとすごく

5　「白い黒ウタドリ」の原文は“Merlo bianco”。Merlo は、ツグミの仲間を指すことが多いが、ここでは特にツグミと同属のクロウタドリを意味している。イタリアには、クロウタドリは元々は白い鳥だったのだが、冬の寒い時期に凍えて暖炉の煙突の中にいたため煤《すす》で真っ黒になってしまった、という言い伝えがあって、作者はそれを踏まえた言葉遊びをしている。ちなみに、merlo には「愚か者」の意もある。

く心配していると思うんだ。ぼくは、悪い子だった。お話しするコオロギが『言うことをきかない子供は、かならず不幸になる』って言ってたけど、ほんとうだったな。自分で経験して、やっと身に沁みたんだ。たくさん死にそうな目にあったもの。昨日だって、火喰い親方の小屋で、あぶないところだった。……ああ、ゾッとする。考えただけで、ふるえてきちゃうよ」

「それじゃ」とキツネ。「どうしても家に帰るんですね。わかりました、好きになさい。だけど、惜しいですねえ」

「惜しいですねえ」と、ネコも同じことを言った。

「よく考えた方がいいですよ、ピノッキオさん、というのも、あなたは幸運を蹴《け》とばそうとしてるんですから」

「幸運を蹴とばそうとしてるんですから」と、ネコがオウム返し。

「あなたの五枚の金貨が、今日から明日までのあいだに、なんと二千枚にもなるんですがね」

「二千枚ですよ」ネコが繰り返す。

「でも、どうやったらそんなにたくさんになるの？」ピノッキオは、驚きで口をポカンと開けたまま、たずねた。

「ご説明いたしましょう」キツネは言った。「《マヌケの国》には、みんなが《奇跡の原っぱ》と呼んでいるありがたーい原っぱがあるんです。その原っぱに小さな穴を掘って、たとえば金貨を一枚入れますね。その上にうすく土をかぶせ、泉の水をバケツに二杯かける。そして、塩をひとつかみまいてから、あなたはぐっすりベッドでおやすみ、という寸法《すんぽう》です。夜中に金貨は芽をだし、花を咲かせ、あくる朝起きて原っぱに行くと何が見つかると思います？　木にどっさりなった金貨、なんです。ちょうど、六月に麦がどっさり実をつけるようにね」

「ってことは」ますますびっくりして、ピノッキオは言った。「その原っぱに五枚の金貨を埋めたとしたら、翌朝にはどのくらいになるの？」

「勘定《かんじょう》は簡単」と、キツネ。「指先でちょちょいとできますよ。まず、金貨一枚から五百枚ができる、と。てことは、五百かける五で、翌朝にはピカピカ光っていい音をたてる金貨が二千五百枚、あなたのポケットにおさまっているってわけです」

「なんてすばらしいんだ！」うれしさのあまり踊りながら、ピノッキオは叫んだ。「金貨がとれたらすぐ、ぼくは二千枚をもらって、残りの五百枚はあんたたちふたりにプレゼントするよ」

「私たちにくれる、ですって?」と、キツネは侮辱《ぶじょく》されて傷ついたというふりをして叫んだ。「 とんでもない!」

「とんでもない!」ネコもおなじように言う。

「私たちは、そんなつまらない儲けのために、こんなアドバイスをしてるんじゃありません。ほかの人たちを、お金持ちにしてさしあげようと考えているだけです」

「ほかの人たちを、ね」ネコが繰り返した。

〈なんてえらい人たちなんだ〉と、ピノッキオは思った。そして、たちまち、父親のことも、新しい上着のことも、アルファベットの練習帳のことも、心に決めていた立派な目標のことも、なにもかもすっかり忘れてしまった。そして、キツネとネコに言った。

「さ、でかけよう。きみたちと一緒に行くよ」

第十三章

《赤エビ亭》という宿屋《オステリア》。

歩いて、歩いて、歩いて、夕方になったころ、彼らはへとへとになって、ようやく《赤エビ亭》という宿屋にたどりついた。

「ここで」と、キツネは言った。「なにかちょっと食べて、しばらく休んでいきましょうや。夜中になったら、また出発です。明日の夜明けには、《奇跡の原っぱ》に着きたいですからね」

宿に入って、三人は一緒にテーブルにすわった。だが、みんな、あまり食欲はなかった。

ネコときたら、気の毒に胃もたれがひどかったので、トマトソースをかけたメバルを三十五匹と、パルメザンチーズがたっぷりかけられているパルマ風胃ぶくろの煮込みを四人前しか食べられなかった。しかも、その煮込みの味つけがピタリと決まっていないようだったので、バターとチーズを三度も追加した！

キツネも、何か口にしなければと考えたのだが、いかんせん、医者からきびしい食事制限を命じられていた。しかたなく、甘酸っぱいソースをそえた、ごく簡単な野ウサギ料理に、軽いつけあわせとして、ふとらせたメスの若鶏《わかどり》とようやく鳴き方をおぼえたばかりの若い雄鶏《おんどり》を、何羽かたのんだ。野ウサギのあとには、食欲を刺激するために、山ウズラ、山シャコ、穴ウサギ、カエル、トカゲ、パラディーゾ種のブドウなどが入ったトスカーナ風のシチューを持ってこさせた。しかし、それ以上はムリだった。キツネが言うには、そもそも食べ物を見るだけで吐き気がするので、何ひとつ口にする元気はない、のだそうだ。

三人の中で、いちばん食欲がなかったのは、ピノッキオだった。彼は、クルミひとかけとパンのかけらを注文したのだが、それさえいっさい手をつけなかった。《奇跡の原っぱ》のことを思いつめすぎて、まだ見ぬ金貨が胃の中で消化不良を引きおこし、食欲がまったくわいてこなかったのだ。

食事がすむと、キツネは宿の主人に言った。

「上等の部屋をふたつ用意してくれ。ひとつは、こちらのピノッキオ旦那《だんな》に、もうひとつは私と私の連れに。でかける前に、ひと眠りしたいんでね。夜中になったら、忘れずに起こしてくれよ。旅を続けなきゃならんのだから」

「かしこまりました」宿の主人はそう返事をしながら、キツネとネコにウィンクした。〈すべて呑《の》みこんでいますよ、まかしといてください〉とでも言いたげに。

ピノッキオはベッドに入ると、すぐに眠りに落ち、夢を見た。原っぱの真ん中に立っている夢。原っぱには、若木がたくさん生《は》えていて、枝にはふさをどっさりつけている。そしてそのふさは、金貨でいっぱいなのだ。風が吹くたびに、チャリンチャリンと音がする。まるで、〈欲しいだけ、取っておいき〉と言っているようだ。ところが、一番いいところ、すなわち、手をのばしてきれいな金貨をつかみ、ポケットに詰《つ》めこもうとしたその瞬間、部屋の扉が乱暴に三回叩かれる音がして、ピノッキオは起こされてしまった。

ドアをノックしたのは、宿の主人で、時計が真夜中の十二時をうったことを知らせにきたのだった。

「仲間のふたりは、もう支度はできてるかな？」とあやつり人形はたずねた。

「支度どころか、二時間も前にご出発なさいました」

「どうしてそんなに急いでるんだろう？」

「ネコの旦那のところに知らせがあったんでさ。なんでも、いちばん上の坊ちゃんの足にしもやけができてしまって、死にそうになってるってことでした」

「食事代は払《はら》っていったのかい？」

「めっそうもない！　あの方々は、高い教育を受けた方々ですから、あなた様にそんな失礼をなさるはずはございませんよ」

「なんてこった！　そういう失礼なら、いくらされてもいいんだけどな」と、ピノッキオは、頭をかきながらぼやいた。それから、訊《き》いた。

「あのありがたい友だち連中は、どこでぼくを待ってるって言ってた？」

「明日の朝、ちょうど夜が明けるころ、《奇跡の原っぱ》で待つとのことでした」

ピノッキオは、自分と連れの夕飯代として金貨一枚を支払い、宿をでた。

しかし、宿の外は、まさしく一寸先も見えない真っ暗やみで、手さぐり状態。あたりの野原はしんと静まりかえり、木《こ》の葉一枚そよぐ気配もない。ただ、ときおり、大きな夜鳥が数羽、道の生け垣の一方からもう一方へ飛んで横切り、ピノッキオの鼻に羽をぶつけるのだ。そのたびに、ピノッキオはギョッとしてうしろに跳《と》びのき、叫ぶのだった。「だれだ、そこにいるのは」だが、声は野原をとりかこむ丘ではねかえってこだまになるだけ。遠くで「だれだ、そこにいるのは、だれだ、そこにいるのは、だれだ、そこにいるのは」と繰り返す。

そうやってなおも歩いていくと、木の幹に小さな生きものがとまって、ぼんやり青白い光を放っているのが、目にとまった。透きとおった磁器製のランプからもれてくる終夜灯の光のようだった。

「お前はだれだ」と、ピノッキオはたずねた。

「お話しするコオロギの幽霊だよ」小さな生きものは、かすかなかすかな声で言った。あの世から聞こえてくるみたいだった。

「ぼくに、なんか用か?」と、あやつり人形は言った。

「忠告しようと思ってね。ここからすぐひっかえして、残った四枚の金貨を、かわいそうなおとうさんに持ってってやりなさい。気の毒におとうさんは、二度とお前に会えないと思って、なげき悲しんでいるよ」

「明日になったら、おとうさんは大金持ちになるんだ。この四枚の金貨が、二千枚になるんだからね」

「いいか、ぼうず、たった一日で金持ちにしてやる、なんて約束をする人間を信じちゃいけない。そんな連中は、気が変になっているか、さもなければペテン師なんだからね。私の言うことをきいて、ひきかえしな」

「でも、ぼくは行きたいんだ」

「時間だって、もうおそい」

「行ってみたいんだ」

「夜は暗いよ」

「行きたいんだってば」

「道には、危険がいっぱいだ」

「行きたい、って言ってるだろ」

「気まぐれで、自分勝手なことばかりしたがる子供は、いずれ後悔するんだよ」

「いつものお説教かい。うんざりだ。さよなら、コオロギ」

「さよなら、ピノッキオ。天の神さまが、お前を夜露と人殺しから守ってくれますように」

言いおわると、お話しするコオロギは、ろうそくの火を吹き消した時のように、ふっと姿が見えなくなった。道は、さっきよりもっと暗くなった。

第十四章

お話しするコオロギの忠告に耳を貸さなかったために、ピノッキオは人殺しに襲われる。

「まったく」と、ふたたび歩きはじめながら、あやつり人形はブツブツ独《ひと》り言《ごと》を言った。「ぼくたち子供って、なんてかわいそうで不幸なんだろう！　みんなに小言ばっかり言われ、ケチをつけられ、お説教され、立つ瀬なんてありゃしない。こっちがおとなしくしてりゃ、だれもかれもが父親か先生みたいな態度になる。お話しするコオロギだってそうさ。だいたい、コオロギの話じゃ、あいつのうんざりする忠告をきかないと、どんな災難がふりかかるかしれないんだとさ。人殺しに出遭《であ》うだって？　そんなもん、出るはずないよ。出るもんか。夜、外を歩きたがる子をおどかすために、おとうさん連中が考えだしたお話さ。それに、もしこの道で人殺しに遭ったって、ぼくがびくびくするとでも？　冗談じゃない。こっちからそいつらの目の前に行って、わめいてやる。『人殺しの旦那がた、なんか用かい？　こわがると思ったら、大まちがいだ！　さっさと消えうせろ。シッシッ！』てなぐあいさ。気合いをこめてこう言えば、風を喰《く》らってあっというまに逃げだすさ。万一そいつらが、道理のわからないバカ者で、逃げだそうとしなかったら、その時はこっちが逃げればいいのさ。それで一件落着《いっけんらくちゃく》だ」

しかし、ピノッキオは、独り言を最後まで言いおわることができなかった。というのは、ちょうどその時、うしろで木《こ》の葉がカサコソいう音が聞こえたからだ。

ふりかえると、闇の中に、炭を入れる袋にすっぽり包まれたふたつの黒い影が見えた。亡霊みたいなそいつらは、つま先でぴょんぴょんはねながら、彼のあとを追ってくる。

「うわっ、ほんとに出ちゃったよ」ピノッキオは呟いた。そして、四枚の金貨をどこに隠していいか迷い、とっさに口の中、もっと正確に言うなら舌の裏に押しこんだ。

それから、逃げだそうとした。だが、まだ一歩も踏みださないうちに、両腕をがっちりつかまれてしまった。陰気で恐ろしい声が、こう言った。

「命がおしけりゃ、金をだせ」

口に金貨が入っているので、ピノッキオは返事ができない。そこで、何度となくペコペコ頭をさげたり、ありとあらゆる身ぶりをしてみせ、袋に開けた穴から目だけぎらぎらのぞかせているこのふたりのならず者に、なんとか次の事柄をわからせようとした。つまり、自分は哀れなあやつり人形で、ポケットにはニセ金一枚入っていない、ということを。

「こいつめ！　おかしな真似をしてないで、さっさと金をだせ」追いはぎたちは、おびやかすような声でわめいた。

人形は、頭と手を使った身ぶりで、〈一銭もないんだ〉とつたえようとした。

「あり金全部ださないと、命はないぞ」と、ふたりのうち背の高い方が言う。

「命はないぞ」もうひとりが、繰り返した。

「おまえを殺してから、おまえのおやじも殺す」

「おやじもだぞ」

「やめて、やめて、やめて、おとうさんを殺すなんて、やめて！」ピノッキオは、悲鳴のように叫んだ。ところが、その拍子に、口の中で金貨が音をたてた。

「あっ、こいつ、ずるいヤツだ。金を舌の裏に隠してやがった。こらっ、吐きだせ！」

だが、ピノッキオは強情をはって、口を開けない。

「おい、今度は耳が聞こえないふりか？　待ってろ、今吐きださせてやるからな」

言うが早いか、ひとりがあやつり人形の鼻の先をつかみ、もうひとりがあごをつかんだ。そして、それぞれがあらっぽく鼻とあごを上と下にひっぱり、むりやり口を開かせようとした。しかし、ダメだった。人形の口は、釘《くぎ》を打ちこんでがっちりとめてあるかのように、固かった。

そこで今度は、背の低い方の人殺しが小さなナイフを取りだし、テコやノミのように使おうと、人形のくちびるのあいだにねじこんだ。ところが、ピノッキオはいなずまみたいに素早くそいつの手にかみついて、食いちぎった。ぺっと、吐きだす。すると、驚いたことに、地面にころがったのは人間の手ではなく、ネコの前足だったのだ。

こうして、とりあえずの勝利で勇気をとりもどすと、ピノッキオは人殺したちの魔の手をふりきり、道ばたの生け垣を飛び越え、野原を逃げはじめた。人殺したちも、野ウサギを追う二匹のイヌみたいにあとに続く。前足一本を食いちぎられた人殺しは、残った足で走らなければならなかったはずだが、どうやったのかはよくわからない。とにかく、そうやって十五キロも走り続け、とうとうピノッキオも息があがってしまった。もうこれ以上はムリだと思い、すごく高い松の木に必死でよじ登り、てっぺんに近い枝に腰をおろした。追ってきたふたりも、すぐによじ登ろうとしたが、幹の中ほどまであがったところで、ツルッとすべってしまい、地面にころがりおち、手足をすりむいた。

だが、こうなっても、人殺したちはまだあきらめない。枯れ枝をひとかかえ集めてきて、松の根もとに積むと、火を放った。見るまに火は松に燃えうつり、松は風にあおられるろうそくのように、めらめらと大きな炎に包まれた。ピノッキオは、火が這《は》いのぼってくるのを見て、ハトの丸焼きみたいになるのはごめんだと、木のてっぺんからエイヤッと飛びおりた。そしてまた、畑やブドウ園を突っ切って、一目散《いちもくさん》に逃げだした。人殺したちも疲れなど見せず、やっぱりどこまでも追いかけてくる。

そのうち、空が白みはじめた。追いかけっこは、それでも続いている。突然、ピノッキオの前に、幅が広くて深さもありそうな堀があらわれ、行く手をふさいだ。カフェオレ色の汚い水が、満々とたたえられている。

さあ、どうする?

あやつり人形は、助走で勢いをつけると、〈一、二、三!〉ぴょんと、むこう岸に飛んだ。成功! 人殺したちも、飛んだ。ところが、きちんと距離の見当をつけてなかったため、ボチャン。堀の真ん中辺りに、落ちてしまった。水音を聞き、しぶきがあがるのをたしかめたピノッキオは、大笑いして走り続けた。

「やあい、たっぷりお風呂《ふろ》につかるといいや!」

ピノッキオは、ふたりはてっきり溺れたものだと思いこんだ。ところがどっこい、ふり返ると、ふたりともまだ追いかけてくるではないか。頭からすっぽり袋をかぶった姿のまま、底の抜けたバケツみたいに、ぽたぽた水をたらしながら。

第十五章

人殺したちは、ピノッキオを追いかける。やがて追いつくと、大きなカシの木の枝にピノッキオを吊るして、しばり首にしてしまう。

あやつり人形は、がっくり気落ちしてしまった。そのまま地面に身を投げて、降参、と言いたくなった。だがその時、あたりを見回していた彼は、ずっと遠く、暗い緑の森の中に、雪のように真っ白い小さな家があるのに気づいた。

「あそこにたどりつくまでがんばれば、助かるかもしれない」と、心の中で考えた。となれば、グズグズしている暇はない。ピノッキオは、死にものぐるいで森にむかって駆けだした。人殺したちは、あいかわらず追ってくる。

必死で走って二時間、ピノッキオはぜいぜい息を切らしながら、やっと小さな家の玄関にたどりついた。ノックした。

だが、返事をする者はだれもいない。

もう一度、力いっぱいドアを叩いた。追跡者の足音と、大きくて荒い息づかいが、すぐうしろに近づいている。しかし、家はシーンとしずまりかえっている。

ただのノックでは効き目がないので、ピノッキオはやけになり、ドアを蹴《け》とばしたり、頭突きを喰らわせたりしはじめた。すると、窓のところに美しい少女があらわれた。トルコ石のように青い髪を持った少女で、顔は蠟《ろう》そっくりの青白さだ。目は閉じたまま、両手を胸のところで組みあわせている。彼女は、くちびるをまったく動かさないまま、あの世から聞こえてくるような弱々しい声をだした。

「この家には、だれもいないわ。みんな死んでしまったの」

「きみがいるんだから、開けてくれよ！」と、ピノッキオは泣き叫び、哀願した。

「私も、死んでるのよ」

「死んでるだって？　じゃ、その窓のところで、何をしてるのさ」

「私を連れていくお棺を待ってるの」

そう言うと、少女はすっと姿を消し、窓は音もなく閉じられた。

「ねえ、たのむよぉ、青い髪のきれいな娘さん」と、ピノッキオは叫んだ。「お願いだから、ドアを開けて！　ぼく、追いかけられてるんだ、人ご……」

その言葉を言いおわらないうちに、ピノッキオは首をひっつかまれた。さっきのふたりが、しわがれ声でおどす。

「さあ、もう逃がさんぞ」

あやつり人形は、目の前にいきなり死があらわれた気がして、ガタガタふるえだした。木製の手足は、関節のところでカタカタ鳴り、舌の裏側に隠した金貨もカチャカチャ音をたてた。

「ふん、どうだ」と人殺したちは言った。「口を開けるのか？　まだ強情をはるか？　答えないんだな？　まあ、どっちでもいいさ。今度こそ、ムリにでも開けさせてやるから！」

そう言ったかと思うと、かみそりのようにとぎすました、おそろしく長いナイフを取りだして、グサッ、グサッ！　人形の胴体の真ん中を二度突き刺した。

ところが、運のいいことに、あやつり人形はとても硬い木でできていたので、ナイフの方がこなごなにくだけてしまったのだ。人殺したちは、手に残ったナイフの柄に目をやり、たがいに顔を見合わせた。

「わかった」と、ひとりが言った。「しばり首にしちまえばいいんだ。しばり首にしてやろう」

「しばり首にしてやろう」と、もうひとりも繰り返して言った。

と言うが早いか、ふたりはピノッキオをうしろ手にしばりあげた。それから、縄に結び目を作って、ひっぱれば絞《し》まるようにしてから、そこに彼の首をつっこんだ。そして、〈大ガシ〉と呼ばれている大木の枝に、ピノッキオを吊るしてしまった。

人殺したちは、草の上に坐り、あやつり人形が最後のあがきをしてあの世に行くのを、待つことにした。ところが、三時間経《た》っても、まだ目を開けたまましっかり口を閉じて、足をバタバタさせ続けている。

とうとうしびれを切らしたふたりは、ピノッキオを見上げると、冷笑するように言った。

「明日まで、あばよ。明日おれたちがもどってくるまでには、いい子ちゃんだからきっちりくたばって、口をあんぐり開けといてくれよな」

そして、どこかに行ってしまった。

激しい北風が吹きはじめ、ごうごうと荒れ狂った。しばり首にされたピノッキオは、かわいそうに、お祭りの時に鳴らされる鐘の中で、ぶらんぶらん揺れて音をたてるあの《舌》みたいに、ひどく揺さぶられた。からだのあちこちが、ゴツンゴツンと幹にぶつかる。あまりにはげしくゆれるものだから、さすがのピノッキオも、強い痙攣《けいれん》におそわれた。首の縄もぐいぐい絞まっていき、息ができなくなってくる。だんだん目が見えなくなってきた。もうすぐ死ぬんだなと感じながらも、まだ、だれか情《なさ》けぶかい人が通りかかって、助けてくれるかもしれない、というかすかな望みを、人形は抱《いだ》いていた。しかし、待っても待っても、だれひとりあらわれない。ただのひとりも。その時、ピノッキオの脳裏に浮かんだのは、かわいそうな父の姿だった。……息もたえだえに、呟く。

「ああ、おとうさん！　おとうさんが、ここにいてくれたら……」

息が詰《つ》まり、それ以上はなにも言えなかった。目を閉じ、口を開け、両足をだらんと伸ばした。それから、大きく身ぶるいをしたかと思うと、凍ったように動かなくなった。

第十六章

トルコ石のように青い髪を持った少女が、人形を木からおろさせ、ベッドに寝かす。そして、三人の医者を呼び、生きているか死んでいるか診察させる。

人殺したちに大きなカシの木に吊るされ、ピノッキオがほとんど死んだようになったその時だった。トルコ石のように青い髪をした少女が、また窓から顔をだした。そして、しばり首にされ、はげしい北風に吹かれながら、ダンスを踊るようにゆれている人形の無残なありさまを目にし、すっかり哀れをそそられた。彼女は、手を三度叩き、小さな音で合図した。

その合図に応じた大きなタカが、はげしい羽音とともに急いで空から舞いおりてきて、窓枠にとまった。

「ご用でしょうか、お情《なさ》けぶかき仙女さま」タカはうやうやしく頭《こうべ》をたれて、そう言った（なにを隠そう、青い髪の少女は心やさしい仙女で、この森のあたりに千年以上前から住んでいたのだ）。

「あそこの大ガシに吊るされているあやつり人形が見える？」

「はい、見えます」

「それじゃ、すぐあそこに飛んでいって、おまえの強いくちばしで縄の結び目をほどいておやり。それから、人形をカシの根もとの草むらにそっと寝かせてやってちょうだい」

タカは飛んでいくと、二分でもどってきた。「お言いつけどおりにいたしました」

「それで、どうだった？　生きている？　それとも死んでいる？」

「ちょっと見たところでは死んでいるようでしたが、まだすっかり息をひきとってはおりません。首を絞《し》めつけていた縄をほどいてやりますと、ため息をもらし、『ああ、楽になった』と呟きましたから」

そこで仙女は、また小さく手を叩いた。今度は、二回。すると、きちんとした身なりのプードルがあらわれた。まるで人間のように、うしろ足二本で立って歩いてくる。

プードルは、御者《ぎょしゃ》の礼服を着込んでいた。頭には、金モールで飾りをつけた三角帽をかぶり、その下には巻き毛になっている白いかつらが肩までたれている。服は、ダイヤのボタンがついたチョコレート色の燕尾服。大きなポケットがふたつついているのは、夕食の時仙女からもらう骨をしまっておくためだ。真っ赤なビロードの半ズボンに、絹のソックス。足の甲が見えるパンプスをはいている。きわめつきは、尻《しり》のあたりにぶらさがっている、青いサテンでできた傘の袋のようなものだ。雨がふったら、そこに尻尾《しっぽ》をしまうのである。

「メドーロ、急いでやってほしいことがあるの」と、仙女はプードルに言った。「うまやからいちばんきれいな馬車を引きだして、森に行ってちょうだい。大ガシの下の草むらに、死にかけたあやつり人形が倒れているはずだから、やさしく抱きあげて、馬車のクッションにそっと寝かせて、ここに連れてくるのよ。わかった？」

理解したということをしめすために、プードルは尻尾を入れる青いサテンの袋を三、四回ふると、競馬馬みたいにすっ飛んで出ていった。

まもなく、うまやから空色の美しい馬車があらわれた。内側は、カナリアの羽根がたっぷり詰《つ》め物に使われ、車内全体が泡立てたクリームや、カスタードをはさんだビスケットで裏打《うらう》ちされていた。白ネズミが、百組のペアーになって馬車をひき、プードルは御者のボックスに腰をおろし、右に左にムチを鳴らす。時間に遅れるのでは、と心配しながら馬車を駆《か》る人間の御者そっくりだった。

十五分と経《た》たないうちに、馬車は戻ってきた。仙女は玄関で待っていて、人形を抱きかかえると、壁全体が真珠貝の殻《から》でできた小さな部屋に運び入れた。そして、すぐさま、そのあたりで一番有名な医者たちを呼びにやった。

医者たちは、次々に素早くやってきた。カラスにフクロウ、それからお話しするコオロギの三人だった。

「先生方、この子を診察してやってください」仙女は、ピノッキオのベッドのまわりに集まった医者たちを見やりながら言った。「この不幸なあやつり人形は生きているのでしょうか、それとも死んでいるのでしょうか」

この問いに、まずカラスが前に進みでた。ピノッキオの脈を見、鼻を調べ、それから両足の小指を診察した。そのほかにもいろいろ念入りに調べてから、おごそかな声で宣告した。

「私の診断では、人形は完璧《かんぺき》に死んでおりますな。が、しかし、もし不幸にも死んでおらんとすると、それはやはり、この患者がまだ生きているという確かな徴《しるし》でありましょうな」

「残念ですが」とフクロウが言った。「わたくしとしては、高名なる友人にして同業者でもあるカラス博士のおっしゃることには、賛成できかねます。私見《しけん》を申し上げれば、あやつり人形は、まだ生きております。が、しかし、もし不幸にも生きておらんとすると、それはほんとうに死んでいるという兆候《ちょうこう》でありましょう」

「それで、あなたは何もおっしゃいませんの？」と、仙女は、お話しするコオロギにたずねた。

「ちゃんと判断できない場合は、黙っているのが、まともな医者のつとめだとこころえておるんですよ。それに、このあやつり人形とは、初対面ではないのです。ちょっとした知り合いでしてね！」

コオロギの言葉を耳にすると、それまではただの棒っきれのようにぴくりとも動かなかったピノッキオのからだが、ひどくふるえだし、ベッドをガタガタと揺らした。

「このあやつり人形は」と、コオロギは言葉を継《つ》いだ。「札つきの不良でして」

ピノッキオは目を開け、それからあわてて閉じた。

「とんだいたずら小僧で、のらくらしてばかりのろくでなし」

ピノッキオは、からだにかけられたシーツの下に顔を隠した。

「このあやつり人形ときたら、親の言うことなどまるで聞かない。そのうち、かわいそうな父親は、悲しみで胸がはりさけて死んでしまうでしょうな」

押し殺したような泣き声としゃくりあげる音が、部屋の中に響いた。驚いて、シーツをちょっと持ちあげてみると、涙を流してしゃくりあげているのは、ピノッキオだった。

「死人が泣くということは、回復にむかっている徴ですな」と、カラスはおごそかに言った。

「わが高名なる友人にして同業の方のご意見に反対するのは、実に心苦しいのですが」と、フクロウが口をはさんだ。「わたくしの意見では、死人が泣くのは、死ぬのをいやがっている兆候ですな」

第十七章

ピノッキオは砂糖だけなめて、熱さましの薬を飲もうとはしない。だが、墓掘り人が彼を連れにやってきたのを見たとたん、あわてて薬を飲む。そのあと、ウソをついたために、バチがあたって鼻が伸びる。

三人の医者が部屋を出ていくと、仙女はピノッキオに近づき、おでこに手をあてた。すると、信じられないほどの高熱だった。

そこで仙女は、半分ほど水が入ったコップに白い粉のようなものを溶かし、あやつり人形にわたすと、やさしく言った。

「これをお飲みなさい。そうすれば、すぐに良くなるわ」

ピノッキオはコップに目をやり、口をゆがめると、べそをかきながらたずねた。

「それ、甘いの？　それとも、苦い？」

「苦いわ。でも、飲めば良くなるのよ」

「苦いのなんて、欲しくない」

「言うことをおききなさい。さ、飲むのよ」

「苦いのは、いやだったら」

「お飲みなさい。そうしたら、口直しにお砂糖のかたまりをあげる」

「お砂糖なんて、どこにあるのさ」

「ほら、ここよ」と、仙女は、金の砂糖壺から一粒取りだしてみせた。

「先にお砂糖をおくれよ。そしたら、そのいやな苦い水を飲むからさ」

「約束できる？」

「うん」

仙女は、砂糖のかたまりをピノッキオの口に入れた。すると、彼はそれをカリカリッとかんで、ひと息に飲みこんでしまった。ペロリとくちびるをなめて、言った。

「お砂糖が薬だったら、ステキなんだけどな。それなら、毎日だって大歓迎だ」

「さ、約束よ。ほんの何滴か飲むだけで、元気になるんだから」

ピノッキオは、いやいやコップを手にとると、まず鼻の先をコップに突っ込んだ。口もとに運ぼうとする。が、また、鼻の先を突っ込む。しまいに、こう言った。

「苦すぎる！　苦すぎて、とてもじゃないけど飲めないよ！」

「味見もしないのに、どうして苦いってわかるのよ」

「わかるさ！　匂いでわかるよ。もう一個お砂糖をおくれよ……そうしたら、飲むから」

仙女は、やさしい母親のように辛抱強く、もうひとつ砂糖を口に入れてやった。それから、もう一度コップをさしだした。

「これじゃ、ぼく、飲めないよ！」と、あやつり人形は、しかめっつらの百面相《ひゃくめんそう》をした。

「どうして？」

「だって、足にのっかってる枕が、気になってしかたないんだもの」

仙女は、枕をどけた。

「だめだよ！　ほかにも気になるんだ！」

「なにが邪魔なの？」

「部屋の入り口が半分開いてる。あれがいやなんだ」

仙女は行って、扉を閉めた。

「本当は」と、ピノッキオはポロポロ涙を流しながら、叫んだ。

「こんな苦い水薬、絶対飲みたくないんだ。ぜーったいに、絶対に！」

「ぼうや、飲まないといまに後悔することになるのよ」

「それでもかまわないよう」

「病気がひどくなって……」

「かまわないってば」

「この熱で、あっというまに死んじゃうかもしれない」

「死んだって、かまわないよう」

「死ぬのが怖くないの？」

「怖いもんか！　こんな恐ろしい薬を飲むくらいなら、死んだほうがましだよ」

そのとたん、部屋の扉がぱっと開き、黒いインクで染めたように真っ黒なウサギが四羽、肩に棺おけをかついで入ってきた。

「ぼくをどうしようっていうんだ」と、恐怖にふるえあがって、ピノッキオはベッドの上に起きなおり、大声をだした。

「おまえを連れていくのさ」と、一番大きなウサギが答えた。

「連れていくだって？　ぼくは、まだ死んじゃいないぞ！」

「今は、まだな。だが、あと数分の命さ。なぜって、おまえは熱をさげるその薬を、いやがって飲まなかったからね」

「仙女さま！　仙女さまってば！」ピノッキオは、悲鳴をあげた。「はやく、そのコップをください……お願いだから、はやくはやく！　ぼく死にたくないよう。絶対いやだよう」

そして、コップを両手でつかむなり、いっきに飲み干した。

「ああ、なんてこった」と、ウサギたちはぼやいた。「今回は、とんだムダ足だったな」

そう言い捨てると、また小さな棺おけをかつぎあげ、口の中でブツブツ不平を呟きながら、部屋を出ていった。

それから、ほんの数分で、ピノッキオはもうすっかり元気をとり戻し、ベッドから飛びだした。木の人形などというものは、まずめったに病気にはならないものだし、万一なったとしても、すぐ治ってしまうものなのである。

ようやく鳴き方をおぼえたばかりの雄鶏《おんどり》みたいに、部屋の中をぴょんぴょん楽しげにはねまわっているピノッキオに、仙女が言った。

「ほら、お薬はほんとによく効いたでしょう」

「効いたどころじゃないよ。ぼく、おかげで生きかえったもの」

「それなのに、あんなにいやだいやだって、世話を焼かせるんですもの」

「ぼくたち子供って、みんなそんなもんだよ。病気より薬のほうが、怖いんだ」

「恥ずかしいと思わない？　そんなバカなこと考えて。きちんと薬を飲めば、どんな重い病気だって治るってことを、みんなもっと頭に入れておかなければダメね。もしかしたら、死にかけている子だって、生きかえるかもしれないんだから」

「うん！　でも、今度からは、ぼく、あんなに世話を焼かせたりしないよ。肩に棺おけをかついだ黒いウサギのことを思い出せば、その場でコップを手にとって、ひと息に飲み干すさ」

「さ、それじゃ、もうすこし私のそばに来て、どうして人殺しなんかにつかまったのか、話してちょうだい」

「まず最初はね、人形使いの火喰い親方が、ぼくに金貨を五枚くれたんだ。『おい、これをおまえのおやじに持ってってやれ』ってね。だけど、道でキツネとネコに出くわして、ふたりともすごく親切なんだ。『その金貨を、千枚にも二千枚にも増やしてみませんか？　私たちと一緒にいらっしゃい。そうしたら、《奇跡の原っぱ》に案内しますから』って言ってくれたの。ぼくは、『行こう』と言ったんだ。で、『この《赤エビ亭》でしばらくやすんで、真夜中に出かけましょう』って、ふたりが言うんだ。だけど、目がさめたら、ふたりはいなかった。先に出かけたんだって。ぼく、歩きはじめたんだけど、夜で、信じられないくらい真っ暗なんだ。道で、炭を入れる袋をかぶったふたりの人殺しにバッタリ出くわしちゃって、『金を出せ』って言うから、『ないよ』って答えたんだ。ほんと言うと、金貨は口の中に隠してたんだけどね。それを人殺しのひとりが盗《と》ろうと、ぼくの口に手を突っ込もうとしたんだ。ぼく、そいつの手をかみきって、ペッと吐きだしてやった。そうしたら、人間の手じゃなくて、ネコの前足なの。人殺しは、ぼくを追いかけてきたから、必死で逃げたんだ。でも、とうとう捕《つか》まっちゃって、首を縄で絞《し》めあげられて、森の木に吊るされちゃった。連中、こんなこと言ってた。『明日またもどってくるぜ。その時には、お前は、ポカンと口を開けてくたばってるだろうよ。そうしたら、おまえが舌の裏に隠した金貨はいただきって寸法《すんぽう》さ』ってね」

「で、その四枚の金貨は、今どこにあるの？」と、仙女がたずねた。

「なくしちゃった！」と、ピノッキオは答えた。が、それはウソだった。ちゃんと、ポケットに入っていたのだ。

そんなウソをついたとたん、そうでなくてもじゅうぶん長い彼の鼻が、見る間に五センチほど伸びた。

「どこでなくしたの？」

「この近くの森の中でだよ」

この二度目のウソで、鼻はまた伸びた。

「この近くの森でなくしたんなら」と、仙女は言った。「探せば見つかるわ。だって、このあたりの森でなくなったものは、かならず見つかるんですもの」

「あっ、そうだ思い出した！」と、あやつり人形は、あわてて答えた。「四枚の金貨は、なくしたんじゃなかった。さっき薬を飲むとき、気がつかずにいっしょに呑《の》みこんじゃったんだった」

この三度目のウソで、鼻はとんでもなく長くなってしまった。おかげでピノッキオは、どっちにもからだの向きを変えることができなくなった。こっちをむけば、鼻はベッドか窓ガラスにぶちあたり、あちらをむけば、壁や部屋の扉につっかえる。そうかといって、ちょっとでも顔を上にむければ、仙女の片方の目をつつきそうになる。

仙女は、そのありさまを見て、笑った。

「なんで笑うの?」見るまに伸びていく自分の鼻にすっかり動転《どうてん》し、心細くなったあやつり人形は、たずねた。

「あなたがウソをつくから、笑ってるのよ」

「どうしてウソだってわかるのさ」

「ぼうや、ウソはね、すぐにわかるものなの。なぜって、ウソにはふた通りあって、ひとつは足が短くなるウソ。もうひとつは、鼻が長くなるのよ。これでいくと、あなたのは鼻が長くなるウソってことね」

ピノッキオは、恥ずかしくて、それこそ穴があったら入りたい気持ちだったが、隠れ場所がないので、部屋から逃げだそうとした。だが、それは無理な相談だった。鼻が長くなりすぎて、部屋の扉を通り抜けられなかったのだ。

第十八章

ピノッキオは、またしてもキツネとネコに出会い、四枚の金貨を埋めに《奇跡の原っぱ》へと一緒に向かうことになる。

部屋の扉を通り抜けられないので、ピノッキオはたっぷり三十分は泣きわめいた。が、みんなにもたやすく想像できると思うけれど、仙女は、知らん顔で放っておいた。きびしい罰をあたえて、ウソをつくという悪い癖を退治してやろうと考えたのだ。この癖は、あらゆる子供の癖の中で、いちばん性質《たち》が良くないものだからだ。しかし、ピノッキオがひどく嘆き悲しみ、顔つきまで変わって、目が顔から飛びだしそうになっているのを眺めているうちにかわいそうになり、彼女は手をポンと鳴らした。その合図で、大きなキツツキが千羽も飛んできて、窓から部屋に入ってきた。そして、ピノッキオの鼻にとまったかと思うと、せっせと鼻をつつきだした。まもなく、バカバカしいほど長い鼻は、あたり前の寸法にもどった。

「仙女さま、あなたってほんとにやさしい人なんだね！」と、あやつり人形は、涙をぬぐいながら言った。「ぼく、あなたが大好きだ」

「私だって、あなたが大好きよ、ピノッキオ」と、仙女も応じた。「もしもあなたが、私と一緒にここにいてくれたら、あなたは私の弟になれるし、私はあなたのやさしい姉になれるはずよ」

「もちろんそうしたいに決まってるよ！　……ただ、かわいそうなおとうさんのことが……」

「それなら大丈夫。おとうさんには、もう知らせてあるわ。夜になるまでには、ここに着くことになっているのよ」

「それ、ほんと？」ピノッキオは叫び、うれしさで跳《と》びはねた。「じゃ、仙女さま、ぼく、おとうさんを迎えにいきたいな。いいよね、そうしても。だって、さんざん心配させたおとうさんに、少しでもはやくキスしてあげたいんだ」

「もちろんよ。ただ、道に迷わないよう、気をつけてね。森の道をたどっていけば、かならず会えるわ」

そこでピノッキオは、外に飛びだし、森の道を仔ジカのように走りはじめた。だが、例の大ガシの前まで来ると、ハッとして立ちどまった。しげみの中に、だれかいるような気配があったからだ。そして、その勘は正しかった。しげみからでてきたのは、なんと、あのキツネとネコだった。《赤エビ亭》で一緒に食事をした、あの旅のお仲間。

「おやおや、これは親愛なるピノッキオさん！」とキツネは大声をあげ、抱きしめたりキスをしたりした。「どうしてまた、こんなところにいらっしゃるんです？」

「どうしてまた、こんなところに？」ネコが同じセリフを繰り返した。

「話せば長いことなんだ」と、あやつり人形は答えた。

「くわしい話は、いずれもっと落ちついたところでするけど、とにかく、この前の晩、きみらはぼくを宿屋に置き去りにしたよね。あのあと、道で人殺しに襲われたんだよ」

「人殺しに！　……そりゃあ、ひどい目に遭《あ》いましたね！　で、そいつらはなにを盗《と》ろうとしたんです？」

「金貨を出せっていうんだ」

「とんでもないやつらだ！」と、キツネ。

「ほんとにとんでもないやつらだ！」ネコも、唱和する。

「でも、ぼくは逃げだしたよ、もちろん」と、ピノッキオは続けた。「ところが、連中、ずっと追いかけてきて、結局捕《つか》まっちゃったんだ、ぼく。それで、あのカシの木に吊るされて……」

そう言いながらピノッキオは、ほんの二歩ばかりのところに立つ大ガシを指さした。

「そんなひどい話、聞いたこともない」と、キツネは言った。「悪い世の中になったもんだ。私らのような心正しい人間は、いったいどこに居場所を見つければいいんでしょうねえ、まったく」

そんなことを話しているうちに、ピノッキオはネコの右の前足が不自由なのに気づいた。よく見ると、足の先が爪もろともすっかりなくなっている。不審《ふしん》に思い、ピノッキオはネコに訊《き》いた。

「その足、どうしたの？」

ネコはドギマギしてしまい、うまく言葉がでてこない。かわりにキツネが、横から素早く口をはさんだ。

「私の友人は、自慢話がひどく嫌いでしてね。それで答えないんですよ。かわりに申しあげますとね、実は一時間ほど前のことなんですが、道で年寄りのオオカミに出会ったんです。そのオオカミが、腹をへらしていましてねえ。今にも気絶しそうな様子で、なにか恵んでくれ、と言うんです。と言っても、私たちも、魚の骨ひとつ持ってないありさまで。そうしたら、シーザーみたいに気高い[6]心のこのネコさんは、どうしたと思います？　自分の前足を歯で食いちぎって、哀れなオオカミに投げてやったんですよ。これで飢えをしのぐように、ってね」

キツネは、そう語りながら涙をぬぐった。

ピノッキオも感動し、ネコに近づくと、彼の耳もとでささやいた。

「ネコがみんな君みたいだったら、ネズミはさぞしあわせだろうにね」

「ところで、ピノッキオさん、あなたはここでなにをしてるんです？」と、キツネはあやつり人形にたずねた。

「おとうさんを待っているんだよ。もうすぐここにやってくるはずなんだ」

「それで、金貨をどうされました」

「ちゃんとポケットに入っているさ。《赤エビ亭》で一枚使っちゃったけどね」

「おやおや、その四枚の金貨が明日には、千にも二千にもなるっていうのに！　なんで私の忠告を聞いてくださらないんです？　《奇跡の原っぱ》に出かけて、埋めればいいだけなんですよ」

「今日はムリなんだ。そのうちに行くよ」

「そのうちじゃ、手おくれになる！」と、キツネは言った。

「え、どうして？」

「あの原っぱは、ある金持ちの紳士に買われちゃったんです。明日からは、だれもあそこに金貨をまくことができなくなったんですよ」

「その《奇跡の原っぱ》は、ここからどのくらいはなれてるの？」

「二キロもないくらいです。さ、一緒にでかけましょう。三十分でたどりつきますよ。そしたら、ほんの数分で、金貨二千枚です。今夜、ここに戻ってくるときには、ポ

6　ジュリアス・シーザー（ユリウス・カエサル）は、征服した敵に対して常に寛大だった、というエピソードにもとづく言い回し。

ケットにどっさり金貨が詰《つ》まっているってわけだ。どうです、私たちと一緒にいらっしゃいませんか?」

ピノッキオは、すこしだけためらった。というのも、やさしい仙女のことや、年老いたジェッペットさんのこと、そしてお話しするコオロギの警告などが、頭をよぎったからだ。しかし、結局、考えが浅くて、他人の気持ちなど平気で踏みにじる多くの子供たちと、まったくそっくりのことをやってしまった。ピノッキオは、しかたないや、という風に首をふると、キツネとネコにこう言ったのだ。

「もちろん行くよ。きみたちと一緒に」

こうして、三人は出発した。

半日ほど歩くと、《阿呆捕《あほうど》り》という町にたどりついた。町に入ると、通りという通りに、みじめな生きものがあふれかえっている。毛の抜けたイヌが、空腹をあくびでまぎらしている。毛をかりとられたヒツジは、寒さでブルブルふるえ、とさかもあごの赤い部分もなくなっている雌鶏《めんどり》たちは、トウモロコシを一粒でいいから恵んでくれと哀願する。大きなチョウは、美しい色の羽を売ってしまって、地面にはいつくばったまま、飛べなくなっている。派手な尾をすっかりなくしたクジャクたちは、恥ずかしげに身を隠し、キジも、金銀に輝く羽根を永久に失ってしまったので、忍び足でこそこそ歩いていた。

こうした恥ずかしげな物乞いや貧乏人が群れている中を、ときどき豪勢な馬車が通っていく。乗っているのは、キツネや泥棒カササギ、肉食の大きな鳥たちだ。

「《奇跡の原っぱ》って、どこさ?」と、ピノッキオは訊いた。

「もうすぐですよ」

たしかに、町を横ぎって、町を囲んでいる壁の外にでると、原っぱがぽつんとあった。別に、ほかの原っぱとちがったところがあるわけではない、ただの原っぱだった。

三人は、そこで足をとめた。

「さ、到着です」と、キツネはあやつり人形に言った。「しゃがんで、手で地面を掘るんです。そして、そこに金貨を入れる」

ピノッキオは、言われた通りにした。穴を掘り、持っていた金貨を入れると、その上に土を少々かぶせた。

「今度は」と、キツネは続けた。「近くに用水路がありますから、行ってバケツ一杯の水を汲んできてください。金貨を埋めた場所に、その水をまくんです」

ピノッキオは、用水路に行ったが、バケツの持ち合わせがない。そこで、木の皮でできた靴をぬいでそれで水を汲んだ。もどって、金貨を埋めた地面にその水をまいた。それから、たずねた。

「ほかにやることは？」

「これで、全部です」キツネは答える。「もう、大丈夫。二十分も経《た》ったら、ここに戻ってらっしゃい。土から若木が生《は》え、枝に金貨がどっさりなっていますから」

お人よしのあやつり人形は、うれしさではちきれんばかりになり、キツネとネコに、何度も何度も礼を言い、たっぷり分け前をあげる、と約束した。

「礼にはおよびませんよ」と、ふたりの悪党は答えた。「私たちは、苦労せずに金持ちになる方法を、あなたに教えることができただけで、もう、お祭りの日みたいにしあわせなんですから」

こう言うと、ふたりはさよならのあいさつをし、どっさり金貨に恵まれますように、とお愛想《あいそ》を口にして、どこかへ消えた。

第十九章

ピノッキオは金貨を盗まれ、《盗まれ罪》により四ヶ月のあいだ牢屋《ろうや》にぶちこまれる。

あやつり人形は、町の中にもどり、時間を指折りかぞえはじめた。そして、やがて、もういい頃だと思ったので、いそいそと《奇跡の原っぱ》にとって返した。

大急ぎで歩くピノッキオの心臓は強く打ち、まるで大広間の時計のように、チクタクチクタク騒がしいくらいだった。彼は、心の中で考えた。

〈金貨がもし千枚じゃなくて、二千枚できてたら？　……いや、二千枚じゃなくて、五千枚だったら？　五千枚じゃなくて、十万枚だったら？　そしたら、ぼく、大金持ちだ！　すごいお屋敷を作って、木馬を千頭買って、うん、そうしたらうまやも千棟建てなきゃな。たっぷり遊べるようにね。酒蔵には、甘くておいしいロゾーリオ酒[7]やアルケルメス酒[8]を入れておく。図書室もいるな。砂糖漬けのくだものやタルト、それからパネットーネ[9]にアーモンドケーキ、そうそう、クリームをはさんだウエハースなんかも、ぎっしりそこに貯蔵しておくのさ〉

　夢みたいなことばかり思い浮かべているうちに、ピノッキオは野原のすぐそばにたどりついた。立ちどまって、金貨がすずなりになっている木が見えやしないかと、伸びあがってみる。だが、なにも見当たらない。もう百歩進んだ。見えない。原っぱに入って、金貨を埋めた小さな穴のところに歩みよった。しかし、そこにはまったくなんにもない。ひどく心配になってきたピノッキオは、礼儀作法の教科書でいけないとされているのも忘れて、ポケットから手をだすと、長い間頭をガリガリひっかきまわした。

　その時、けたたましい笑い声が耳に飛びこんできた。ふりむいて上を見ると、木の枝に大きなオウムがとまっている。わずかに残った羽根にたかったシラミを、くちばしで掃除していた。

「なんだって、笑うんだ？」と、ピノッキオはいらいらしながらたずねた。

「シラミをとろうとして、うっかり羽根の下をつついちゃったんだよ。それでくすぐったくてね」

ピノッキオは、それ以上相手にならずに、黙って用水路に行った。そして、木の皮の靴に水を汲んで戻り、もう一度、金貨を埋めた場所にそれをまいた。

するとまたもや、さっきよりいっそう無遠慮な笑い声が、しんと静まりかえった野原一面にひびきわたった。

「こいつめ！」と、怒りくるったピノッキオは怒鳴った。「まったく失礼なオウムだ！　なんで笑うのか、言ってみろ！」

「バカげたでたらめを本気にして、抜け目のない奴らの罠にひっかかるお人よしを笑ってるのさ」

「ぼくのことを言ってるんだな？」

7　砂糖を入れ、バラの花びらやクローブなどのスパイスで香りをつけた甘いリキュール。
8　地中海沿岸に生える常緑樹ケルメスナラの木につく、ケルメスという赤い虫（別名臙脂《えんじ》虫）からとれる染料で着色し、さまざまなスパイスを混ぜた甘いリキュール。
9　ドーム状の形をしたクリスマス用のフルーツケーキ。

「もちろんそうさ、哀れなピノッキオ君。お金を原っぱにまけば、豆かカボチャみたいにたくさん収穫できると思うなんて、きみは塩気の抜けたよほどのぼんやり者だよ。ま、私もむかしそんなことを信じたことがあったけれど、おかげで今じゃこのざまだ。どんなに少なかろうが、真っ当なお金をかせぐには、やっぱり自分の手か、さもなきゃ頭を使って働くしかないってことを、この頃ようやく悟ったよ。もっとも、すっかり手おくれだがね」

「言ってることが、よくわかんないよ」と、あやつり人形は言い返したが、不安のあまりからだがブルブルふるえている。

「やれやれ！　じゃ、もっとわかりやすく説明してやろう」と、オウムは言葉を継《つ》いだ。「いいかい、きみが町に行っていたあいだに、キツネとネコがこの原っぱにもどってきたのさ。で、埋めてあった金貨を掘りおこすと、風を喰らってトンズラさ。今から追いかけたって、ムダなこった」

ピノッキオは、ポカンと口を開けた。だが、オウムの言うことが信じられず、水をまいたあたりの土を、手と爪でもって掘り返しはじめた。掘って掘って掘って、穴はどんどん深くなり、まぐさ小屋が中に建てられるくらいになった。だが、金貨はどこにも見当たらない。

絶望に打ちのめされたピノッキオは、町に走り戻ると、裁判所に駆けこんだ。そして、金貨をうばった悪党ふたりを訴えようとした。

裁判官は、ゴリラ族の大きなサルだった。彼は、年老いていて白いひげを生《は》やしていること、それにレンズのない金縁メガネをかけていることで、尊敬されていた。といっても、長年にわたって結膜炎をわずらっているために、このメガネが手放せなかったというだけなのだが。

裁判官の前にでると、ピノッキオは自分がひっかかったサギの手口を、ことこまかに説明し、悪党どもの名前や顔つきを教えた。そして最後に、正しい裁きをお願いします、と頼んだのだ。

判事は、彼の訴えに親身になって耳をかたむけた。話に興味を示し、不憫《ふびん》に思う感情をあらわにし、心底気の毒に感じた風だった。そして、あやつり人形が、言いたいことをすべて言ってしまうと、片手をのばし、机の上の鈴を鳴らした。

この音を聞きつけ、番兵の服を着たマスチフ犬がすぐにあらわれた。

判事はピノッキオを指さし、番兵たちに命じた。

ぶちこめ」

「この哀れな阿呆《あほう》は、金貨を四枚盗まれた。よって、こいつをひっとらえて、牢屋に

ピノッキオは、このとんでもない判決にびっくり仰天し、逆らおうとした。しかし、番兵たちはその暇も与えず、ピノッキオの口をふさぐと、さっさと牢屋に連れて行ってしまった。

こうして、四ヶ月、とてつもなく長い四ヶ月を、ピノッキオは牢屋で過ごした。しかし、もし運のいい出来事にぶつからなかったら、まちがいなくもっと閉じこめられていたことだったろう。

その幸運とは、《阿呆捕り》の町を治めていた若い皇帝が、敵との戦争に見事に勝利をおさめたこと、だった。皇帝が、町をあげての祭りを命じたため、道は灯火で明るく照らされ、花火が打ち上げられ、競馬や自転車競走まで開催された。そして、最高によろこんでいるしるしとして、牢屋も解放され、悪者たちは釈放されることになったのだ。

「ほかの人たちが牢屋からだしてもらえるのなら、ぼくだって解きはなってもらえるよね」と、ピノッキオは牢番に言った。

「おまえはダメだ」と、牢番は答えた。「立派な悪者じゃないからな」

「そんなことはないよ」と、彼は言い返した。「ぼくだって、ちゃんとした悪者なんだ」

「そういうことなら、お出になって結構ですよ」牢番は、うやうやしく帽子をとってお辞儀《じぎ》すると、牢の戸を開けて、ピノッキオを外にだしてくれた。

第二十章

牢屋を出ると、彼はよろこび勇《いさ》んで仙女の家に帰ろうとする。が、道の途中には恐ろしい大蛇がいた。そのあと、今度は罠に捕《つか》まってしまう。

牢屋から解放され、大よろこびのピノッキオは、もちろんすぐさま町を飛びだし、仙女の家へとむかう道を急いだ。

あいにく雨続きの天気で、道はぐちゃぐちゃにぬかるんでいる。足はひざまでずぶずぶ泥にもぐってしまう。しかし、あやつり人形は、そんなことにはおかまいなしだった。ただもう、父親や、トルコ石のように青い髪をした《姉》に会いたい一心で、グレーハウンド犬みたいに飛ぶように走る。おかげで、泥がはねあがり、帽子まで泥だらけになった。走りながら、彼は独り言を喋り続けた。

「ずいぶんひどい目に遭《あ》っちゃった。でも、ぼくにはそれがお似合いさ。がんこで、わがままなあやつり人形なんだから。……いつだって、自分がやりたいようにしか行動しないし、ぼくをすごく愛してくれて、ぼくより千倍も世の中のことを知っている人たちの言うことを無視してきたんだもの。だけど、これからは心を入れかえて、大人の言うことをよく聞くいい子になるんだ。身に沁みてわかったよ、大人の言うことを聞かない子供は、ひどい目に遭うし、なにをやってもうまくいかないってことがね。それにしても、おとうさん待っていてくれるかな。……仙女さまの家にいてくれるかな。もう長いこと会えないできたけど、ぼく、会ったら思いきり抱きしめて、おとうさんが息ができなくなるくらいキスをたくさんするんだ。仙女さまは許してくれるかなあ、ほんとにひどいことしちゃったもんな、ぼく。……いろいろ注意してくれたし、すごくやさしくしてくれたし、第一、ぼくがこの世に生きていられるのも、仙女さまのおかげだっていうのに。……ぼくは、世界一恩知らずで、情《じょう》なしの子だ」

こんな風に喋りながら走っていた人形は、ふいにギョッとして立ちどまってしまった。思わず、四歩うしろにさがる。

彼が見たものは何かというと……。

なんと、大きな蛇が、道の真ん中にのうのうと寝そべっているではないか。からだは緑で、目は火のように赤くらんらんと輝き、ぴんと立てた尻尾《しっぽ》からは、暖炉《だんろ》の煙突みたいに煙を吐きだしている。

あやつり人形は、たまげてしまった。それで、蛇から五百メートル以上離れると、砂利の小山に腰をおろした。相手がどこかに行ってしまい、道がまた通れるようになるまで待つことにしたのだ。

一時間待ち、二時間待ち、三時間待った。しかし、蛇はいっこうに動かない。遠くからでも、輝く火の目と、尻尾から噴《ふ》きあがる煙は、はっきり見えた。

しかたなく、ピノッキオは勇気をふるいおこして、すぐそばに近寄った。なだめるようなやさしくかぼそい声で、蛇に話しかける。

「申しわけございませんが、大蛇の旦那《だんな》様。もしよろしければ、すこーしからだを避《よ》けていただきまして、ぼくを通していただけませんでしょうか」

だが、壁にむかってたのんでいるようなものだった。相手は、ぴくりとも動かない。

そこで、ピノッキオは、もう一度同じような声をだした。

「どうかお聞きください、大蛇の旦那様。ぼくは家に帰るところでして、ウチにはおとうさんが待っているんです。もう長いこと、ぜんぜん会っていないんです。……お気にさわらないようでしたら、先を急ぎたいんですが」

返事を待ったが、やはりなんの反応もない。それどころか、それまで元気よくピンピンしていた蛇は、突然動かなくなって、固まったようになってしまった。目は閉じられ、尻尾の煙もとまった。

「こりゃあ、ひょっとしてくたばったのかな」しめしめと手をこすりあわせながら、ピノッキオは言った。そして、すぐさま蛇を跳《と》び越えて、向こう側にわたろうとした。ところが、まだ足もちゃんとあげていないのに、むこうは、まるでバネじかけのようにぴょんと起きあがった。あやつり人形は、ギョッとしてうしろに跳びのこうとしたのだが、しくじって地面に倒れてしまった。

その倒れ方がひどく変だったため、ピノッキオは頭から道の泥に突っ込んで逆立ちをしてしまい、両足がぴょこんとまっすぐ空中に突きだす恰好になった。

頭を泥に突っ込んだまま、信じられない速さで足をばたつかせている人形の姿に、蛇はおかしさのあまり吹きだした。笑って笑って笑って、笑いすぎるほど笑って、胸の血管がやぶれるまで笑いきった。こうして、大蛇は本当に死んでしまった。

そこで、ピノッキオは、まっ暗になる前に仙女の家にたどりつこうと、ふたたび走りはじめた。ところが、道のりは遠くて、死にそうに腹が減ってくる。しかたなく、ピノッキオは、マスカットブドウを少々失敬しようと、道ばたの畑に飛びこんだ。それが、大失敗！

ブドウの木に近づいたとたん、ガチャッ。するどい歯のついた鉄の罠に、足をはさまれてしまった。身動きできず、あおむけになったまま、夜空に輝きはじめた星々を見つめるばかり。

罠は、近所の鶏《にわとり》小屋を荒らしまわっている大イタチをつかまえようと、農家の人間が仕掛《しか》けたものだった。ピノッキオは、それに足を踏み入れたのだ。

第二十一章

ピノッキオは、農家の主人にとらえられ、むりやり鶏小屋の番犬にさせられる。

もちろん、ピノッキオは泣いたりわめいたりして、助けを求めた。だが、無駄だった。あたりに家らしきものはなかったし、道を通る人影もまったくない。

やがて、夜になった。

すねに食い込む罠の痛みと、真っ暗な畑の真ん中にひとりぼっちでいる怖さとで、ピノッキオはだんだん気が遠くなってきた。ちょうどその時、頭の上を飛んでいくホタルの光が目に入った。そこで、呼びとめて、言った。

「ああ、ホタルさん。おねがいだから、この拷問からぼくを助けておくれよ」

「おやおや、坊や、かわいそうに」と、ホタルは羽をやすめて、哀れみぶかく言った。

「どうしたわけで、そんな恐ろしい鉄の爪に、足をはさまれちゃったの？」

「マスカットブドウをふたつかみくらい取ろうとして、畑に入ったんだよ……そしたら……」

「それは、あなたのブドウなの？」

「ううん、ちがう」

「それじゃ、だれが人のものを勝手に盗《と》っていいって、あなたに教えたの？」

「おなかが空いてたんだ……」

「ぼうや、いくらおなかが空いていたからって、よその人のものをだまって盗っていいわけはないでしょ」

「そうだよ、その通りだよ」ピノッキオは泣きながら、大声で叫んだ。「もう二度としないよ」

ホタルとピノッキオの会話は、ふいにここでとぎれた。かすかな足音が、近づいてきたからだ。足音は、この畑の持ち主のものだった。夜になると鶏《にわとり》をおそいにくるイタチが、仕掛けた罠にかかっていやしないかと、ぬき足さし足見回りに来たのだ。

農家の主人は、重い外套《がいとう》の下から、小さい角灯をひっぱりだして照らした。そして、罠にかかっていたのが、イタチではなく、子供だとわかり、びっくり仰天した。

「やい、この盗っ人小僧め！」彼は、カンカンに怒って言った。「さては、お前だったんだな、ウチの鶏を盗んでいたのは」

「ぼくじゃない、ぼくじゃないよ！」しゃくりあげながら、ピノッキオは叫んだ。

「ぼくはただ、ブドウの房をふたつ取ろうとして、畑に入っただけなんだ」

「ブドウが盗めるんだったら、鶏だってわけなく盗めるだろうが。まあいい、一生忘れられんくらい、たっぷりとこらしめてやるからな」

そして、罠からピノッキオの足をはずすと、えり首のところをつかみ、まるで仔ヒツジを運ぶようにして、家まで連れ帰った。

家の前まで来ると、農家の主人は乱暴にピノッキオを地面にほうりだし、足で首のところをしっかり踏みつけて言った。

「今夜はもうおそいし、わしも眠い。この始末は、明日つけてやるからな。それまでは、ここで番犬の役をつとめるんだ。夜のあいだ番をしてくれていたイヌが、今日死んじまったんでな。しっかりやるんだぞ」

こう言うが早いか、主人は真鍮《しんちゅう》の鋲《びょう》がたくさんついた太い首輪を、ピノッキオの首に巻きつけた。頭がすっぽり抜けてしまわないよう、ぎゅうぎゅうしめつける。それから、端が壁に固定されている長い鉄の鎖を、首輪につないだ。

「もしも今夜」と、主人は言った。「雨が降ってきたら、あそこの木の小屋にもぐり込んで寝てもいいぞ。小屋には、わしのイヌが四年のあいだ、ずっと敷いていた藁《わら》が、まだあるからな。それで、もし泥棒どもがやってくるようなことがあったら、忘れずに耳をすましていて、吠えるんだぞ」

この最後の注意をしおわると、農家の主人は家に入って、たくさんついている入り口の大きな差し錠を、全部がっちり閉めた。哀れなピノッキオは、麦打ち場の地面にうずくまったまま、寒さと飢えと怖さとで、死んだようになっていた。思い出したように、のどをしめつけている首輪のすきまに手をさし込んで、必死でゆるめようとするのだが、ダメだった。そして、泣きながら言った。

「これが当然の報いなんだ！　……こうなるに決まってたんだ！　ぼくは、ぐうたらのろくでなしになりたがっていたんだもの。悪い仲間の言う通りにばかりしてきたんだもの。運命がぼくをいじめたって、しかたないんだ。みんなと同じように、ちゃんといい子にしていればよかった。もし、ぼくが勉強好きで、働き者だったら……。もし、ぼくがおとうさんといっしょにウチにあのままいたら。そしたら、今ごろは、こんな畑の真ん中で、農家の番犬なんかしてなくてよかったんだ。ああ、もう一回生まれ変われるんだったら！　でも、おそいんだ。しょうがないんだ」

こうして、胸の奥からこみあげてくる思いを、ほんのすこし吐きだすと、イヌ小屋に入って眠りに落ちた。

第二十二章

ピノッキオは泥棒を捕《つか》まえ、忠実に役目を果たしたほうびとして、自由にしてもらう。

ピノッキオは、二時間以上ぐっすり眠った。ところが、真夜中になって、ふっと目をさました。麦打ち場の方から、なにやらピシピシ言うような、おかしなひそひそ声が聞こえてきたのだ。イヌ小屋の入り口から鼻を突きだして見てみると、黒い毛の小さな動物が四匹あつまって、相談をしているのだった。ネコに似ていたが、ネコではなかった。卵や若鶏《わかどり》が大好きな肉食のけもの、イタチだった。四匹のうちの一匹が仲間の輪をはなれ、小屋の入り口に近づき小声で言った。

「こんばんは、メランポ」

「ぼくの名前は、メランポじゃない」と、あやつり人形は答えた。

「それじゃ、だれなんだ？」

「ピノッキオっていうんだ」

「へえ、で、お前、ここでなにやってんだ？」

「番犬さ」

「えっ、それなら、メランポのヤツはどこなんだ？　ほら、この小屋にいた老いぼれのイヌ」

「今朝《けさ》死んだんだ」

「死んだ？　そいつは気の毒にな！　いいヤツだったのに。でも、お前も顔つきから見ると、いいイヌみたいだがな」

「悪いけど、ぼくはイヌなんかじゃないよ」

「それじゃ、なんなんだ？」

「あやつり人形だよ」

「人形が番犬かい？」

「しかたないんだ。罰なんでね」

「まあ、いいさ。死んだメランポと同じ協定を結べるんならな。お前にとっても、悪くない条件だぜ」

「協定って、どんな?」

「おれたちは、これまでどおり週に一度、夜中になったらここの鶏小屋に来る。それで、鶏を八羽いただくんだ。八羽のうち七羽はおれたちが食うが、残りの一羽はお前にやる。もちろん、そのかわりに、おれたちが仕事しているあいだは、眠ったふりをしていなきゃダメだぞ。小屋から出て吠えたり、ここの主人を起こしたりしないってのが、条件だ」

「メランポも、そういう風にしてたのかい?」と、ピノッキオは訊《き》いた。

「そうさ。あいつとおれたちは、いつもうまくいってたんだ。おとなしく眠っていれば、ここを引きあげる前に、羽根をむしった鶏を一羽、お前の朝食用に小屋の上に置いてってやるから。それでいいな、え?」

「ああ、まったく結構だね」と、ピノッキオは答えた。そして、おどかすようにかすかにかぶりを振った。〈すぐまた、別の話のつけ方をしなけりゃならなくなるだろうけどね〉とでも言いたげに。

四匹のイタチの方は、これで話は決まりだと思い、イヌ小屋の脇にある鶏小屋に直行した。そして、閉まっている入り口の小さな木戸を、歯と爪でもってガリガリひっかいてこじ開けた。一匹ずつ、中にもぐり込んでいく。ところが、四匹ぜんぶが入った次の瞬間、入り口がばたんと乱暴に閉じられた。

閉めたのは、ピノッキオだった。彼は、戸を閉めただけでは満足せず、大きな石を持ってくると、念のためつっかえ棒のかわりに戸の前に据《す》えた。

そして、大声で吠えた。ワンワンワンワンと、ほんとうの番犬みたいに吠えたてた。

その声を聞いた農家の主人は、ベッドから飛び起きた。鉄砲をつかむと、窓から顔をだしてたずねた。

「どうかしたのか?」

「泥棒です」と、ピノッキオは答える。

「どこにいる?」

「鶏小屋の中です」

「よし、すぐに降りてくぞ」

実際、〈アーメン〉と唱える暇もないくらい素早く、主人は降りてきた。早速《さっそく》鶏小屋に駆け入《い》ると、四匹のイタチを捕まえ、袋の中に封じ込めた。そして、心底うれしそうに言った。

「とうとう、とっ捕まえてやった！　思いきりこらしめてやりたいところだが、わしは無慈悲なことはできん男だからな。明日になったら、となり村の宿屋に持ってってやる。あそこのおやじが、皮を剝《は》いで、ウサギとおんなじように、甘酸っぱいソースつきの料理にしてくれるだろうよ。本当を言えば、お前らなんぞ、そんな名誉をうける価値もないんだが、わしは心の広い男だからな、細かいことにはこだわらんのだ」

それから主人は、ピノッキオのそばにやってきて、たっぷり頭をなでてくれた。そして、いろいろ問いただしながら、こんなことを質問した。

「お前はどうやって、こいつらの悪だくみをあばくことができたんだね？　あのメランポ、忠実だったメランポでさえできなかったのになあ」

あやつり人形は、知っていることをしゃべってしまおうか、つまりメランポとイタチのあいだにかわされた、恥ずべき取り決めについて話してしまおうかと、一度は考えた。だが、イヌはもう死んでしまっているのだからと、すぐに思いなおした。

〈死んだ者を責めて、なんになる。死んだ者は、死んだ者なんだ。そのまま、平和に

そっとしておいてやるのが、ぼくたちにできる一番いいことなんだから！……〉

「麦打ち場にこいつらが来たとき、お前は起きてたのかい、寝てたのかい？」と、主人は続けてたずねた。

「眠ってました」と、ピノッキオは答えた。「でも、イタチがペチャペチャしゃべってる声で目がさめたんです。そしたら、こいつらの一匹がイヌ小屋まで来て、こう言うんです。『吠えないで、主人を起こしたりしなければ、毛をむしった鶏を一羽やるから』ってね。ぼくにそんな相談を持ちかけるなんて、まったく厚かましいったらありゃしない。そりゃあ、ぼくは欠点だらけのどうしようもないあやつり人形ですよ。でも、悪党の手助けなんか、金輪際《こんりんざい》しませんよ」

「よく言ったぞ、ぼうず！」と、あるじは彼の背中をバンと叩いて、叫んだ。「お前は、偉い奴だ。すっかりうれしくなっちまった。よし、お前を許してやる。さ、すぐにウチに帰るがいい」

そう言うと、首輪をはずしてくれた。

第二十三章

ピノッキオは、青い髪の少女の死を知り、嘆き悲しむ。すると、一羽のハトが、彼を海辺に運んでくれる。そこで彼は、父ジェッペットを救うために海に飛びこむ。

ピノッキオは、ずっしりと重く、そして恥ずかしい首輪から解放されると、一目散《いちもくさん》に野原を突っ切って駆けだした。一分の時間さえ惜しみ、休まずひたすら仙女の家に通じる道をめざした。

やっと道にたどりつき、眼下に広がる平野を見おろした。キツネとネコに出会ったあのいまわしい森が、裸眼でもはっきり望めた。木々のあいだには、ピノッキオが首を吊られたあの大きなカシの木が、ひときわ高くそびえ立っている。だが、森のどこを探しても、トルコ石のように青い髪をした少女の、小さな家が見つからない。

彼は、悲しい予感におそわれ、足に残った最後の力をふりしぼって、また駆けだした。そして、以前小さな白い家がたっていた草はらのところに、わずか数分でやってきた。

ところが、白い家は消えていた。そのかわりに、小さな大理石の墓石があって、そこにはこんな悲しい言葉が活字体できざまれていた。

青い髪の少女
ここに眠る
弟ピノッキオに捨てられ
悲しみのあまり
この世を去りしものなり

たどたどしく途切れ途切れに、この言葉を読みおえたピノッキオの様子がどんなだったかは、想像におまかせしよう。へなへなと地面にくずれ落ち、大理石の墓にキスの雨をふらせ、洪水のようにドッと泣きだしたのだった。夜通しずっと泣き続け、夜が明けて、流す涙が涸れはてても、まだ泣き続けた。ピノッキオの、心をひき裂くようにするどい泣き声は、まわりの丘すべてにひびきわたり、こだまになった。泣きながら、かきくどくように話しかけた。

「ああ、仙女さま、どうして死んじゃったの？　……なんで、このどうしようもないぼくのかわりに、あんなやさしい仙女さまが死ななきゃいけないんだ？　……おとうさんは、どこ？　ああ、仙女さま、どうやっておとうさんを捜せばいいの？　これからは、おとうさんとずっと一緒にいる、絶対離れたりしない、絶対に、絶対に！　仙女さま、ほんとは死んだりしてないよね！　……ぼくをまだ好きでいてくれてるんだったら、……弟のぼくがかわいいなら、生き返ってよ、お願い！　前みたいに、生きて戻ってきて！　仙女さまは、ぼくがひとりぼっちになって、みんなから見捨てられても、かまわないの？　……もし、人殺したちがまたやってきて、ぼくを木に吊るしたら……そしたら、今度こそぼくは死んじゃう。ぼくをひとりぼっちにして、どうしようって言うの？　仙女さまとおとうさんがいなくなっちゃったら、だれに食べさせてもらえばいいの？　夜になったら、どこで寝ればいいの？　だれが、あたらしい上着を作ってくれるって言うの？　ああ！　こんなことになるんなら、ぼくも死んじまった方がいい、そのほうが百倍もいい！　ほんとに、ぼく、死んじゃいたいよう！　うわ～ん！　うわ～ん！　うわ～ん！」

　こうしてなげき悲しみながら、ピノッキオは髪の毛をかきむしろうとした。だが、彼の髪の毛は木でできていたから、毛の中に満足に指を入れることさえできなかった。

　その時、大きなハトが飛んできた。大きな翼で羽ばたきながら空中で静止して、高みから大声でピノッキオに呼びかけた。

「どうしたんだい、坊や。そんなところで、なにしてるんだい？」

「見てわかんないの？　泣いてるんだ」ピノッキオは、声のする方向を見上げ、上着の袖で涙をこすりこすり言った。

「ところで」と、ハトは言葉を続けた。「君の仲間のあやつり人形に、ひょっとしてピノッキオという名の子はいないかい？」

「ピノッキオ？　ピノッキオって言ったの？」あやつり人形は跳《と》びあがって答えた。

「ピノッキオはぼくだよ！」

　ハトは、答えを聞くとさっと地面に舞いおりてきた。七面鳥より大きいハトだった。

「それなら、ジェッペットって人も、もちろん知ってるね？」と、ハトは訊《き》いた。

「知ってるなんてもんじゃない！　ぼくのおとうさんなんだから。きっと、ぼくのことを話してたんだね？　おとうさんのとこに、連れていってくれないかなあ。おとうさんは今、元気なの？　お願いだから、教えてよ。おとうさんは生きてるの？」

「三日前に、海岸で別れてきたばかりだよ」

「おとうさん、何をしてた？」

「海を渡るんだって、小さな舟を作っていたよ。かわいそうに、あの人、もう四ヶ月以上も、君のことを、国中《じゅう》歩いて捜し回ってるんだ。でも、どうしても見つからないんで、とうとう遠い新大陸まで出かけるつもりなんだ」

「その海岸て、ここからどのくらい？」ピノッキオは、心配で息がとまりそうになりながらたずねた。

「千キロ以上あるな」

「千キロ？　ああ、ハトさん。ぼくにも、君みたいに翼があったらな！」

「行きたいんなら、連れてってやるよ」

「どうやって？」

「私の背中にまたがるのさ。君は、重いかい？」

「重いかって？　とんでもない！　木《こ》の葉みたいに軽いよ」

そう言うなり、ピノッキオはハトの背中に、馬に乗るようにまたがった。そして、はしゃいで叫んだ。

「走れ、走れ、仔馬さん。海辺に早くつきたいな」

ハトは飛びたったかと思うと、あっというまに雲にさわれるくらいの高みへと舞いあがった。好奇心でいっぱいのあやつり人形は、こんなすごい高さまで昇ったことがなかったので、下界を眺めたくなって下をのぞきこんだ。が、見おろしたとたん、怖さでくらくらしてしまい、落ちては一大事と、ハトの首に両腕でしっかりしがみついた。

こうして、まる一日飛び続けた。夕方になって、ハトが言った。

「のどがすごく渇いた！」

「ぼくは、おなかがペコペコだ」と、ピノッキオがつけ加える。

「あそこのハト小屋で、すこし休もう。ひと息入れたら、出かければいい。そうしたら、明日の夜明けには海岸につく」

ふたりは、ハト小屋に入った。中はがらんとしていて、水の入った皿と、カラスノエンドウの豆がいっぱい入っている小さなかごがあるばかり。

あやつり人形は、生まれてこのかた、カラスノエンドウを食べるような目にあったことはなかった。人形に言わせると、そんなもの見ただけでむかむかしてきて、胃がでんぐりがえる、のだそうだ。

ところが、その晩、ピノッキオは豆を腹がはじけるほど食べた。そして、ほとんど平らげたあと、ハトにむかって言った。

「カラスノエンドウの豆がこんなにおいしいなんて、夢にも思わなかった！」

「よくわかっただろう、あやつり人形くん」と、ハトは答えた。「ほんとうに腹が空いていて、ほかに何も食べるものがないとなれば、カラスノエンドウだってごちそうなのさ。空腹で死にそうなときには、旨いのまずいのなんてわがまま言ってられるもんじゃないのさ」

こうしてさっと食事を済ませると、ふたりはまた飛び立った。海岸へ、まっしぐら！　翌朝、めざす海辺に舞い降りた。

ハトはピノッキオを降ろすと、助けた礼など言われたくなかったので、すぐにまた飛び立って、どこかへ消えてしまった。

浜辺には、たくさんの人が集まっていた。みんな、沖の方を眺めながら、叫んだり、手を激しく振ったりしている。

「どうかしたの？」と、ピノッキオはひとりの老婆にたずねた。

「いなくなった息子を捜すんだと言って、気の毒なおやじさんが、小舟で海に出ていったんだ。だけど、今日は海がひどく荒れてるもんで、舟が今にも沈みそうになってるんだよ」

「どこなの、その小舟？」

「ほら、あそこさ。あたしの指の先の方」と、老婆は言った。たしかに、彼女が指し示す先には、小舟が浮いていた。あまりにも遠くなので、まるでクルミの殻《から》に小さな小さな人が乗っているかのようだった。

ピノッキオは、そちらに目を凝《こ》らし、真剣に見つめていた。が、やがて彼の口から、鋭い叫びが洩れた。

「おとうさんだ！　ぼくのおとうさんだ！」

そのあいだにも、小舟は荒れくるう波に揉《も》まれ、高い波のあいだに隠れたり、てっぺんに持ちあげられたりしていた。ピノッキオは、岩場の高いところに立ち、父親の名を呼び続けた。手を振ったり、鼻をぬぐうハンカチを振ったり、しまいには帽子を振ったりして、さかんに合図をした。

ジェッペットさんも、岸から相当離れてはいたのだが、息子の姿に気づいたようだった。彼も帽子をぬいで、岸にもどるぞ、という合図を手まねで一所懸命《いっしょけんめい》に返してきた。だが、波があまりにも激しくて、いくらオールを漕いでも、戻れないようだった。

と、その時だ。突然恐ろしい大波が襲いかかってきて、舟を呑《の》みこんだ。だれもが、舟が浮いてくるのを待った。が、それっきりだった。

「かわいそうになあ」と、浜に集まっていた漁師たちは、口々に言った。そして、小さな声でもぐもぐとお祈りを唱えながら、それぞれの家に帰りかけた。

すると、今度は、死にものぐるいの叫びが耳に飛びこんできた。みんながふり返ると、小さな男の子が「おとうさんを助けるぞ!」と大声で言うや、岩場のてっぺんから海に飛び込むところだった。

ピノッキオは、からだが木でできていたので、水には簡単に浮いた。それで、そのまま魚のように沖に泳いでいく。襲ってくる波にさらわれ、一度は見えなくなったが、また、岸からずっと離れたところに、ぴょこんと片足と片腕があらわれた。けれども、ついにはそれも見えなくなり、二度と姿をあらわさなくなった。

「かわいそうなぼうずだ」浜に集まっていた漁師たちは、そう言いあった。そして、小さな声でもぐもぐとお祈りを唱えながら、家に帰っていった。

第二十四章

ピノッキオは、《働きバチ》の島にたどりつき、ふたたび仙女を見つける。

手おくれにならないうちに、なんとかかわいそうな父親を助けたい。その一心で、ピノッキオはひと晩中[10]、必死で泳いだ。

おそろしい夜だった。どしゃぶりの雨に、雹《ひょう》まで混じり、激しく鳴りわたるかみなりの音が耳をつんざいた。いなずまがたえず光っているせいで、あたりは昼間のように明るかった。

夜明けごろ、ピノッキオはさほど遠くないあたりに、長く横にのびている陸地を見つけた。それは、海の真ん中にある島だった。

なんとかして岸にたどりつこうと、人形はありったけの力をふりしぼった。だが、ダメだった。波があとからあとから彼を追いかけてきてのしかかり、まるで小枝か藁《わら》くずみたいにほうり投げ、もみくちゃにするのだ。ところがその時、運がいいことに、ひときわ大きくて荒い波が襲いかかってきて、ピノッキオのからだを浜辺の砂に、どーんと叩きつけたのだ。

その勢いは猛烈で、浜の地面にぶつかった瞬間、ピノッキオのあばらや関節が、残らずガタガタ鳴ったほどだった。しかし、ピノッキオは、すぐに自分をなぐさめて呟いた。

「ああ、今度も運よく助かったよ」

やがて、すこしずつ雲が切れ、太陽が顔を出した。あたりが明るくなるにしたがって、海も油を流したようにしずまった。

あやつり人形は、びしょびしょになった服を乾かそうと、日なたにひろげた。そし

---

10 ここでいきなり「ひと晩中」とあるが、前章でピノッキオが海に飛び込んだのは、「朝」である。作者は、日中いっぱいあやつり人形が泳ぎつづけたことを省いて「晩」と記している。《働きバチ》の島にたどりついた時、「二十四時間以上、何も口に入れていない」とあることからも、計算上昼間の記述が省かれたのがわかる。

て、果てしなくひろがる水面のどこかに、ひょっとして人が乗った小さな舟がありはしないかと、目を皿のようにしてあちこち捜しはじめた。しかし、どんなに一所懸命《いっしょけんめい》、ずうっと捜し続けても、目に映るのは空と海、それに何艘《そう》かの舟の帆だけだった。その帆にしても、ひどく遠くにあるので、ハエみたいに見えてしまう。

「この島の名前だけでも、わかればいいんだがなあ」と、ピノッキオはこぼした。

「せめてこの島に、立派な人たちが住んでいるかどうかわかるだけでもいいんだ。立派っていうのは、つまり、子供を木の枝に吊るしたりするような悪党じゃない、って意味なんだけど。だけど、そんなこと、だれに訊《き》けばいいんだ？　だいたい、だれもいなかったら、訊くわけにもいかないしさ」

住む人もいないこんな土地の真ん中で、とうとうたったひとりぼっちになってしまったのだと思ったピノッキオは、すっかり落ちこんでべそをかきはじめた。ちょうどその時、岸からそう遠くないあたりを、一匹の大きな魚が泳いでいくのが、目に入った。魚は、頭を水面からだして、ゆうゆうと泳いでいる。

相手をどういう名で呼んでいいのかわからなかったので、あやつり人形は、とりあえず大声をはりあげて、こう叫んだ。

「すみませーん！　そこの魚さま。ひと言よろしいですか？」

「ふた言でも、どうぞ」と魚、いや、実はイルカは、答えた。そのイルカは、世界中どこの海を探しても、めったにいないくらい礼儀正しいイルカだった。

「お願いです、教えてほしいんです。この島には、こっちがあべこべに食べられる危険なしで、食べ物が手に入る村はありますか？」

「もちろんありますとも」と、イルカは言った。「それも、すぐ近くにね」

「どう行けばいいんでしょう」

「そこの小道を左に入って、鼻先がむいてる方角にどんどん歩けばいいんです。間違えっこないですよ」

「もうひとつうかがいたいんですけど。あなたは、昼も夜も海の中を泳いでますよね。ひょっとして、ぼくのおとうさんが乗ってる小さな舟に、ばったり出会ったりしてませんか？」

「君のおとうさんて、だれです？」

「世界一いいおとうさんなんです。ぼくは、反対に、世界一悪い子なんだけど」

「夕べの大嵐だと」と、イルカは答える。「そんな小舟は、沈んじゃってると思いますねえ」

「それじゃ、おとうさんは……」

「今ごろは、きっとあのおそろしいサメに呑《の》みこまれてるんじゃないかしら。あいつは、数日前このあたりに来て、そこらじゅう喰い荒らし、ぶっこわして、死をまき散らしているんです」

「そのサメって、うんと大きいの？」と、ピノッキオはたずねながら、もう怖さでブルブルふるえている。

「大きいなんてもんじゃないな」と、イルカ。「君にあいつのサイズをわかってもらうには、そうだな、からだは五階建ての建物より大きいですね。口ときたら、それはそれはでっかくて、底なしで、蒸気機関車がそのまま走り込めるくらい」

「うわーっ、とんでもないや！」あやつり人形は、びっくり仰天して叫んだ。あわてて乾かしてあった服を着ると、イルカにむかって言った。「これで失礼します、魚さん！　お引きとめして、すみませんでした。ご親切ありがとうございました」

言うやいなや、ピノッキオはすぐに小道に入り、急ぎ足で歩き出した。急ぎ足というより、ほとんど走っているようなものだった。ほんのかすかな音がしても、さっとうしろをふり返る。五階建ての建物ほどもある恐ろしい大ザメが、機関車をくわえて追いかけてきそうで、気が気ではなかったのだ。

三十分ほど歩くと、《働きバチ》の村という名の小さな集落にたどりついた。道にはおおぜいの人々があふれ、そのだれもが、あちらへ走り、こちらへ走りして、せっせと働いていた。みんなが仕事をし、みんながなにかしら用事を持っているのだ。どこをどう探してみても、なまけ者や遊び呆《ほう》けている者など、ひとりもいなそうだった。「いやはや」と、なまけ者のピノッキオは即座に悟った。「ここは、ぼく向きの場所じゃないや。ぼくは、働くために生まれてきたんじゃないからな」

そうこうするうちに、ピノッキオは目がまわりそうなほど、腹が空いてきた。二十四時間以上、何も口に入れていないのだ。カラスノエンドウのひと皿さえ。

さあどうする？

空腹をいやすには、ふたつしか方法はない。仕事をさせてもらって金をかせぐか、人から一ソルドなり、パンのひとかけらなりを恵んでもらうか、どちらかだ。

しかし、人から金や物を恵んでもらうのは、恥ずかしい気がした。なぜなら、ピノッキオは父親から、恵みをうける資格があるのは、老人と病人だけだ、といつも言い聞かされてきたからだった。この世で、援助をうけたり同情してもらえたりする、本当に貧乏な人たちというのは、年老いたり、病気になったりして、どうしても自分の手でパンをかせぎだすことができないからそうしてもらえるのだ。そのほかの人間は皆、働かなくてはならない。働ける人間が、なまけていて腹が減ったのなら、それは本人が悪いのである。

ちょうどその時、汗まみれになり息を切らした男がひとり、そこを通りかかった。彼は、山ほど石炭を積んだ荷車を二台、たったひとりでうんうん言いながら引っぱっていた。

ピノッキオは、その男がいい人そうな顔つきをしていると思い、近づいた。そして、恥ずかしさで目を伏せながら、小さな声で言った。

「お願いです、おなかが空いて死にそうなんです。一ソルド恵んでください」

「一ソルドなんてケチなことは言わん」と、石炭屋は言った。「四ソルドやるよ。おれを手伝って、この二台の荷車を家まで引っぱってってくれたらな」

「とんでもない！」と、人形はムッとして答えた。「言っとくけど、ぼくはロバだったことなんかないし、荷車を引いたことだってないんだ！」

「そりゃ結構なこった」と、石炭屋は答えた。「腹が空いて死にそうだって言うんなら、おまえのその思いあがりを、ふたきれ切って食べるといい。ただし、腹をこわさんようにな」

しばらく経《た》つと、今度は左官屋が、漆喰《しっくい》がたっぷり入った籠《かご》を背中にかついで、通りかかった。

「お願いです、心やさしい旦那《だんな》。おなかが減ってあくびばかりしている、哀れな子供に一ソルド恵んでください」

「いいともさ。おれと一緒に、この漆喰を運んでくれれば」と、左官屋が答えた。

「一ソルドどころか、五ソルドやるよ」

「でも、漆喰は重いからなあ」と、ピノッキオ。「そんなきつい仕事、やりたくないや」

「きつい仕事がいやだって？　そんなら、あくびと仲よくしてるんだね。それが、お似合いだよ」

それからというもの、三十分と経たないあいだに、二十人の人が通りかかった。その全員に、ピノッキオは施《ほどこ》しを求め、全員がこう応じた。

「恥ずかしくないのか？　道でのらくらしてる間《ま》に、さっさと仕事を探しに行きな。そうすりゃ、自分でかせいでパンを買うやり方がわかるからな」

最後に、やさしげな女の人が、水がめふたつを持って通りかかった。

「やさしいおかみさん、どうかお願いです。水がめの水を、ひと口飲ませてください」のどが干上がって燃えるようになっているピノッキオは、そう頼んだ。

「いいわよ、お飲みなさい、ぼうや」と言って、女の人は、水がめを地面に置いた。

ピノッキオは、まるでスポンジみたいに、ぐんぐん水を吸いこんでしまうと、口をぬぐいながら、低い声でもぐもぐ言った。

「のどの渇きは、これでやっつけた。おなかが空いたのも、やっつけられればいいんだがなあ」

この呟きを耳にした女の人は、すぐに応じた。

「この水がめをひとつ、私の家まで持ってきてくれたら、おいしいパンをあげるわよ」

ピノッキオは、水がめを眺め、いいともいやだとも、返事をしない。

「そうね。パンといっしょに、オリーヴオイルとお酢で味つけしたカリフラワーもあげます」と、彼女はつけ加えた。

ピノッキオは、もう一度水がめに目をやり、やはり、いいともいやだとも、答えない。

「カリフラワーのあとで、ロゾーリオ酒の入ったボンボンキャンディーもあげましょうね」

この最高の誘惑には、さすがのピノッキオもとても抵抗できなかった。そこで、心を決めて、言った。

「しかたないや。水がめ、家まで運んであげるよ」

水がめは、とても重くて、手では持っていけそうもない。そこで、あやつり人形は頭にのせて運んだ。

家につくと、やさしい女の人は、ピノッキオをテーブルクロスのかかった小さな食卓に坐らせた。そして、彼の前にパンと味つけしたカリフラワー、それにボンボンキャンディーを並べた。

食べる、というより、片っぱしから飲みこむ感じで、ピノッキオはそれらにかぶりついた。この人形の腹の中は、五ヶ月ものあいだ人が住んでいなかった部屋みたいだった。

荒れくるっていた空腹が、すこしずつおさまり、ピノッキオは恩人に礼を言おうと、顔をあげた。ところが、相手の顔をぱっと見上げた瞬間、「あ、あれえー！」というとてつもなく長い驚きの叫びが、ピノッキオの口から飛びだした。そのまま目を瞠《みは》って凍りつき、フォークは空中で止まったまま、口いっぱいにパンやカリフラワーを頰ばった状態で、ポカンとしてしまった。

「なにをそんなに驚いているの？」と、やさしい女の人は、微笑《ほほえ》んで言った。

「あなたは……」と、ピノッキオは、ひどく口ごもりながら、呟いた。「あなたは……あなたは……だって、似てるんだもん……おぼえてるのとおんなじだもん……そうだよ、そうだ、絶対そうだ。おんなじ声だし……おんなじ目だし……髪だって、トルコ石みたいに青くって……あの人みたいだ……ああ、ぼくの仙女さま、仙女さまだ、そうでしょ、そうだよね、ほんとに仙女さまなんでしょう？　もうぼくを泣かせたりしないでよ。ああ、あなたが知ってたらなあ、ぼくものすごく泣いたんだよ、ほんとに悲しかったんだよ！」

こう言いながら、ピノッキオは洪水のように涙を流し、べったり地面にひざまずくと、不思議な女の人のひざにすがりついた。

第二十五章

ピノッキオは、いい子になって勉強をすると、仙女に約束をする。というのも、彼はあやつり人形でいることにうんざりしていて、ちゃんとした人間の子供になりたかったのだ。


はじめのうち、やさしい女の人は、自分は青い髪の仙女などではないと言いはっていた。だが、すっかり見破られたと知り、それ以上芝居をするのはやめて、そのとおりだと白状した。そして、ピノッキオに言った。

「このいたずらっ子さん！　どうして私だってわかったの？」

「ぼくが、仙女さまを本当に大好きだからだよ。仙女さまは、前にそう言ったよね」

「おぼえてる？　あなたが私のところを出ていった時、私はまだ小さい女の子だったのよ。それが今では、立派な大人、あなたのおかあさんにだってなれるくらい」

「うれしいよ！　だって、これからは、おねえさんじゃなくて、おかあさんて呼べるもの。ぼく、ずうっと前から、ほかの子供みたいに、おかあさんにいてほしかったんだ。……でも、どうやって、そんなにはやく大人になれたの？」

「秘密よ」

「ぼくにも教えてよ。ぼくだって、もうちょっと大きくなりたいんだ。わかるでしょ。ぼく、ずうっと一ソルドのチーズみたいに小さいままなんだ」

「でも、あなたは大きくなれないのよ」と、仙女は返す。

「どうして？」

「なぜかというと、あやつり人形は、決して大きくなれないの。人形として生まれ、人形として生きて、人形として死ぬの」

「いやだ、そんなの！　ぼく、もう、人形でいるのに飽き飽きしてるんだ」と、自分の頭を叩きながら、ピノッキオは叫んだ。

「ぼくだって、いつか人間になりたいよ」

「なれるわ。もしそれにふさわしい子になればね」

「ほんとう？　どうすればいいの？」

「とても簡単。いつもいい子でいればいいんだから」

「ええと、ぼくは違う？」

「あら、ずうずうしいのね。いい子って、言うことをよく聞くものよ。……でも、あなたは……」

「言うことを聞いたためしがない」

「いい子は、勉強も好きだし、仕事も好き。ところが、あなたは……」

「ぼくは、まるで逆。年がら年中《じゅう》のらくらして、外をほっつき歩いてる」

「いい子は、いつもほんとのことを言うけど……」

「ぼくときたら、ウソばっかり」

「いい子は、すすんで学校に行く」

「ところがぼくは、学校と聞いただけで、からだの具合が悪くなる。でも、今日からこんな生活、きっぱりやめる！」

「約束できる？」

「約束する。いい子になりたいもの。そして、おとうさんをよろこばせたい。……おとうさん、今どこにいるのかなあ」

「わからないわ」

「いつか会えるといいな。ぼく、おとうさんを抱きしめたい」

「会えるはずよ。かならず会えます」

仙女の答えにすっかり安心したピノッキオは、夢中になって彼女の手にキスの雨をふらせた。それから顔をあげると、いかにも好きでたまらないという表情で、たずねた。

「ねえ、おかあさん、それじゃ、あなたが死んだっていうのは、本当じゃなかったんだね？」

「そうらしいわね」と、仙女は微笑《ほほえ》みを浮かべて答えた。

「ぼく、『ここに眠る』って読んだ時、のどがしめつけられるみたいに悲しかったんだよ」

「知ってるわ。だから、許してあげたの。あなたの悲しみが心からのものだってわかったから、ほんとうにやさしい子なんだって思ったわ。心のやさしい子は、たとえすこしいたずらっ子で、悪いところがあっても、かならずどこかに見どころがあるものなの。いつかは、きっと正しい道に戻れるわ。だから、私は、ここまであなたを捜しにきたの。これからは、私があなたのおかあさん」

「すごいや！」うれしさで跳《と》びあがりながら、ピノッキオは叫んだ。

「私の言うことを聞いて、なんでも言う通りにするのよ」

「する、する、する！」

「では、明日から」と、仙女は続けた。「学校に通いましょう」

そう聞いたとたん、ピノッキオはしょんぼりしてしまった。

「それで、手に職をつけるか、好きな商売を見つけなきゃ」

ピノッキオは、心配そうな顔になった。

「なにをブツブツ言っているの？」仙女は、ちょっと怒ったような口調で訊《き》いた。

「うん、あのね」と、人形は、くぐもった声で言った。「いまさら学校に行ってもおそすぎるって言ったんだ」

「あなた様は、心得ちがいをなさっていらっしゃいますわ！　いいこと、なにかを学んだり、おぼえたりするのに、おそすぎるなんてことはないの」

「でもさ、ぼく、仕事するの、嫌いなんだ」

「どうして？」

「だって、働くと疲れるんだもん」

「ねえ、ぼうや」と、仙女は言った。「そんなことを言ってると、しまいには牢屋《ろうや》に入るか、救貧病院で死ぬことになるのよ。お金持ちに生まれようが、貧乏に生まれつこうが、人間にはこの世で果たすべき役割があるの。仕事について、働いて。なまけの虫は恐ろしい病気なんだから、取りつかれたらおしまいよ。子供のうちに直さなければ、ダメ。もしそのまま大人になってしまったら、直せなくなるの」

仙女の言葉は、ピノッキオの心を動かした。彼は、勢いよく顔をあげると、言った。

「勉強するよ。仕事もする。おかあさんがやりなさいって言うことは、みんなきちんとするよ。だって、ぼく、人形でいるのに、うんざりしちゃったんだ。どうしても、人間の子供になりたい。してくれるって、約束したものね」

「ええ、約束したわ。ただし、あなたの心がけ次第だけれど」

第二十六章

ピノッキオは、恐ろしいサメを見物しに、学校の友だちと海岸に出かける。

あくる日、ピノッキオは町の学校に登校した。

あやつり人形が学校にやってきた、というので、悪ガキたちは大騒ぎ。笑って笑って、笑いころげ、静まる様子もない。次々に、いたずらを仕掛《しか》けてくる。ピノッキオが手に持っている帽子をひったくる者もいれば、うしろから上着を引っぱる者もいる。ピノッキオの鼻の下に、インクで大きな八の字ひげをかこうとする者や、ひどいのになると、手足にひもを結びつけて、あやつり人形のダンスを踊らせようとたくらむ子供もいる始末。

しばらくのあいだは、知らん顔をしてほうっておいたピノッキオも、とうとうがまんできなくなった。自分を困らせたり、からかったりしている連中の方に向きなおり、厳《いか》めしい顔つきをして言った。

「もうたくさんだ！　ぼくは、道化師になりに学校に来たんじゃないんだぞ。ぼくは、みんなを尊敬したいし、ぼくも尊敬されたいんだ」

「けっ、たいした悪魔だぜ！　まるで、教科書に書いてあるようなことを言ってやがらあ」悪ガキたちは、身もだえして笑い続ける。そして、中でも大胆なヤツが、手をのばしてピノッキオの鼻をつかもうとした。

しかし、ピノッキオの方が、ずっと素早かった。勉強机の下から足をのばし、相手のすねを思いきり蹴《け》りあげたのだ。

「うわあ、なんて硬い足だ！」と、あやつり人形の蹴りでできた、むこうずねの青あざをさすりながら、その子は唸った。

「ひじの方が、足より硬いぞ！」と、別のが言った。そいつは、しつこくピノッキオをからかったために、胃のあたりに一発すごいのを喰らったのだ。

こうして、蹴ったり、ひじ打ちしたりしたあと、ピノッキオはたちまち学校中の子供の尊敬を勝ちとり、人気者になった。みんなが寄ってきて、ピノッキオのからだにさわり、夢中になった。

やがて、教師もピノッキオをほめるようになった。彼が、注意ぶかくて、勉強好きで、頭がいいこと、そして学校にくるのがいちばん早く、授業が終わったあと、席を立つのはいつも最後だ、ということに気づいたからだった。

ただひとつ、あまりほめられないところがあった。それは、友だちが多すぎる、ということ。それも、その大部分が勉強する気などなく、立派な人間になろうという意欲もない、札つきの悪ガキだったからだ。

教師は、毎日のようにそのことを注意したし、やさしい仙女も何度となく、繰り返し繰り返し諭《さと》した。

「いいこと、ピノッキオ。ああいう悪い友だちとつきあっていると、おそかれ早かれ、あなたはまじめに勉強する気持ちをなくすでしょう。そうなったら、きっとひどい災難がふりかかってくるのよ」

「平気、平気！」と、あやつり人形は答え、肩をすくめて、自分のひたいの真ん中を指さした。まるで、〈ここには、ちゃんと分別《ふんべつ》が入っているから、大丈夫〉とでも言いたげに。

ところが、やっぱり事件は起こった。ある日、学校に行く途中、ピノッキオはいつもの仲間に出会った。そいつらが言うには、

「おい、あのすげえニュース、もう聞いたか？」

「なんだい、それ」

「この近くの海に、山みたいにでっけえサメが来てるんだってよ」

「ほんとかい？　もしかすると、そのサメ、おとうさんがおぼれた時にいたっていうあいつかな」

「おれたちは、そいつを見に浜にでかけるんだぜ。お前も来いよ」

「ぼくは、ダメだよ。学校に行かなくちゃ」

「ちぇっ、学校なんてどうでもいいよ。明日行きゃあいいさ。授業を一回くらい多く受けたって、頭なんかたいして良くならないぜ」

「でも、先生がなんて言うかな」

「先公なんかにゃ、言いたいこと言わせとけ。あいつら、そうやって毎日ブツブツ言って、給料もらってんだからさ」

「だけど、おかあさんが」

「おっかあなんてもんに、何がわかるって言うんだい?」と、ろくでなし小僧たちが、口をそろえる。

「こういうのは、どうかな」と、ピノッキオは言った。「ぼく、そのサメを、ぜひ見たいわけがあるんだ。でも……学校が終わってから見にいくよ」

「うひゃー、とんだマヌケだ、こいつ!」仲間のひとりが、声をあげた。「でっかいサメが、お前の都合なんか考えて、いつまでも待っててくれるもんかい。いやになったら、さっさとどっかにフケちまうよ。そうなったら、見たいったって、見られるもんじゃないんだぞ」

「ここから、その浜までどのくらいかな?」と、あやつり人形は訊《き》いた。

「一時間もありゃ、行って帰ってこられるよ」

「わかった。行こう! 向こうまで、駆けっこだ。いちばん速い者が、勝ちだぞ」ピノッキオは、叫んだ。

こうして、出発の合図とともに、悪ガキの一団は、教科書やノートをかかえたまま、いっせいに野原を突っ切って駆けだした。ピノッキオは、ずっと先頭を走っていった。まるで、足に羽でも生《は》えているようだった。

ピノッキオは、ときどきうしろをふり返り、ずっとうしろを走ってくる仲間たちを、からかったりした。みんなが息を切らし、ほこりまみれになって、舌をだらんと口の外にだしている姿を眺め、腹をかかえて笑った。行く手にどんな恐怖や災難が待っているのか知っていたら、こうは気持ちよく笑えなかっただろうに。

第二十七章

ピノッキオと仲間が大ゲンカ。友だちのひとりがケガをし、ピノッキオは憲兵につかまってしまう。

海岸につくとすぐ、ピノッキオは海をぐるりと見まわした。だが、サメなどどこにもいない。海面は、まるで大きな鏡のように静まりかえっている。

「サメなんて、どこにいるんだよ?」仲間の方をふり返りながら、ピノッキオがたずねた。

「きっと、朝飯でも食いにいったんだろうよ」と、ひとりがあざけって答える。

「それとも、ひと眠りしようってんで、ベッドにもぐり込んだのかもね」別のヤツが、さらにひどくバカにする感じで、笑った。

このふざけた答えや、バカにしきった笑い声で、ピノッキオは自分がだまされたことに気づいた。連中は、ありもしないことを言って、彼をひっかけたのだ。カッとしたピノッキオは、怒鳴った。

「おい、お前ら！　サメがいるなんてでたらめを言って、いったいなんの得があるっていうんだ」

「得なら、大ありさ」悪ガキどもは、声をそろえて答えた。

「なんだよ、言ってみろよ！」

「お前に学校をサボらせて、おれたちと一緒に来させたかったのさ。だいたい恥ずかしくないのか、毎日毎日、きちんきちんと学校なんかに行って、まじめに授業を受けるなんてよ。このガリ勉野郎、恥を知れ！」

「ぼくが勉強することと、お前らと、どういう関係があるっていうんだ」

「関係あるに決まってるさ。お前のせいで、おれたちが先公からよけい悪く思われるじゃないか」

「なんでだよ」

「勉強好きのヤツがいると、おれたちみたいに勉強したくないもんは、見劣りしちゃうんだ。おれたちだって、バカ扱いなんかされたかない。これでも、自尊心はあるんだからな！」

「どうすれば、お前らの気が済むっていうんだ？」

「お前も、おれたちみたいに、学校や授業や先公を嫌いになれば許してやるよ。この三つは、おれたちの大敵なんだからな」

「で、ぼくがそれでも勉強を続けたい、って言ったら？」

「お前の顔なんか、二度と見たくねえよ。今すぐに、いやっていうほどひどい目に遭《あ》わせてやる」

「笑わせてくれるよ」と、あやつり人形は、頭をふりながら言い返した。

「やいピノッキオ！」と、からだのいちばん大きい悪ガキが、ピノッキオの鼻先に飛びだしてきて、わめいた。「でかい口をきくんじゃねえぞ。空《から》いばりしやがって。お前は、おれたちが怖くないって言いたいらしいが、おれたちだってお前なんかちっとも怖くないぞ。忘れるなよ、お前はひとりで、おれたちは七人だってことをな」

「大罪《たいざい》だって、七つだぜ[11]」ピノッキオは大笑いしながら言った。

「おい、聞いたか？　こいつ、とんでもないことを言いやがった。おれたちを、七つの大罪呼ばわりしたぞ！」

「ピノッキオ、あやまれ！　おれたちをバカにしやがって！　あやまらないと、痛い目を見るぞ！」

「カッコウ！」[12]と、あやつり人形は、バカにしきった態度で、自分の鼻の先をひとさし指で叩いた。

「ピノッキオ！　いい気になってると、後悔するぞ！」

「カッコウ！」

「ロバみたいにぶんなぐってやる！」

「カッコウ！」

「鼻をへし折られてウチに帰ることになるからな」

「カッコウ！」

11　キリスト教における最大の罪、邪淫《じゃいん》、貪食《どんしょく》、貪欲、怠惰、憤怒《ふんぬ》、羨望《せんぼう》、高慢の七つをさす。
12　鳥のカッコウの鳴き真似。この《cucù》という鳴き真似は、かくれんぼや鬼ごっこで鬼をからかう時に使われる。

「カッコウなら、こっちからお見舞いしてやらあ！」悪ガキの中で、いちばん勇気のあるヤツが、どなった。「そら、とりあえずこいつをくれてやるから、今夜の晩飯にとっとけ！」

言うが早いか、ピノッキオの頭めがけて殴りかかった。

もちろんピノッキオも、負けてはいない。待ちかまえていて、すぐにお返しをする。あっというまに、全員入りみだれての大乱闘になってしまった。

ピノッキオはたったひとり、英雄のように戦った。おそろしく硬い足を、縦横無《じゅうおうむ》尽《じん》にはたらかせて蹴《け》りまわるため、相手はうかつに近寄れない。へたに近づくと、思いきり蹴りつけられ、ケンカの思い出として見事な青あざをちょうだいすることになる。

悪ガキたちは、からだをぶつけ合っていても、あやつり人形には効果がないことに腹をたて、今度は物を投げつける戦法に変えた。学校の教科書が入った包みをほどくと、片っぱしから投げつけはじめた。字の練習帳、文法の本、『ジャンネッティーノ』、『ミヌッツォロ』、トゥールの『童話集』、バッチーニの『ひよこの回想録』[13]、そしてその他いろいろな教科書が、空中を飛んでいく。だが、すばしこくて鋭い目を持ったピノッキオが、うまくからだをかわすので、本はまったくあたらない。どの本も、彼の頭の上を飛び越えて、海にボチャン。

びっくりしたのは、魚たちだ。本を食べ物と間違え、群れをなして水面にあがってくる。だが、どこかのページや口絵をかじったとたん、顔をしかめて吐きだすはめになる。彼らの顔つきは、こんなことを言っているみたいだ。

〈こんなの、食べもんじゃない。おれたちは、いつだって、もっといいものを食ってるんだ〉

13　『ジャンネッティーノ』と『ミヌッツォロ』は、共にコッローディ自身が子供向けに書いた教科書用の作品。ピエトロ・トゥール（一八〇九～六一）は、コッローディと同じくフィレンツェ出身の児童文学作家。学齢期の児童の貧困など、当時の社会問題に鋭く温かい視線を当てた作風。代表作が、この『童話集』。イダ・バッチーニ（一八五〇～一九一一）はフィレンツェ出身の女性作家・ジャーナリスト。やはり子供向けの啓蒙的作品を多く著した。代表作は、処女作でもあるこの『ひよこの回想録』。ここに登場している作品は、すべて同じ出版社フェリーチェ・パッジから出版されたもの、つまり、出版社の宣伝文にもなっている。

こうしているあいだにも、ケンカはますますひどくなっていく。ちょうどその時、大きなカニが一匹、海から姿をあらわし、のろのろと浜に這《は》いあがってきた。そして、風邪をひいたトロンボーンみたいな声で叫んだ。

「ケンカはやめろ、このならず者ども！　子供同士の殴りあいは、かならずろくでもない結果に終わるんだ。ひどいことになるぞ」

カニにはお気の毒だったが、彼は風にむかって説教しているようなものだった。それどころか、すっかり悪ガキに戻ってしまったピノッキオなど、ふり返りざま、恐ろしい顔つきになって、乱暴に言い放った。

「だまれ！　うるさいカニめ！　よけいなお世話だ！　それより苔《こけ》の薬を二粒でも飲んで、お前の喉を治した方がいいぜ！　さっさとベッドにもどって、汗でもかいてろ！」

やがて、悪ガキたちは、自分たちの本を、すっかり投げつくしてしまった。そして、バンドでくくられたあやつり人形の本がすぐ近くにあるのを見つけ、すばやく奪いとった。

それらの本の中には、表紙が厚紙でできていて、背表紙と角の部分が羊皮紙でつくられている分厚《ぶあつ》い一冊が入っていた。算数の教科書で、とてつもなく重かった。

悪ガキのひとりは、それをひっつかむと、ピノッキオの頭めがけて力いっぱい投げつけた。ところが、本はあやつり人形にはあたらず、仲間のひとりの頭に命中してしまったのだ。

その子は、真っ白なシーツみたいな顔色になり、「ああ、おかあさん、助けて。死んじゃう」とだけ言った。

そして、砂の上に倒れ伏した。

死んだような彼の姿に、ほかの悪ガキたちは怯《おび》えきってしまい、一目散《いちもくさん》に逃げだした。あっというまに、ひとり残らず消え去った。

だが、ピノッキオはその場に残った。怖ろしいのと悲しいのとで、ほとんど生きた心地もないまま、それでも急いで海の水にハンカチをひたすと、かわいそうな友だちのこめかみを冷やしてやった。ポロポロ涙を流し、おろおろしながら、友だちの名前を呼んだ。

「エウジェーニオ！　おい、エウジェーニオ！　目を開けてくれよ！　ぼくを見てくれよ！……お願いだ、返事をして。君にこんなひどいことをしたのは、ぼくじゃないんだよう。ほんとだ、誓うよ、ぼくじゃないんだ。……目を開けてよ、エウジェーニオ！　きみの目が開かなかったら、ぼくも死んじまうよお。……ああ、神さま！　こんなことになっちまって、ぼく、どうやってウチに帰ったらいいんだろう。……どんな顔で、やさしいおかあさんの前に立てばいいんだろう。ぼく、どうなっちゃうんだろう。……どこに逃げたらいいんだ？　どこに隠れたら？　ああ、学校に行ってさえいればなあ、その方が千倍もよかったんだ。……なんで、悪い仲間の言うことなんかに耳を貸したんだろう。いつだって、厄介ごとしか持ってこない連中の言葉なんかに。……先生だって、おかあさんだって、いつも言ってたんだ。『悪い仲間には、気をつけなさい』って。だのに、ぼくはわがままで、意地っぱりで……みんなの言うことなんか聞かず、いつもがんこに自分の勝手を押しとおしちゃった。だから、こうやってバチがあたるんだ。……こんな風だから、生まれてからずっと、ぼくはたった十五分さえ平和に暮らせたためしがないんだ。ああ、神さま！　ぼく、どうなっちゃうの、どうなっちゃうの、どうなっちゃうの……」

こうしてピノッキオは、泣きわめき、こぶしで自分の頭をなぐったりしながら、哀れなエウジェーニオの名を呼び続けた。が、ふいに、静かな足音が近づいてくるのに気づいた。

ふりむくと、それはふたりの憲兵だった。

「地べたにすわりこんで、いったい何をしとるんだ?」と、彼らは訊《き》いた。

「友だちを介抱《かいほう》してるんです」

「具合が悪いのか?」

「そうらしいんですけど……」

「こりゃあ、たしかに様子が変だ」と、憲兵のひとりがかがみこみ、エウジェーニオをそばでじっくり眺めた。「この子は、こめかみをやられとる。だれがやったんだ?」

「ぼくじゃありません」あやつり人形は、息を詰《つ》めたまま、口ごもった。

「お前じゃなきゃ、だれがやったんだ?」

「ぼくじゃないよ」と、ピノッキオは繰り返した。

「何で、この子はケガをしたんだ?」

「この本です」あやつり人形は、厚紙と羊皮紙でできた算数の本を、地面から取りあげて憲兵に示した。

「これは、だれの本なんだ?」

「ぼくのです」

「よーし、それで充分だ。これ以上訊くことはない。さあ、立って一緒に来い」

「でも、ぼく……」

「さあ、来るんだ」

「でも、ぼくがやったんじゃないんだ」

「いいから、来い！」

その時、ちょうど岸近くを、漁師の小舟が通りかかった。憲兵は、乗っていた漁師たちに、声をかけて頼んだ。

「この子は、頭にケガをしてるんだ。あんたたちの家に連れていって、介抱してくれんかね。明日、また様子を見にくるから」

それからピノッキオに向きなおり、人形を自分たちふたりのあいだにはさみこんで、軍隊口調の命令をくだした。

「前へ進め！　さっさと、歩け！　さもないと、ひどい目に遭わすぞ！」

命令を繰り返させたりしたら大変なことになると思い、村へと通じる小道をピノッキオは歩きはじめた。かわいそうに、人形は、もう何がなんだかわからなくなって、夢でも見ている気分になってきた。それも、ひどい悪夢を！　魂が、からだから抜け出てしまった感じで、ものがぜんぶ二重に見えるわ、足はブルブルふるえるわ、舌は口の中でつっぱって、ひとことも喋れなくなるわと、ひどいありさま。すっかり混乱してぼんやりしてしまった。だが、こんなにもひどい状態になっても、ただひとつだけ、鋭く心をかきみだす思いがあった。警官に両側からはさまれて、やさしい仙女の家の窓の下を通らなければならない、ということが気になってしかたないのだった。こんな姿を見られるくらいなら、死んだ方がましだった。

町にたどりつき、三人が町中《なか》に入ろうとした瞬間、ふいにひどく強い風が吹いた。すると、ピノッキオの帽子が、風にあおられて十歩ほどむこうに飛ばされてしまった。

「お願いです」と、あやつり人形は警官に言った。「帽子を取りに行かせてください」

「行ってこい。だが、ぐずぐずするな」

人形は、拾いに行き、帽子を手に取って、頭にかぶる……かわりに口にくわえると、猛烈な速さで、海辺にむかって逃げ戻っていく。発射された弾丸みたいだ。

これはとても追いつけない、と思った憲兵たちは、すぐに大きなマスチフ犬にあとを追わせた。どんなドッグレースでもかならず一等になるイヌだった。ピノッキオは、必死で逃げた。だが、イヌはもっと速い。町中《じゅう》の人が、窓から顔をだしたり、道に出てきたりして、この残酷なレースの結果がどうなるのか、熱心に見守っていた。しかし、レースの結末は、わからずじまい。マスチフ犬とピノッキオは、すごい砂ぼこりを道いっぱいにまきあげて、あっという間《ま》に姿を消してしまったからだ。

第二十八章

ピノッキオは、魚みたいに、あやうくフライパンでフライにされかかる。

死にものぐるいで走り続けていたピノッキオは、とうとうもうおしまいだという気持ちになった。なぜなら、アリドーロ（これが、マスチフ犬の名だった）が、必死に走って走って、今にも追いつきそうに迫ってきたからだ。

あやつり人形は、自分のすぐうしろ、ほとんど手のひらの距離くらいしか離れていないところで、イヌがハアハア息を切らせている音を聞き、吐く息の熱さを首筋に感じた。

だが、運のいいことに、海岸まではあとちょっと、そして、そこから海へは五、六歩というところまで、ピノッキオはたどりついていたのだ。

砂浜に足を踏み入れるやいなや、ピノッキオは大ジャンプをした。まるでカエルみたいに跳《と》んで、見事海の中にザブンと落ちた。アリドーロの方は、反対に、停止しようとした。しかし、あまりに勢いがついていたので、そのまま彼も水に飛びこんでしまった。気の毒なことに、このイヌはカナヅチだった。あわてて足をバシャバシャさせてもがき、なんとか沈まないようにしようとした。だが、もがけばもがくほど、頭は水中にもぐっていく。

やっとのことで、また頭を水から出し、怯《おび》えきった目つきで、必死で吠えたてた。

「溺れる！　溺れちまう！」

「くたばっちまえ！」すっかり安全になったピノッキオは、遠くから言い返した。

「助けてくれぇ、ピノッキオ！　……お願いだ、死なせないでくれ〜！」

根はとてもやさしいあやつり人形、耳をつんざく叫びを聞き、すっかりかわいそうになった。そして、イヌにむかって呼びかけた。

「もし助けてやったら、もうぼくを困らせたり、追いかけたりしないって約束するかい？」

「約束する！　約束する！　お願いだ、早く助けて！　あと三十秒で、おだぶつだ！」

ほんの一瞬、ピノッキオはためらった。けれども、良いことをすれば、かならず良い報《むく》いがある、と何度となく父親に言い聞かされたのを思い出し、アリドーロのもとへ全速力で泳いでいった。そして、イヌの尻尾を両手でつかみ、無事に乾いた浜辺にひっぱりあげてやった。

イヌは、すでに立っていられないくらいへばっていた。飲みたくもないのにたっぷり飲んでしまったしょっぱい海水で、腹は風船みたいにふくれている。あやつり人形はというと、相手を信用しすぎてはまずいと思い、用心ぶかくまた海に逆もどりした。岸から離れつつ、助けてやった友だちに呼びかけた。

「さよなら、アリドーロ！　気をつけて帰りたまえよ。君の家族にも、よろしくね」

「さよなら、ピノッキオ！」と、イヌが応《こた》えた。「命を救ってくれて、ほんとに感謝してるよ。ご恩は決して忘れない。情《なさ》けは人のためならずってね！　君に困ったことが起きたら、かならず力になるよ！」

ピノッキオは、岸辺近くを泳ぎ続けた。しまいに、ここまで来れば水からあがっても大丈夫だろう、と思えるあたりにたどりついた。あたりを見まわすと、岩のあいだに洞窟のようなものがある。その入り口からは、煙がひとすじ、長々とたなびいて流れ出ていた。

「この洞穴《ほらあな》には」と、彼は独《ひと》り言《ごと》を言った。「火があるってわけだ。ちょうどいいや。中に入って、服とからだを乾かして、あったまろう。そのあとは……ええい、あとはなるようになるさ」

こう肚《はら》を決めると、ピノッキオはすぐに岩に近づいていった。そして、さあ岩をよじ登ろうとしたその時、水の底からなにかがどんどんあがってくる。どんどんあがってきたそれは、ピノッキオをすっぽり包みこんで、空中に持ちあげてしまった。あわてて逃げだそうとしたが、もうおそい。なんと、おどろいたことに、漁師の網にとらえられてしまったのだ。彼のまわりには、さまざまな形と大きさを持った魚たちが、やはり逃げだそうとして、むなしく跳ねまわっている。

やがて、洞窟から、醜い漁師がひとりあらわれた。その醜いことと言ったら、まるで海の化《ば》け物、といった感じだ。頭には、髪の毛のかわりに、緑の海藻がぼうぼうに生《は》えている。からだの色も、目の色も、地面にくっつきそうに長くのびたひげも、みんな緑なのだ。うしろ足で立ちあがった、ミドリオオトカゲそっくりだった。

漁師は、網を引きあげると、うれしそうに大声をあげた。

「おお、ありがたい、ありがたい。今日も大漁だぞ。魚がたらふく食えるわい！」

〈ああ、ちょっとは安心した。ぼくは魚じゃないからな〉と、ピノッキオは内心で呟き、ちょっと元気を取り戻した。

魚がどっさり入った網は、洞窟に運ばれた。その内部は黒く煤《すす》けていて、ちょうどその真ん中あたりに、大きなフライパンがあった。たっぷりの油が、中でグラグラ煮立っている。ろうそくの燃えかすを火にくべたような息の詰《つ》まる匂いが、あたりに満ちていた。

「どれどれ、どんな魚がとれたかな」と、緑の漁師は言って、パン焼きの時に使う木のシャベルみたいに巨大な手を、網に突っ込んだ。メバルをひとつかみ取りだす。

「こいつは、うまそうなメバルだ」と、満足そうに匂いをかいだり、眺めたりして、言った。それからそのメバルを、水の入っていない陶器のつぼにほうり込んだ。

あとは、同じ動作を何回も繰り返す。どんどん魚をつかみだしてはつぼに入れ、とやっているうちに、漁師の口からはヨダレがだらだら。そして、ワクワクしながら、ひとり喋るのだ。

「このタラは、いいぞ！
ボラは最高！
ヒラメは、美味！
このスズキときたら、飛び切りだ！
かわいいイワシは、頭からまるごと食うぞ！」

こうして、タラも、ボラも、ヒラメも、スズキも、イワシも、みんなメバルと同じくつぼの中へ。

最後に残ったのが、ピノッキオだった。

ピノッキオを網からひっぱりだすなり、漁師の巨大な緑色の目は飛びだしそうになった。おっかなびっくり叫ぶ。

「こいつは、いったい全体、なんて魚だ？　こんな形の魚、今まで食ったことがないぞ」

彼は、もう一度じっくり眺めた。ピノッキオの全身を、よくよく観察したあげく、とうとう言った。

「わかった。こいつは、海のカニ[14]にちがいない」

カニに間違えられたピノッキオは、いささかむっとして、怒ったように言った。

「カニだって？　なに言ってるんだい。よく見てくれよ。ぼくは、これでもあやつり人形なんだぞ」

「あやつり人形だと？」漁師は答えた。「あやつり人形なんて魚は初耳だ。こいつは、ステキだ。よろこんでごちそうになるぞ」

「食べるって、ぼくを？　わからないの？　ぼくは魚じゃないんだ。喋ったり、ちゃんと理屈を言ったりしてるの、わからないの？」

「なあるほど」と、漁師はピノッキオの言葉を引き取った。「魚のくせに、なんと喋れたり、理屈を言ったりするって？　このおれさまみたいに、な？　そういうことなら、特別待遇《とくべつたいぐう》をしなきゃいかんな」

「特別待遇って、どういう……？」

「友情と尊敬のしるしに、どんな料理のされ方で食べられたいか、お前に決めさせてやろうってわけだ。フライパンでフライにされるのがいいか、それとも鍋でトマト

14　「カニ」（granchio）という語には、比喩的に「大しくじり」の意がある。

ソース煮にしてほしいか、どっちだ？」

「ほんとの気持ちを言うと」とピノッキオは答えた。「決めさせてもらえるんなら、ぼくを自由にして、家に帰らせてほしいんだけど」

「冗談じゃない！　こんなめずらしい魚が食べられる機会を逃《のが》したりするもんか。あやつり人形なんて魚、そうそう毎日この海でとれるわけじゃないしな。まあ、まかせておけ。お前は、ほかの魚たちといっしょにフライにしてやるよ。お前も、満足だろう。仲間と一緒にフライにされるんだから、さぞかしいい慰《なぐさ》めになるだろうよ」

こう決められてしまったので、ピノッキオは泣きわめき、哀願し、命乞いをした。そして、しゃくりあげながら、こぼした。

「学校にさえ、行ってればなあ！　どうして悪い仲間の誘いなんかに、乗っちゃったんだろう。バチがあたっちゃったよう。ウエ～ン、ウエ～ン」

ウナギみたいに身をくねらせて、必死で漁師の手から逃れようとするピノッキオを、緑の漁師は、乾いた草をひもに使ってサラミのようにしばりあげた。両手両足をしばられたピノッキオは、つぼに押しこまれた。

さて、それから漁師は、小麦粉がいっぱい入った木の鉢を取りだしてきて、魚に粉をまぶしはじめた。まぶしおえると、次々にフライパンにほうり込んでいく。

煮えたぎった油の中で、最初にダンスを踊ったのは、気の毒なタラだった。それから、スズキ。ボラ。ヒラメ。イワシ。そしてピノッキオの番がやってきた。死が間近に迫ってきても(それも、残酷すぎる死に方なのだ)、ピノッキオはガタガタふるえるだけで、もう泣きさけぶ力も、命乞いをする元気もなくしてしまっていた。かわいそうな少年は、ただ目だけで訴えかけた。だが、緑の漁師は、いっこうに気にかけず、ピノッキオを数回小麦粉の中で転がした。おかげで、頭から足まで粉まみれになったあやつり人形は、石膏細工《せっこうざいく》みたいに見えた。

それから、頭をつかまれ……

第二十九章

仙女の家に戻ると、彼女はピノッキオに約束してくれる。明日からはもう、あやつり人形ではなく、人間の子になれるでしょう、と。カフェオレで祝う大宴会。

漁師がピノッキオを、今まさにフライパンに投げ入れようとしたその時、洞窟に一匹の大きなイヌが入ってきた。フライのうまそうな匂いに釣られてやってきたのだ。

「あっち行け！」と、粉まみれのあやつり人形を手に持ったまま、漁師はイヌをおどかした。

だが、イヌは底抜けに腹を減らしていたので、尻尾をふりながら唸り声をあげた。まるで、こう言っているように。

〈フライをひとくちくれよ。そうしたら、おとなしく出てってやるから〉

「しっ、あっちに行けってば！」漁師は繰り返した。そして、足をあげてイヌを蹴《け》ろうとした。

イヌというものは、本当に腹を空かしていると、鼻にハエがとまっただけでもむかっ腹《ぱら》を立てる生きものだ。だからたちまち、漁師にむかって吠えたてて、恐ろしい牙《きば》をむきだした。

ちょうどその時、洞窟のどこかから、かすかなかすかな声が聞こえてきた。

「助けてえ、アリドーロ！でないと、フライにされちゃうんだ」

アリドーロには、それがピノッキオの声だと、すぐにわかった。ところが驚いたことに、その小さな声は、漁師の手につままれている白い粉のかたまりから聞こえてくるではないか。

アリドーロはどうしたか。パッと大きくジャンプすると、粉のかたまりをやさしく歯でくわえた。そして、いなびかりのように素早く、洞窟を逃げだした。

漁師は、食べるのを心底楽しみにしていた獲物を奪われたので、怒りくるってイヌを追いかけようとした。だが、二、三歩走ったところで、ひどい咳におそわれ、しぶしぶ洞窟に引きかえした。

アリドーロは町へと続く道まで逃げて、そこで足を止めると、友だちであるピノッキオをそっと地面におろした。

「いくらお礼をしてもしきれないよ」と、あやつり人形は言った。

「どういたしまして」と、アリドーロは応じた。「さっき、ぼくを助けてくれたお返しさ。ね、だから言っただろう？　良いことをすれば、良い報いがあるって。情けは人のためならず、みんなで助け合わなきゃね」

「でも、どうしてきみ、あの洞穴に来たんだい？」

「ぼくはあれから、ずっと浜辺で死んだようにぐったりしてたんだ。そうしたら、うまそうなフライの匂いが、風に乗ってやってくるじゃないか。いい匂いをかいだら、猛烈に腹が減ってきてね。匂いを追ってきたのさ。でも、あと一分ぼくが行くのがおそかったら……」

「うわぁ、やめてくれよ」と、ピノッキオはふるえあがって、叫んだ。「ほんと、言わないで、頼むから。もし、一分おそかったら、今ごろはフライになってあいつの腹の中！　消化されちゃってたよ。ぶるるるる！　考えただけで、ゾッとする」

アリドーロは笑いながら、右の前足を人形にさしだした。心からの友情のしるしに、ピノッキオはその前足を強く強く握った。それから、彼らは別れた。

イヌは、自分の家にむかった。ひとりになったピノッキオは、近くにある漁師小屋に歩いていき、戸口のところで日なたぼっこをしていた老人に、たずねた。

「ちょっとお聞きしたいんですけど、頭にケガをしたかわいそうな子供のことを、何か知りませんか。エウジェーニオって名前なんですけど」

「その子なら、何人かの漁師が、この小屋に運びこんだよ。だけど、今は……」

「死んじゃったの？」青くなって、思わずピノッキオは相手の話をさえぎった。

「いや、ちゃんと生きてるよ。もう自分の家に帰ったさ」

「ほんと？ ほんとなの？」うれしさに跳《と》びあがりながら、ピノッキオは大声をあげた。「ケガは、ひどくなかったんですね」

「いや、危ないところだったさ。もう少しで、死んでたかもしれないよ」と、老人は答えた。「なにしろ、厚紙でできたあんなに重い本を、頭に投げつけられたんだからね」

「だれが投げつけたんですか」

「学校の友だちらしいな。たしか、ピノッキオとかいう名前の子らしい……」

「そのピノッキオって、どんな子なんです？」あやつり人形は、とぼけてたずねた。

「なんでも、ひどい不良で、なまけ者で、根っからのろくでなしらしいな」

「ウソですよ！　そんなの、ぜんぶウソだ！」

「お前は、そのピノッキオをよく知っているのかい？」

「顔だけはね」と、人形は答える。

「それじゃ、お前はその子をどう思ってるんだね？」老人は訊《き》いた。

「ぼくには、すごくいい子に思えるけどな。勉強はよくするし、大人の言うことは聞くし、おとうさんや家族の者にはやさしいし……」

涼しい顔をして、真っ赤なウソを喋っていたピノッキオは、ひょいと鼻に手をやってびっくりした。なんと、鼻が手のひらの長さよりもっと伸びているではないか。

ギョッとした彼は、あわてて叫んだ。

「おじいさん、ぼくが今ピノッキオについて言った良いことは、全部ウソだからね。ぼく、よく知っているんだけど、あいつは不良で、ぜんぜん大人の言うことは聞かないし、のらくら者なんだ。学校にも行かずに、仲間と悪いことばかりしてるんです」

こう話したとたん、鼻は短くなって、もとのあたり前の長さにもどった。

「ところで、お前さんはどうしてそんな真っ白けになってるんだね」老人は、急に話題を変えてたずねた。

「ええと、なんて説明したらいいか……そうそう、そうなんです、塗りたての白い壁にうっかりぶつかっちゃって」あやつり人形は、そうごまかした。

まさか、魚みたいに小麦粉をまぶされ、フライパンの中であやうくフライにされるところだったなんて、恥ずかしくて口にできなかったからだ。

「それに、お前、上着やズボン、帽子なんかをどうしちゃったんだ?」

「泥棒に出会って、ぜんぶ盗られたんです。すみませんけど、おじいさんのとこに、なにか着られるものはないですか? 家に帰るまで保《も》てばいいような服ならなんでもいいんです」

「着るものねえ。坊や、わしのところには、ハウチワ豆を入れておく小さな袋しかないなあ。それでよけりゃ、持っていきな、ほら」

ピノッキオは、ありがたく空《から》の袋をもらうことにした。そして、はさみで、底にひとつ、横にふたつ穴を開けると、シャツを着るようにすっぽり頭からかぶった。こうして、服とも言えないほど簡単な服ができると、ピノッキオは町にむかって歩きだした。

だが、道を行くうちに、ピノッキオはびくびく落ちつかない気持ちになった。言うなれば、一歩進んで、また一歩さがるという風な感じなのだ。自然に、独《ひと》り言《ごと》が口からもれる。

「ああ、仙女さまに、どんな顔をして会えばいいんだろう。ぼくを見たら、なんて言うかなあ。……この二度目のいたずら、許してくださるだろうか。……いや、ダメだ、とても許してはもらえないな。……ああ、もう絶対許してはもらえない！　……でも、それが報いなんだ。いつだって、いい子になるって約束しておきながら、それを決して守ったことがない、悪いぼくなんだもの」

村にたどりついた時には、あたりは真っ暗。しかも、天気はひどい荒れ模様で、バケツをひっくり返したようなどしゃぶりの雨になっていた。ピノッキオは、その中をまっすぐ仙女の家にむかって行った。とにかく、玄関をノックして家に入れてもらおう、と決心したからだ。

ところが、いざ家の前まで来ると、その決心もどこへやら。すっかり勇気をなくしてしまった。ノックするどころか、二十歩ばかり走って逃げてしまった。二度目に、やっとの思いで近づいた時も、やっぱりダメ。三度目。ダメ。四度目になって、ようやくふるえる手を鉄のノッカーにのばし、小さくてほとんど聞こえないくらいの音をたててノックした。

待って、待って、とうとう三十分ほどしたところで、最上階(この家は、五階建てだった)の窓が開いた。見ると、頭に小さなランプをのせた、大きなカタツムリが顔をのぞかせている。カタツムリは、ピノッキオに声をかけた。

「こんな夜おそく、いったいどなたです?」

「仙女さまは、いらっしゃる?」と、あやつり人形はたずねた。

「仙女さまは、おやすみです。起こさないように、というお言いつけです。それで、あなたはどなた?」

「ぼくだよ」

「ぼくって、どなた?」

「ピノッキオだよ」

「ピノッキオって、どなた?」

「あやつり人形だよ、このウチに仙女さまと住んでる」

「ああ、わかりましたよ」と、カタツムリは言った。「そこで待ってらっしゃい。今降りていって、開けてあげますからね」

「頼むから、早くね。ぼく、寒くて死にそうなんだから」

「ぼうや、私はカタツムリなのよ。カタツムリは、決して急いだりしないんです」

こうして、一時間が過ぎ、二時間が過ぎた。だが、扉はまだ開かない。寒いのと、こわいのと、びしょぬれになっているのとで、ピノッキオはブルブルふるえ続けていたが、やがて勇気をふるいおこし、ふたたびノックした。さっきよりも、ずっと強く。

この二度目のノックで、さっきより一階下の、つまり四階の窓が開いた。カタツムリが、顔を出す。

「ね、美しいカタツムリさん」と、下の通りからピノッキオは叫んだ。「もう二時間も待ってるんだ！　こんなひどい晩の二時間は、二年間と同じくらい長いよ。後生だから、急いで」

「ぼうや」と、カタツムリは、落ちつきはらって静かに言った。「私は、カタツムリなのよ。カタツムリは、決して急がないんです」

窓は、閉まった。

そのあと少しして、時計が真夜中の十二時をうった。それから、一時。二時。やっぱり、入り口は閉まったままだ。

ピノッキオは、とうとう辛抱できなくなり、怒りにまかせて鉄のノッカーを握った。家中《じゅう》にひびきわたるくらい強く叩いてやれ、と思ったのだ。ところが、握ったとたん、それまで鉄だったノッカーが、ふいに生きたウナギに変わった。身をくねらせて、ピノッキオの手を逃《のが》れ、道の真ん中にできた雨水の川に姿を消した。

「へえ、そういうことかい！」と、ピノッキオは、ますます腹をたてて怒鳴った。「ノッカーが消えちまったんなら、蹴《け》ってノックするまでさ！」

そして、少しうしろにさがって勢いをつけると、躍りあがって玄関の扉を蹴りつけた。ところが、あまりに強く蹴りつけたので、足が半分くらい扉にめりこんでしまった。引き抜こうとがんばったが、びくともしない。釘で打ちつけたみたいに、しっかり固定されている。

こうしてピノッキオは、朝までずっと、片足立ちをする破目《はめ》になった。

夜が明ける頃になって、やっと玄関が開いた。賢くて立派なカタツムリは、たった九時間で五階から玄関まで降りてきたのだ。こんなに速く降りたりして、きっと大汗をかいたにちがいない。

「扉に足を突っ込んだりして、なにしているの?」と、カタツムリは、ピノッキオの姿を見て笑った。

「ひどいことになっちゃった! ねえ、美しいカタツムリさん。足をここから抜いて欲しいんだ」

「ぼうや。それは、大工さんの仕事でしょ。私は、大工仕事なんてやったことないもの」

「じゃ、仙女さまにおねがいして!」

「仙女さまは、おやすみです。起こさないように、とのお言いつけなんです」

「それじゃ、ぼくはこんなところに釘づけになったまま、一日中どうしてたらいいって言うんだい?」

「道を歩いていくアリの数をかぞえて、気晴らしをしたらいいんじゃない?」

「せめて、なにか食べるものをちょうだい。ぼく、腹ぺこで気を失いそうだよ」

「いいわ。すぐ持ってくるわね」とカタツムリは言った。

それから三時間半ほど経《た》って、カタツムリは銀の大皿を頭にのせて戻ってきた。皿には、パンとローストチキン、それによく熟《う》れたアンズが四つ、載っていた。

「これは、仙女さまがくださった朝ご飯ですよ」と、カタツムリ。

ああ、ありがたい仙女さまのお恵み、と、あやつり人形は元気回復。しかし、いざ食べようとして、ガックリ。なんと、パンは漆喰《しっくい》、チキンはボール紙。四つのアンズは石膏《せっこう》製。それらに、まるで本物みたいな色をつけただけのものではないか。

もう降参、と泣きながら、ピノッキオは皿ごと中身を全部投げつけてやろうか、と思った。が、あんまり悲しかったためか、それとも胃袋が空っぽだったためか、その場にバッタリ倒れて気を失ってしまったのだった。

気がつくと、ピノッキオはソファーに寝かされていて、かたわらには仙女がつきそっていた。

「今度も、許してあげるわ」と、仙女は言った。「でも、次にこんなことをしたら、その時はもう知りませんよ」

ピノッキオは、これからはよく勉強をして、いつも良い子にしている、と誓った。そして、その言葉どおり、一年の残りの間中《じゅう》、約束を守った。実際、学期が終わって秋休み[15]に入る前の試験では学校で一番になったし、行いもまずまずほめていい満足すべきものだった。仙女は、大よろこびでピノッキオに言った。

「いよいよ明日、あなたの望みがかなえられますよ」

「ぼくの望みって？」

「明日からは、あなたはもう木の人形ではなくて、立派な人間の男の子になるのです」

ずっと待ち望んでいたこの知らせを聞いて、ピノッキオのよろこびは、それこそ筆舌に尽くせないほどのものだった。そして、人間になる明日には、友だちみんなを招いてごちそうをし、うれしいこの出来事を祝うことになった。仙女は、カフェオレを二百杯、内側にも外側にもたっぷりバターをぬったパニーノを四百個用意させることにした。明日こそ、ピノッキオにとって、最高にうれしくてしあわせな一日になるはずだった。ところが……

悲しいことに、あやつり人形の一生には、いつもこの《ところが》がついて回り、何もかもを台なしにしてしまうのだ。

15 ヨーロッパでは、日本の夏休みにあたるものが秋休みと呼ばれる。

第三十章

ピノッキオは人間の子供になるかわりに、友だちの《ランプの芯《しん》》と一緒に、
こっそり《おもちゃの国》に行ってしまう。

子供だからごくあたり前のことなのだが、ピノッキオはすぐに町をひと回りして、直接自分で友だちを招待してきたい、と仙女に頼んだ。仙女は、それに答えて言った。

「もちろんいいわ。あなたのためのお祝いなんだから、自分でみんなに知らせてらっしゃい。ただ、暗くなる前に、かならず帰ってくるのよ」

「大丈夫、まかせて。一時間以内に、ちゃんと戻ってきます」とあやつり人形は言った。

「よくお聞きなさい、ピノッキオ！　子供は、たいがい簡単に約束するものだけど、

守る子はなかなかいないのよ」

「ぼくは、ほかの子とはちがうさ。一度約束したら、かならず守るもの」

「どうかしらね。言うことを聞かなければ、損をするのはあなたなんですよ」

「どうして？」

「世の中のことをよく知っている大人の言葉を無視するような子は、かならずひどい目に遭《あ》うって決まってるの」

「それなら、よーくわかってるさ」と、ピノッキオは言った。「ぼく、二度と間違ったりしないよ」

「あなたの言葉が本当かどうか、しっかり見てますからね」

あやつり人形は、それには返事をせず、今では母親がわりであるやさしい仙女にあいさつをすると、歌い踊りながら玄関を出ていった。

一時間と経《た》たないうちに、彼は全部の友だちを招待した。あるものは、心底よろこんで招待を受けてくれたが、中には、グズグズ言って、ピノッキオに何度も頼みこませる者もいた。

だが、そんな子でも、外側までたっぷりバターをぬったパニーノを、カフェオレに浸《ひた》して食べるんだぜ、という誘いにはあらがえない。最後は、「君のために行ってやるよ」というのだった。

そうした友だちの中で、ピノッキオがだれよりも好きな、特別仲のいい子がいた。ロメーオという名だったが、だれひとり本名で声をかける者はいない。みんな彼を、《ランプの芯》というアダ名で呼ぶのだ。というのも、その子は、からからに干からびたみたいにすごく痩せていて、夜になってから灯《とも》すランプの芯そっくりだったからだ。

《ランプの芯》は、学校一のなまけ者で、ひどいいたずらっ子だった。しかし、ピノッキオは彼が大好きだった。それで、明日の大宴会にはぜひ彼を呼んでやろうと、家まで出かけていったのだ。が、どこにもいない。間《あいだ》をおいて、もう一度行ってみたが、やっぱりいない。三度目も、ムダ足だった。

いったいどこにいるんだろう。ピノッキオは、あちらをさがし、こちらをさがしているうちに、やっと《ランプの芯》を見つけた。彼は、ある農家の納屋のかげに、隠れていたのだ。

「そこで何してるんだよ」近づきながら、ピノッキオはたずねた。

「待ってるんだよ。旅にでるんだ」

「どこにいくのさ」

「遠い、遠い、遠いところへね」

「ぼくは、君んちに三回も行ったんだぞ！」

「何か用かい？」

「すごい大事件を知らないの？　ぼくに、とうとう幸運がめぐってきたんだ」

「そりゃ、どういう幸運なんだい？」

「明日になったら、ぼく、あやつり人形じゃなくなって、人間の子供になれるんだ。君らとおんなじね」

「そりゃあよかったな。おめでとう」

「だから、明日ごちそうをするから、君、ぼくんちに来いよ」

「だから、今言ったろ。おれは、今晩出かけちまうって」

「何時ごろ？」

「もうすぐだよ」

「で、どこに行くの？」

「ある国に行って、そこで暮らすんだ。……この世で、一番素晴らしい国なんだぜ、そこは。正真正銘《しょうしんしょうめい》、この世の楽園てやつさ」

「なんていう国なんだい？」

「《おもちゃの国》っていうんだ。お前も、一緒に来いよ」

「ぼく？　それはダメだよ」

「バカだなあ、ピノッキオ！　お前、行かないと、きっと後悔するぜ、ほんとに。おれたち子供にとって、こんないい国はほかには絶対ありっこないんだ。学校も、先公も、本もないんだ！　そのステキな国じゃ、勉強なんか一切しなくていいんだぜ。一週間のうち、六日が木曜日で、あとの一日は日曜日。[16] それから、いいか、秋休みは、一月一日からはじまって十二月の最後の日までなんだぜ。こういう国こそ、おれのお気に入りだよ。真の文明国ってのは、こうでなくっちゃ」

「だけど、その《おもちゃの国》では、何をして暮らすんだい？」

「朝から晩まで、楽しく遊ぶんだ。で、夜になったらベッドに行って、翌朝起きれば、また遊ぶのさ。どうだい、すごいだろう？」

「ふうん」と、ピノッキオは軽く頭をふった。まるで、〈そんな生活なら、もちろんぼくだってしてみたいよ！〉と言っているみたいだった。

「な、いいだろ。一緒に行こうぜ。え？　行くのかい、行かないのかい。ちゃっちゃと決めろよ」

「ダメだよ、ダメ。絶対行けないよ。だって、仙女さまにいい子になるって約束したんだもの。約束したことは、守らなきゃ。あっ、もうすぐ日が暮れちゃう。しかたないや、ぼく、もう帰るよ。さよなら、元気でね」

「そんなにあわてて、どこへ行こうっていうんだい？」

「ウチさ。仙女さまが、暗くなる前に帰ってきなさいって……」

「もう二分だけ待てよ」

「ダメだよ、おそくなっちゃう」

「たった二分だぜ」

「仙女さまに怒られたら、どうするんだよ」

「怒らせときゃいいさ。怒るだけ怒ったら、静かになるって」ふてぶてしく、《ラン

16　当時のイタリアでは、学校は木曜が休みだった。

プの芯》は言った。

「だけど、君はひとりで行くの？　それとも、仲間がいるのかい？」

「ひとりかって？　まさか。百人以上の仲間と行くんだよ」

「歩いていくの？」

「もうちょっとしたら、馬車が来るんだ。それに乗れば、世界で一番しあわせな国の国境まで連れてってくれるのさ」

「今すぐ、その馬車が来ればいいんだがなあ」

「どうしてさ」

「君たちみんなが出かけるのを、見送れるからさ」

「もう少し待ってりゃ、見送れるって」

「いやいや、ダメだ。ほんと、もう帰らなきゃ」

「もう二分だけ待てよ」

「グズグズしてると、大変なんだ。仙女さまは、きっとぼくのこと心配してる……」

「哀れな仙女だな。お前が、コウモリにでも食われるんじゃないかって心配してるんだな」

「バカ言うなよ。だけどさ」と、ピノッキオは未練がましく訊《き》いた。「本当にその国には、学校がないのかい？」

「影も形も！」

「先生もいない？」

「ああ、ひとりもいないね」

「勉強する必要も、全然ない……」

「ないない。まったく、全然、ない」

「いい国だなあ、そりゃ！」ピノッキオは、ヨダレをたらさんばかりになって言った。

「まったくいい国だなあ。行けないけど、どんなとこか想像がつくよ」

「一緒に来りゃあいいのに」

「誘惑してもダメだよ！　やさしい仙女さまに、ちゃんとした子になるって約束したんだから。言ったことは、守らなきゃ」

「そうかい。じゃ、あばよ。中学校の連中によろしくな……それに、高校の仲間たちにも、道で会ったらよろしく言っといてくれ」

「バイバイ、《ランプの芯》。いい旅を！　たっぷり楽しんでこいよ。だけど、たまにはぼくらのこと、思い出してくれよな」

そう言うと、ピノッキオは二歩ばかり帰りかけた。しかし、フッと足をとめると、ふりかえって、また訊いた。

「でもさ、その国では、ほんとのほんとに、木曜日が六日で、残りの一日が日曜日なのかい？」

「ああ、保証《ほしょう》するよ！」

「秋休みが、一月一日から十二月三十一日まで、ってのもかい？」

「間違いないって！」

「なんてステキな国なんだろう！」ピノッキオは、うらやましさでワクワクしながら、つばを吐いた。それから、その気持ちをふり切るように、あわててつけ加えた。

「じゃ、ほんとに、さよなら。いい旅を！」

「あばよ」

「あとどのくらいで、出発するんだい？」

「すぐだよ！」

「待ってようかなあ」

「仙女は、どうするんだい？」

「どうせ、もうおそくなっちゃったんだ……ウチに帰るのが、一時間早かろうが、一時間おそかろうが、おんなじことさ」

「気の毒にな、ピノッキオ。帰ったら、仙女にどやされるぞ」

「しょうがない、怒らせとくよ。怒るだけ怒ったら、静かになるさ」

話をしているうちに、日はすっかり落ちて、あたりは真っ暗になっていた。その時、小さなあかりが、遠くの方から近づいてくるのが見えた。……そして、馬やロバの首につける鈴とトランペットの音が、かすかに響いてくる。本当に小さな、まるで蚊《か》の羽音みたいにかすかな音だった。

「ほうら、来たぞ！」と、《ランプの芯》は、さっと立ちあがって叫んだ。

「だれが？」とピノッキオは低い声でたずねた。

「馬車に決まってんだろ！　おい、ピノッキオ。一緒に行くのか、行かないのか？　どっちにするんだよ！」

「だけど、ほんとにほんとなんだろうね」と、あやつり人形は念を押す。「その国に行ったら、勉強なんか全然しなくていいってこと」

「絶対、絶対、しなくていいんだ！」

「いい国だな！　……いい国だな！　……まったくすごい国だな！」

第三十一章

五ヶ月のあいだ遊び呆《ほう》けたあと、ピノッキオはびっくり仰天。立派なロバの耳が生《は》えてきたのだ。シッポからなにから、全部そろった仔ロバに変身。

そして、とうとう馬車がやってきた。ひっそりと静かにあらわれた。車輪には、麻布やボロくずが巻きつけてあって、うるさい音を立てないように細工してあるのだ。馬車をひいているのは、二頭ずつ縦につながれた十二組のロバで、みんな同じくらいの大きさだった。ただ、毛の色にはちがいがある。あるものは灰色、あるものは白。黒と白のぶち模様がいるかと思えば、黄色と青が交互にふとい縞《しま》になっているのもいる。

だが、奇妙だったのは、この十二組、つまり二十四頭のロバが、ふつうのロバや馬車馬のような蹄鉄《ていてつ》をつけていないことだった。蹄鉄のかわりに、彼らは、人間が履《は》くような白い革の半長靴を履いていたのだ。

御者《ぎょしゃ》はと見ると……、

背丈より横幅の方が大きくて、まるでバターの丸いかたまりみたいに脂ぎっている。小さめの顔は、リンゴのようにつやつやして赤く、おちょぼ口には笑みを絶やさない。声音《こわね》ときたら、女主人に頼りきって甘ったれているネコみたいに、やさしく媚《こ》びるような調子だ。

この小男の姿を見たとたん、子供たちだれもが、みんな彼のことを大好きになってしまい、あらそって馬車に乗り込んでしまう。そして、《おもちゃの国》というようっとりするような名前で地図に載っている桃源郷へ、連れていってもらおうとするのだ。現に、やってきた馬車には、八歳から十二歳までの子供たちがぎゅうぎゅう詰《づ》めに乗っていた。たがいに重なりあっているその姿は、塩漬けイワシの缶詰めみたいだ。気持ちは悪いし、からだは押しつぶされているしで、ほとんど息もできないくらいなのだが、だれひとりとして、〈苦しいよう!〉なんて言わないし、不平をもらしたりもしない。あと少しすれば、本も学校もなく、先生だっていない国に行けるのだからと、うれしい希望を胸に、じっと我慢している。気分が悪いとか、疲れたとか、おなかが空いたとか、喉が渇いたとか、眠いとか、そんなことはまるで問題にはならないのだ。

馬車がとまるとすぐ、小男は《ランプの芯《しん》》にむかって、作り笑いと猫なで声とで問いかけた。

「かわいいぼうや。君も、しあわせの国に行きたいのかな?」

「もちろんさ!」

「でもねえ、ぼうや。ごらんのとおり、馬車にはもう坐るところがないんだよ。満員なんだ」

「しかたないさ」と、《ランプの芯》は答えた。「中に席がないなら、ロバをつないでる棒の上にでも坐るよ」

そして、棒にぴょんとまたがった。

「それで、そっちのぼうや」と、小男はピノッキオの方にむき直り、愛想《あいそ》よくたずねた。「君はどうするんだね? 一緒に来るかい? それとも、ここに残る?」

「ぼくは、ここに残るよ」と、ピノッキオは答えた。「ウチに帰らなきゃ。勉強して、いい子がみんなそうするみたいに、優等生になるんだ」

「そうかね。じゃ、幸運を祈ってるよ」

「おい、ピノッキオ」と、その時《ランプの芯》が口をはさんだ。「おれの言うことを聞けよ。一緒に行って、楽しい思いをしようぜ」

「ダメ、ダメ、ダメ！」

「一緒に行って、楽しくやろうよ」馬車の中から、四人の子供が合唱する。

「一緒に行って、楽しくやろうよ」今度は、百人以上の声が、馬車を揺るがす。

「だけど、ぼくが君たちと行っちゃったら、やさしい仙女さまが、なんて言うかなあ」と、あやつり人形は言った。決心がぐらつきはじめ、気持ちもすっかり揺らいでいる。

「そんなに暗くなるなよ！　朝から晩まで、好き勝手に遊び呆けていられる国に行くんだぜ！」

ピノッキオは、答えない。だが、ため息をひとつついた。それからもうひとつ。さらに、三つめ。そして、とうとう言った。

「ぼくの席を作ってくれよ。一緒に行くから」

「席はいっぱいなんだ」と、小男。「だけど、大歓迎のしるしに、私の御者台をゆずってあげるよ」

「だけど、あなたはどうするの？」

「なあに、歩いていくさ」

「そんなこと、させられないよ。そうだ、ぼく、このロバの背中に乗っていくよ」ピノッキオは、大声で叫んだ。

そして、すぐさま、彼の右手側、御者台に一番近いところにつながれたロバの背にまたがろうとした。ところが、ロバは急にふりかえると、鼻づらでピノッキオの胃のところを猛烈な勢いで押した。おかげで、ピノッキオは足を宙にはねあげて、投げ出されてしまった。

このありさまを眺めていた子供たちは、大騒ぎ。腹をかかえて笑いころげる。

だが、小男は笑わない。愛情たっぷりなしぐさで、反抗的なロバに近づいていくと、キスをするようなふりをして、いきなり右の耳を半分ほど噛みちぎった。

そのあいだに、ピノッキオは地面から起きあがった。カンカンに怒って、ポンとひと跳《と》びすると、そのかわいそうなロバの背にうまくまたがった。その乗り方が、とても見事だったので、子供たちは笑いやみ、「ピノッキオ、万歳！」と叫びながらいっせいに拍手した。

しかし、ロバは今度は、二本の後足をはねあげて、尻を強くひとふりした。たまらないのは、あやつり人形だ。スポンとふり落とされて、道の真ん中にあった砂利の山に投げだされた。

またしても、子供らは大爆笑。しかし、小男は笑わない。落ちつきのないロバに、なめるようなやさしさを見せつけながら近寄ると、キスをひとつ。と同時に、左耳を半分噛みちぎった。そして、あやつり人形にむかって、言った。

「さあ、乗った乗った。もう大丈夫。このロバは、ちょっと気まぐれなんだ。だけど、私がふた言ばかり耳うちしといたからね。おとなしく言うことを聞くと思うよ」

ピノッキオは、またロバに乗った。馬車が動きだす。ところが、しばらくして、馬車が大通りの敷石を走っている時、やっと聞きとれるくらいの小さなかぼそい声が、聞こえてくる気がしたのだ。

「哀れな愚か者だよ、お前も。好き勝手なことばかりして。今に、きっと、後悔するぞ」

ピノッキオは、怖くなって、その声がどこから聞こえてくるのか確かめようと、あたりをきょろきょろ見回した。だれもいない。ロバたちは走り続け、馬車は前に進み、子供たちは車内でグーグー眠っている。《ランプの芯》なんか、ヤマネ[17]そっくりのいびきをかいている。そして、御者の小男は、口の中でぼそぼそ歌を歌っていた。

夜にはみんな眠るけど
この私は決して眠らない

五百メートルほど先に進んだところで、またしてもピノッキオは、そのかぼそい声を聞いた。

「よくおぼえておくんだ、おバカさん。勉強もせず、本や先生や学校に背をむけて、おもちゃや遊びにばかり夢中になっていると、しまいにはひどいことになるって決まってるんだ。……ぼくが、このぼくがそのいい証拠さ。……だから、お前に言って

17 リスに似た齧歯目ヤマネ科の動物。

やれるんだ！　いつかお前も、泣くことになる。今、このぼくが泣いているようにね。だけど、そうなったら、もう手おくれなんだ」

ひどく低くて小さくしか聞こえないその言葉を耳にすると、あやつり人形はますます恐ろしくなり、ロバの背から飛びおりて、その鼻づらをつかんだ。

すると、なんと驚いたことに、ロバがポロポロ涙をこぼしているではないか。……まるで、人間の男の子のように泣いているのだ！

「ねえ、おじさん」と、ピノッキオは御者に呼びかけた。「これ、どういうことなの？　このロバ、泣いてるよ」

「泣きたきゃ、泣かせておきな。結婚でもすれば、笑うだろうよ」

「おじさんが、このロバに話し方を教えているの？」

「ちがうね。曲芸をするイヌのサーカスに三年いた間に、ちょっぴりおぼえただけだよ」

「なんだか、かわいそうだな！」

「さあさあ」と、小男は言った。「ロバが泣くのをぼうっと見てるなんて、時間のムダだ。はやくロバの背中に戻っておくれ。夜風は冷たいし、先は長いんだからね」

ピノッキオは、黙って小男の言う通りにした。馬車はふたたび走りはじめ、夜明けには無事《おもちゃの国》にたどりついた。

この国は、世界中《じゅう》のどこにも似た場所がないすごく珍しい国だ。住んでいるのは、子供だけで、最年長が十四歳。一番小さい子は、やっと八歳になったばかり。通りという通りが、めちゃくちゃににぎやかで、ぎゃーぎゃーわめく声や金切り声で、頭がくらくらしてくるほどだ。そこらじゅうで、いたずらっ子どもが走りまわっている。クルミ投げ[18]に、おはじきに、ボール投げ。自転車を乗りまわす者や、木馬にまたがっている者。こっちで、目かくし鬼をしているかと思えば、あちらでは追いかけっこをしている。ピエロの服装をして、燃える麻くずを口に入れている子、大声で芝居のセリフを喋る子、歌を歌っている子、とんぼ返りをしている子、さかだちして歩きまわる子、輪投げをする子。中には、将軍みたいに、紙のヘルメットに厚紙の刀で軍装している子供もいた。大声で笑う者、怒鳴る者、だれかを呼んでいる者、拍手する者、

18　ピラミッド形に積み上げたクルミの城に、離れた所からクルミ一個を投げ当てて城を崩す子供の遊び。

口笛を吹く者。卵を産む時の、雌鶏《めんどり》のけたたましい鳴き声を真似している子までいる。要するに、とんでもないバカ騒ぎが、そこらじゅうでくりひろげられているのだ。耳にわたでも詰めておかないと、鼓膜がやぶれてしまいそうだった。どの広場にも芝居小屋があって、朝から晩まで子供たちで満員。家々の壁は、落書きだらけ。炭で黒々と書かれたそれらの落書きは、実にもう大変なものだった。〈ばんざい！　おもちゃ！〉と書くべきところを、〈ばんざい！　おもち！〉。〈学校なんてまっぴら！〉が、〈かこうなんてまっぴら！〉。〈くたばれ算数！〉は、〈くたばれ草数！〉。エトセトラ、エトセトラ。

ピノッキオも《ランプの芯》も、小男と旅をしてきたほかのすべての子供たちも、町に足を踏み入れるやいなや、この騒ぎのまっただ中にさっさと飛びこんでいった。そして、あっという間《ま》に馴染んで、町中の子供たちと友だちになった。なんてしあわせで、なんてうれしい、夢のような場所！

こうして、毎日を遊び呆けて暮らしていると、一時間が、一日が、一週間が、いなびかりのような素早さで過ぎていく。

「ああ、なんてステキな人生なんだろう！」《ランプの芯》に、町でひょっこり会うたびに、ピノッキオは言った。

「どうだい。おれが言った通りだったろ?」相手は、鼻高々で応じる。「それなのに、一緒に行かない、なんて言いやがって。仙女の家にもどって、勉強で時間をムダにしよう、って考えてたんだから、お笑いさ! ……お前が今、本だの学校だの先公だのに、頭を悩ませずにいられるのは、ぜんぶおれさまのおかげなんだぞ。おれが忠告して、めんどうを見てやらなきゃ、こうはならなかったんだ。感謝しろよ。こんなに親切にしてやるのは、本当の親友だからこそなんだぜ」

「まったくだよ、《ランプの芯》! ぼくが今日、こんなに満足してしあわせでいられるのは、すべて君のおかげさ。だけど、そんな君のこと、先生がなんて言ってたか知ってるかい? いつも、こんな風さ。『あんな悪ガキの親玉みたいな《ランプの芯》とは、決してつきあうんじゃない。お前をそそのかして、悪いことに誘いこむだけなんだから』ってね」

「先公ってのは、哀れだよな」頭をふりながら、《ランプの芯》は答えた。「あいつが、おれをひどく嫌って、しょっちゅう悪口を言ってよろこんでたことくらい、知ってたさ。だけど、おれは心が広いから、許してやってたのさ」

「君は、なんて立派なんだ！」ピノッキオは彼を抱きしめ、額にキスをした。

こうして、本とも学校ともまるっきり縁のない、ただひたすら一日中おもしろおかしく暮らす日々を過ごすうちに、五ヶ月が経《た》ってしまった。そんなある朝、ピノッキオが目ざめると、びっくりするようなとんでもないことが彼の身に起きていたのだ。そのせいで、彼はすっかり悲しくなってしまったのだった。

第三十二章

ロバの耳、本物の仔ロバときて、とうとう声もしっかりロバ声になる。


びっくりするようなとんでもないことって？

親愛なる小さな読者諸君、実は、こういうことだったのだ。ピノッキオは目をさますと、いつものように頭をごしごし掻きまわした。ところが、掻いている最中に、あることに気づいた。

何に気づいたのかって？

なんと、自分の耳が十センチ以上伸びていることに、気づいたのだ。

御存知のように、あやつり人形の耳は、生まれて以来ずっと小さかった。小さすぎて、虫メガネなしでは見えないくらいだったのだ。それが、どうしたわけか、一晩で沼に生《は》える葦《あし》の穂のようにニョキニョキ伸びてしまっている。

ピノッキオはすぐに、自分の顔を映してみようと、鏡を探しまわった。しかし、見つからない。しかたなく、洗面器に水を張って、中をこわごわのぞきこんだ。するとそこに、絶対に見たくなかったものが映っていた。なんとも見事なロバの耳[19]がふたつ、堂々と頭から突きでているではないか。

ピノッキオがどれほど悲しみ、恥ずかしく思い、絶望的になったか、想像してみて欲しい。

泣きわめき、壁に頭を打ちつけ、ピノッキオは荒れくるった。だが、やけになればなるほど、耳はどんどん長くなり、そのうえ、先っぽのあたりには毛まで生えてきた。

ピノッキオの泣き声が、あまりに激しかったので、上の階に住んでいるかわいいモルモットが、彼の部屋に入ってきた。そして、取り乱している人形にむかって、心配そうに質問をした。

「どうしたの、ピノッキオさん」

「モルモットさん、ぼく、病気になっちゃった！　ひどい病気なんだ。死んじゃうんじゃないかって、すごく心配なんだ！　ね、モルモットさんは、脈のはかり方、知ってる?」

「うろおぼえですけどね」

「それじゃ、熱病にかかっているかどうか、調べて!」

モルモットは、右の前足を使って彼の脈をはかった。しばらく調べると、ため息まじりに言った。

「ねえ、あなた。悪い知らせよ」

「どんな?」

「これはね、とてもおそろしい熱病だわ」

「どういう病気なの」

「ロバ熱よ」[20]

「そんな熱病、聞いたこともないよ!」と、あやつり人形は、よく知っているくせに、

19 かつてヨーロッパの学校では、劣等生や素行の悪い生徒に「ロバの耳」帽子を罰としてかぶらせた。言うまでもなく、ギリシア神話のミダース王のエピソードに由来する。

20 この表現は、イタリア語ではしばしば仮病の意味で使われる。

とぼけた。

「それじゃあ説明してあげるわ」と、モルモットは言葉を継《つ》いだ。「いいこと？　あと二、三時間もすると、あなたはあやつり人形でも、男の子でもなくなっちゃうの……」

「で、何になるっていうの？」

「二、三時間後には、正真正銘《しょうしんしょうめい》のロバになってしまうのよ、馬車をひいたり、市場にキャベツやサラダ菜を運ぶ、あのロバに」

「いやだよ！　そんな、とんでもない！」ピノッキオは、金切り声で泣き叫びながら、まるでよその人間の耳でも引っぱるように、両手で自分の耳を力まかせに引っぱった。

「ねえ、あなた」と、モルモットは、なぐさめるように言葉を続けた。「そんなに引っぱっちゃいけないわ。これは運命なんだから、しかたないのよ。聖なる知恵の書にも書いてあったでしょ。なまけ者で、本や学校や先生のことを嫌って、くる日もくる日も、おもちゃやらなにやらで遊び呆《ほう》けてばかりいた子は、おそかれはやかれ小さなロバになってしまうんだって」

「だけど、それって、ほんとにほんとなの？」あやつり人形は、しゃくりあげながらたずねた。

「もちろん、ほんとのことよ。だから、いまさら泣いてもムダなの。最初に、よく考えておかなきゃいけなかったのよ」

「でも、ぼくは悪くないんだ！　信じてよ。みんな、《ランプの芯《しん》》のせいなんだ」

「だあれ、その《ランプの芯》て？」

「学校の仲間なんだ。ぼく、ウチへ帰りたかったんだ。大人の言うことをちゃんと聞く子になりたかったんだ。勉強して、優等賞もとるつもりだった。それなのに、《ランプの芯》のヤツ、『なんだって、勉強なんかで頭を悩ますんだ？　学校なんか行ったって、しょうがないだろ？……そんなことしてないで、おれと一緒に《おもちゃの国》に行こうぜ。勉強なんかしなくていいし、朝から晩まで遊んでいられるんだ。すごく楽しいぞ』って誘ったんだ」

「どうして、そんなでたらめな友だちの言うことなんか聞いたの？　そんな悪い友だちの……」

「どうしてって……。だって、モルモットさん、ぼく、あやつり人形なんだ。分別《ふんべつ》もなけりゃ、心だってない……。ああ、もしぼくに、ほんのちょっぴりでも、ちゃんとした心があったらなあ。そうしたら、やさしい仙女さまの家から、決して逃げだしたりしなかったのになあ。仙女さまは、本当のおかあさんみたいに、ぼくをかわいがってくれた！……あのままとどまっていれば、今ごろはあやつり人形なんかじゃなく、ほかのみんなと同じ、立派な人間の子供になれていたんだ！……くそっ！《ランプの芯》のヤツ、見つけたらただじゃおかないからな！　思いっきり文句を言ってやる！」

こう言って、部屋を出ようとした。が、玄関のところで、ふと自分の耳がロバの耳であるのを思い出した。こんな姿を人に見られたら、と思っただけで、恥ずかしくてたまらない。どうしようかと考えたピノッキオは、大きな木綿《もめん》の帽子を手にとると、頭からすっぽりかぶった。鼻先までぐいっと引きさげる。

そんな恰好でおもてに出ると、ピノッキオは、そこらじゅう《ランプの芯》を捜し回った。通りを、広場を、芝居小屋を。そして、捜せるところは、全部。けれど、《ランプの芯》は、どこにもいない。道で会う人ごとにたずねてみたが、彼を見た者はいない。

そこで、家にまで行ってみた。玄関の扉を叩いてみる。

「だれだい？」中から、《ランプの芯》の声がした。

「ぼくだよ」あやつり人形は答えた。

「おう、待ってろよ。今、開けるから」

三十分経《た》って、ようやく扉が開いた。ピノッキオが部屋に入ると、なんと、《ランプの芯》も、木綿の大きな帽子を鼻のところまですっぽりかぶっているではないか。

その光景を目にして、ピノッキオはなんとなく安心した気分になった。すぐに、心の中でこう思った。

〈なんだ、こいつも、ぼくとおんなじ病気にかかったんだな！　きっと、ロバ熱があるんだ〉

が、素知らぬふりをして、ピノッキオは笑顔で探りを入れた。

「よう、調子はどうだい？　親愛なる《ランプの芯》」

「最高だね！　パルメザンチーズのかたまりの中にいるネズミみたいな気分さ」

「本気でそう言ってるのかい？」

「どうして、おれがウソなんかつく必要があるってんだ？」

「いや、ごめんごめん。だけど、それじゃあなんだって、耳がすっぽり隠れるような帽子をかぶっているんだい？」

「医者がそうしろって言うんだ。ひざを痛めたんでね。ところで、親愛なるピノッキオ、お前はいったいなんだって、そんな木綿の帽子を、鼻のところまで引き下げてたりするんだ？」

「医者に、かぶってろって命じられたんだ。足をすりむいちゃってね」

「そりゃあ、気の毒になあ」

「君も、気の毒だねえ」

そんな言葉を交わし合ったあと、ふたりは長いあいだ黙りこくっていた。互いに相手をからかうような目つきで、ふたりの友だちはじろじろ眺め合った。

とうとうあやつり人形が、ハチミツのように甘ったるい、フルートみたいな声で言った。

「ちょっとした好奇心から訊《き》くんだけどさ。君、今までに耳の病気にかかったこと、ある？」

「ないな。……お前は？」

「ぼくもないよ！　だけど、今朝起きたら、耳がすごく痛いんだ」

「おれも、おんなじだよ」

「君もかい？……で、どっちの耳が痛いの？」

「両方だ。で、お前は？」

「両方なんだ。同じ病気かな」

「そうかもしれないな」

「お願いがあるんだ」

「いいぜ。言ってみろよ」

「君の耳を見せてもらいたいんだけど」

「ああ、かまわないさ。だけど、ピノッキオ、お前のを先に見せろよ」

「ダメだよ。君が先だ」

「いやいや。お前が先。おれがあと」

「そうだ」と、あやつり人形は言った。「友だちとして、約束をしようよ」

「約束って、なにを」

「ふたりで同時に、帽子を脱ぐのさ。どうだい？」

「ＯＫ」

「それじゃ、いいかい」

ピノッキオは、高い声で数をかぞえた。

「一、二、三！」

三の声と同時に、ふたりは帽子を脱いで、空中にほうり投げた。

そのあとの彼らときたら、とても信じられないふるまいをしたのだ。まったく同じ不幸に見舞われたとわかったとたん、ピノッキオも《ランプの芯》も、恥ずかしがって嘆き悲しむかわりに、ふたりして笑いころげてしまったのだった。バカバカしく伸びてしまった自分たちの耳を横目で見合いながら、あれこれと囃《はや》し合ったあげく。

笑って、笑って、笑いのめし、からだを何かで支えなければならないほど笑い続けたのだが、突然、《ランプの芯》が笑いやんだ。そして、よろよろよろめいたかと思うと、真っ青な顔になって言った。

「助けて！　助けてくれよ、ピノッキオ！」

「どうしたんだい？」

「おれ、変なんだ！　まっすぐ立ってられなくなっちまった！」

「うわっ、ぼくもだ！」と、ピノッキオも、もがきながら泣き叫んだ。

そう言いながら、ふたりは地面に四つん這《ば》いになって歩きだした。そのまま部屋の中を、ぐるぐる走りまわる。駆けているうちに、ふたりの両腕は前足になり、顔はどんどん長くなって、鼻づらができてきた。からだ全体が、淡い灰色の毛におおわれ、黒い斑点が浮かびあがる。

だが、この不幸なふたりが最悪のやりきれなさを感じたのは、尻《しり》に尻尾が生えてきた瞬間だった。悲しさと恥ずかしさのあまり、わんわん泣いて運命を呪《のろ》おうとした。

しかし、そんなことはしない方がよかったのだ。ふたりの喉から出てきたのは、嘆きや悲しみの声ではなくて、ロバのいななきだったからだ。いななきは、大きくてよく響き、ブヒェヒェーン、ブヒェヒェーンというコーラスになった。

そのとたん、扉をノックする音が聞こえた。外から、こういう声がする。

「おい、開けろ！　おれは、お前たちをこの国に連れてきてやった御者《ぎょしゃ》だ！　さっさと開けろ！　さもないと、ひどい目に遭《あ》わせるぞ！」

第三十三章

仔《こ》ロバになったピノッキオは、売りに出される。買ったのは、サーカス団の団長。ピノッキオは、ダンスをしたり輪くぐりをしたりするよう仕込まれるが、ある晩足をくじいてしまう。ふたたび売りにだされ、今度は仔ロバの皮で太鼓《たいこ》を作ろうとしている男に買われる。


玄関の扉が開かないのを見てとると、小男は乱暴に扉を蹴《け》りあげて中に入ってきた。

そして、例の薄笑いを顔に浮かべながら、ピノッキオと《ランプの芯《しん》》に言った。

「よしよし、お前たち。なかなか素晴らしいいななき方だったぞ。声を聞いただけで、お前たちだってすぐにわかったよ。だから、こうしてやってきたのさ」

彼の言葉に、二頭のロバはガックリうなだれ、耳をたれて、しょんぼりと尻尾を股《また》のあいだにはさんでしまった。

最初のうち、男は二頭をなでたりさすったり、軽く叩いたりしていたが、やがてブラシを取りだすとていねいに毛並みを整えはじめた。さかんにブラシをかけているうちに、二頭の毛はきれいにそろってきて、まるで鏡みたいにピカピカ光るようになった。そこまで手入れをすると、小男は二頭のたづなを取って、市場へと連れていった。ロバを売って、ひと儲けしようとたくらんでいるのだ。

市場につくと、すぐに買い手があらわれた。《ランプの芯》は、農家の男に買い取られた。ちょうどその前日、その男のロバが死んだところだったのだ。いっぽうピノッキオはというと、ピエロや綱渡りの芸人がいるサーカス団の団長に買われることになった。団長はこのロバを訓練して、サーカスのほかの動物たちと同じように、飛んだりはねたりダンスをしたりできるよう仕込むつもりだった。

さて、みんなはもう、この御者の商売がなんなのか、わかっただろう。この小男、顔はまるでミルクとハチミツでできているみたいに甘ったるいくせに、とんでもない鬼のような心の持ち主だったのだ。世間をあちこち旅しながら、うまいお世辞を使ったり、子供がよろこびそうな約束をしたりして、本や学校が嫌いななまけ者の子供を集める。そうしておいて、みんなを馬車に乗せると、《おもちゃの国》に連れてくる。子供は、時間が過ぎるのも忘れ、この楽しい国でゲームやそのほかの気晴らしをして遊び呆《ほう》ける。こうして、うまいことだまされた子供たちは、ずうっと勉強もせずに遊び暮らすうちに、どんどんロバに変わってしまう。そうなったら、小男はシメシメとばかりに、ロバを捕《つか》まえて、見本市だの市場だのに引っぱっていって、売り飛ばすのである。この手で、小男はわずかな年月のあいだに、すっかり大金持ちになったのだった。

《ランプの芯》がその後どうなったかは、わからない。しかし、ピノッキオの方は、買われていったその日から、ひどくいじめられ、つらい暮らしをしなければならなかった。

新しい主人であるサーカスの団長は、ピノッキオを馬小屋に連れていくと、飼い葉《かば》おけに藁《わら》をたっぷり入れた。だが、ピノッキオは、ひと口ほおばったとたん、ペッと吐きだした。

すると、団長は文句を言いながら、今度は干し草をいっぱい入れた。だが、干し草だって、ピノッキオの気に入らないという点では、同じだ。

「なんだ！　干し草もいやだってぬかすのか！」主人は、いらだって怒鳴った。「このロバ野郎、なんてぜいたくなんだ……そのわがままを退治してやるからな」

そして、これがお仕置きだとばかりに、ピノッキオの足にぴしりとムチを一発お見《み》舞《ま》いした。

あまりの痛さに、ピノッキオはいななき泣いた。いななきながら、言った。

「ブヒェヒェーン、ブヒェヒェーン！　藁なんて、おなかをこわしちゃうよぉ」

「それじゃ、干し草を食え」と、ロバ方言[21]がよくわかる団長は、言い返した。

「ブヒェヒェーン、ブヒェヒェーン！　干し草を食べると、胃がちくちくするよぉ」

「それじゃ、お前みたいなロバ公に、鶏の胸肉や、去勢鶏のゼリー寄せを食わさなくちゃならんとでも言うつもりかい！」と、団長はますます腹をたてて、またムチでぴ

21　ロバ語（lingua ciuchina）という言葉は、ロバのいななきをユーモラスに表現する慣用表現だが、ここで作者はわざわざロバ方言（dialletto asinino）という語を使用している。これは、当時のイタリアが抱えていた統一後のイタリア語問題、すなわち多種多様な方言をどのように一つの国語にするかという課題に対する作者の風刺だろう。

しりとやった。

この二度目のムチですっかり懲《こ》りたピノッキオは、それからは黙ったまま、何も喋らなくなった。

馬小屋の扉が閉まり、ピノッキオはひとりぼっちになった。すると、何時間も食べていないせいで、腹が空いて生あくびが出てきた。すごく大きいあくびで、まるでかまどの口みたいだった。

飼い葉おけには、干し草と藁しか入っていない。ピノッキオは、とうとうあきらめて、ひと口噛んでみた。長いあいだ噛んで噛んで、よく噛みつぶしてから、目をつぶって呑《の》みくだした。

「干し草も、悪くないや」ピノッキオは自分に言い聞かせた。「でも、やっぱり勉強を続けていた方が、よかったなあ。そしたら、今ごろは、焼きたてのパンひと切れに、サラミ一枚くらいは食べられてたはずなんだ。ああ、身から出た錆ってやつさ」

あくる朝、目をさますとすぐ、ピノッキオは飼い葉おけにもう少し干し草がないものかと、探してみた。けれど、なんにもない。夜のうちに、全部平らげてしまっていたのだ。

それで、刻んだ藁をほおばってみた。呑みこんでしまうまでのあいだ、ピノッキオは、その味が、ミラノ風リゾットやナポリ風マカロニの味とは大違いだということを、つとめて忘れようとした。

「しかたないんだ」藁を嚙《か》みしめながら、彼は言った。「せめて、ぼくのこの不幸が、言うことを聞かない子や、勉強嫌いの子たちの教訓になってくればいいんだけどな。しかたないんだ。……しかたないんだ」

「しかたないってのは、どういう意味だ⁉」と、その時ちょうど馬小屋に入ってきた団長が、怒鳴った。「おい、お前、おれがお前を買ったのは、ただ食いやただ飲みをさせてやるためだなんて、まさか思っていやしないだろうな。おれは、働かせるために、お前を買ったんだ、ロバ公。どっさり金を儲けてもらわなきゃならん。さ、立つんだ、いいか！　一緒にステージに来い。輪くぐりに、紙を張った樽《たる》を頭でやぶって突きぬけるワザに、あと足で立って踊るワルツやポルカだ。よーく仕込んでやるからな」

かわいそうなピノッキオは、いやおうなく、これらのむずかしい芸をおぼえなければならなかった。けれども、おぼえるのに三ヶ月かかったおかげで、ムチでさんざんなぐられる破目になり、毛がすっかり抜けてしまったのだった。
こうして、とうとう団長は、世にもめずらしい見世物をお見せします、という知らせを広告できるところまで、こぎつけた。色とりどりのポスターが、あちこちの街角に貼《は》りだされた。そこには、こう記されていた。

サーカス特別大公演
今夕
一座の名優ならびに名馬総出演により
みなさまおなじみの曲芸と
びっくり仰天の離れ業《わざ》の数々を
ご覧にいれますほか
お初にお目見えいたしますのは
かの名高きピノッキオロバ
またの名を《ダンスの星》
乞《こ》うご期待

なお、場内は真昼のごとく明るくしてございます☆

その晩は、公演のはじまる一時間も前から、小屋は大入り満員だった。特等席だろうと、一等席だろうと、平土間の普通のさじき席だろうと、すっかり売りきれ。どんなに金を積んだところで入れっこなかった。ステージをとりまく階段席には、子供がいっぱい。赤ん坊から、かなり年上の子供まで、ぎっしりひしめいていた。みんな、有名なピノッキオロバのダンスが見たくて、ワクワクしているのだった。

演目の第一部が終わると、黒い燕尾服に白い乗馬ズボン、それにひざまである革の乗馬靴に身をかためた団長が、満員の観客の前に姿をあらわした。うやうやしくお辞儀をすると、ひどくもったいぶった口調で、次のような大げさな口上《こうじょう》を述べたてた。

「尊敬すべきご来場のお客さま、紳士ならびに淑女のみなさま！

このたび、私どもの一座は、かくも名高い地下鉄[22]に立ち寄りまして、ご当地の賢明《けんめい》にして高貴《こうき》なみなさまがたに、お目にかかる光栄を得ましたことを、心から名誉に感じております。そしてまた、わが一座が誇りにいたします、かの有名なロバをご観覧《かんらん》に供《きょう》することができ、まことにうれしく存じます。さて、このロバと申しますのは、すでにヨーロッパのあらゆる宮廷をめぐり、皇帝陛下の御前《おんまえ》にてダンスをご披露《ひろう》いたす栄誉に恵まれましたロバであります。

それでは、ここにつつしんで御礼を申し上げ、ご紹介いたしたいと存じます。拍手《はくしゅ》喝采《かっさい》のお手助けと、お引き立てのほどよろしく御願《おんねが》いたてまつります」

この口上に観客たちは大笑いをし、盛大な拍手をおくった。そして、ステージにピノッキオロバが姿を見せると、拍手はいっそう高まり、まるであらしのような騒ぎになった。

ピノッキオは、見事に飾りたてられていた。革のたづなは、真あたらしくてピカピカ光り、真鍮《しんちゅう》の留め金や飾りのバックルがついている。両耳には、白いツバキの花が一輪ずつ。たてがみは、赤いシルクのリボンで、いくつにもたばねられている。腹帯は金銀のふといもの。尻尾は、紫と青い色のヴェルベットのリボンで編みあげられていた。まったく、惚れぼれするようなロバに変身している。

団長は、観客にピノッキオロバを紹介しながら、こんなことも付け加えた。

「さてさて、尊敬すべき観客のみなさま。うそいつわりなく申し上げますれば、熱帯地方の広大な原野を自由に駆けまわり、草を喰《は》んでおりました、これなる動物の心を知り、かつここまで飼いならすにいたるには、ひとかたならぬ困難がありました。どうかみなさま、この目にやどる野生の光を、とくとごらんください。この野生をば、なんとかして文明社会の生きものらしくいたすために、必死必殺の手段をもちいたのでありますが、袖《そで》振り合うも多生《たしょう》の縁のかいもなく、やむなしと、しばしば愛情のムチをふるいました。ところが、かくもやさしくしてやったのに、この畜生めは、なつくどころか私めをますます憎んだ次第で。また、私めが、かのウエールズ地方[23]のやりかたにのっとって調べましたるところ、これの頭蓋内に小さなカルタゴ骨性組織[24]が

---

22 団長は、metropoli＝大都会を、metropolitana＝地下鉄と言い間違えている。一八六三年にメトロポリタン鉄道（Metropolitan Railway）が、ロンドンのパディントン駅〜ファリンドン・ストリート駅間に開通させたのが世界最初の地下鉄。この会社名から、地下鉄を意味するフランス語のメトロが生まれた。

23 ウエールズ地方（Galles）と人名のガル（Gall）を混同している。ガルは、フランツ・ヨーゼフ・ガル（一七五八〜一八二八）。ドイツの医師で脳の解剖研究に秀でていた。骨相学の創始者とされる。

あることを発見いたしました。これこそ、パリのメディチ家学部[25]によって、毛、および古代ギリシャの戦いの舞を生みだすコブの混合と認定されたのであります。このような次第にて、このロバに、輪くぐりや紙を張った樽を頭で突きやぶる芸のみならず、ダンスまでも教え込むにいたったのであります。

どうか、とくとご堪能《たんのう》あれ！　そして、ご批評あれ！　しかしながら、みなさまと義兄弟になります[26]前に、どうか紳士および淑女のみなさま、明日の夜行います昼公演[27]に、ぜひ足をお運びいただきますようお願いいたします。もしも、雨模様の場合は、明晩の昼公演は、明日の朝まで延期いたしますれば、お昼過ぎの午前十一時に、ご光来いただきますよう、願い上げたてまつります！」

言いおわると、団長は深々とお辞儀をし、ピノッキオの方に向きなおると、命令をくだした。

「さあピノッキオ。芸をお目にかける前に、ご来場の紳士および淑女、お子さまがたに、お辞儀をしなさい」

ピノッキオは命じられたとおり、すぐに足を折り曲げて、地面に這《は》いつくばった。しばらくその姿勢でいると、団長はムチを鳴らして、大声で言った。

「歩き足！」

そこで、ロバは四本足で立ちあがり、歩き足でゆっくり円形のステージを回った。

少しすると、団長は叫んだ。

「早足！」ピノッキオは命令にしたがって、早足になった。

「駆け足！」ピノッキオは、一段と足を早めた。

「全速力！」ピノッキオは、思いきり駆けだした。競走馬のように走っていると、団

24 「小さなカルタゴ骨性組織」（una piccola cartagine ossea）は、正しくは「小さな軟骨組織」（una piccola cartilàgine ossea）。Cartagine ＝カルタゴ（古代都市の名）と cartilagine ＝軟骨のとり違え。

25 イタリア・ルネッサンス期を代表する名家メディチ家と、医学を意味するメディチーナの混同。

26 cognato（義兄弟）と congedo（立ち去る）の混同。団長は、「口上を終えて引き下がる前に」と言おうとしたのだろう。

27 原文は、diurno spettacolo でマチネ（昼公演）の意味。それを夜にやる、と言っている。このあとにも、「お昼過ぎの午前十一時」といったデタラメな表現がある。すべて、無教養な団長の間違い。

長は腕を高々と空中に伸ばして、ズドン！　ピストルを一発鳴らした。その一発で、ロバは傷ついたふりをして、ばったりステージに倒れる。いまにも死んでしまいそうな様子だ。

観客は拍手喝采。星にもとどくほどの、歓声と拍手の音の中、ピノッキオは起きあがった。ふと、頭をあげてさじき席に目をやると……ひとりの美しい女性がいた。金の首飾りに、大きなメダルをつけている。そのメダルには、あやつり人形の浮き彫りがほどこされていた。

〈あれは、ぼくの姿だ！　……あれは、仙女さまだ！〉すぐに気づいて、心にそう思った。そして、うれしさのあまりわれを忘れて、大声で叫んだ。

「仙女さまぁ！　仙女さまぁ！」

だが、喉から出てきたのは、言葉ではなくてロバのいななき。しかも、そのいななきがよく響いて長かったものだから、観客、とりわけ、子供たちの笑いを誘ってしまった。

団長は、観客の前で行儀よくするようにと、ピノッキオの鼻づらをムチの柄《え》でひっぱたいた。

かわいそうなロバは、舌をペロリと出して、少なくとも五分は鼻をなめていた。こうすれば、痛みがすこしは減るだろうと考えたのだ。

しかし、鼻をなめおわってもう一度観客席を見ると、さじき席は空っぽで、仙女の姿も消えている。

死んでしまいそうな気分になり、目から涙があふれてきた。絶望して泣きじゃくる。だが、だれもそれに気づかない。もちろん、団長が気づくはずはない。それどころか、彼はムチをぴしっと鳴らすと、大声で言った。

「さあ、いい子だピノッキオ！　紳士、淑女のみなさまに、どれくらいうまく輪くぐりができるか、お見せするんだ」

ピノッキオは、二度、三度とやってみた。だが、輪の前に来るたびに、つい輪の下をくぐり抜けてしまう。その方が、やりやすいからだ。しかし、とうとう、ぴょんとひと跳《と》び、跳んでくぐってみせた。ところが、運悪くあと足が輪にひっかかって、輪と一緒に向こう側に倒れてしまった。

起きあがったときには足が動かなくなっていて、馬小屋にもどるのもむずかしいくらいだった。

「ピノッキオを出せ！　ロバが見たいんだ！　ピノッキオはどこだ！」平土間の子供たちは、口々に叫んだ。悲しい事故に心を動かされたのだ。

しかし、その晩、とうとうロバは姿を見せなかった。

あくる日、獣医、つまり動物の医者が診察にやってきた。その意見では、ピノッキオはこれからずっと足が不自由だろう、ということだった。

それを聞いた団長は、うまや番の若者に言った。

「足が不自由なロバなんぞ、なんの役にも立たん。餌ばかり食って、金がかかるだけだ。すぐに、市場に連れていって、売り払ってこい」

市場につくと、買い手はすぐ見つかった。買い手の男は、若者に訊《き》いた。

「足の悪いこのロバ、いくらだい？」

「二十リラ」

「二十ソルドにまけとけよ。おれは、こいつを働かせるつもりで買うんじゃないんだ。皮を剝《は》ぐためなんだよ。こいつの皮は、えらく丈夫そうだからな。おれの村の楽隊で使う太鼓に、おあつらえむきだ」

太鼓の皮になる運命だ、と聞いた時の、ピノッキオの気持ちといったら。

男は二十ソルド支払うと、すぐにロバを海岸に連れていった。そして、ロバの首に石をくくりつけ、四本の足をひとまとめにしばりあげて、そのロープの端《はし》を持つと、いきなりピノッキオを海にほうり込んだ。

首に石をくくりつけられたせいで、ピノッキオはたちまち海の底に沈んでしまった。買い手の男は、手にしっかりロープをにぎったまま、岩に腰をおろした。ロバがおぼれ死ぬのをゆっくり待って、それから皮を剥ごうと思ったからだった。

第三十四章

海になげこまれたピノッキオは、魚たちに喰われて、もとのあやつり人形に戻る。しかし、逃げだそうと泳ぐうちに、おそろしいサメにひと呑《の》みにされてしまう。


ロバが水に沈んで五十分が経《た》ったころ、買い手の男は独《ひと》り言《ごと》を洩らした。

「哀れなヤツめ、もうおぼれて成仏しただろう。引きあげて、太鼓《たいこ》の皮作りにとりかかるとするか」

そう言うと、ロバの足にしばりつけてあるロープをたぐりはじめた。たぐって、たぐって、たぐって、やっと水面にあらわれたのは……なんだったか？ 死んだロバだと思いきや、生きたあやつり人形がウナギみたいに身をくねらせながらあがってきたのだ。

その木の人形を見て、男は夢でも見ているのかと固まったまま、口をポカンと開けてぼんやりしてしまった。目は、びっくりしたせいで、顔から飛びだしている。

やがて、少しずつ驚きからさめると、おろおろ泣き声をだして、ブツブツ言いはじめた。

「海に投げこんだロバは、いったいどこに行っちまったんだ」

「そのロバが、ぼくだよ！」と、笑いながら人形が言う。

「お前が？」

「うん」

「このウソつきめ！　おれをからかってるのか？」

「からかうだって？　とんでもない！　おじさん、ぼくは真面目だよ」

「だけど、さっきまでロバだったヤツが、水ん中に入ったら、木のあやつり人形になったなんて、わけがわからんだろうが」

「海の水のせいだと思うな。海って、よくこういういたずらをするもんなんだ」

「ふざけたことを言うな、このとんでもない人形め！　おれを阿呆《あほう》あつかいして、ただですむと思うなよ！　いいか、怒らせたらとんでもないことになるぞ！」

「わかったよ、おじさん。ほんとのところを教えてあげるから、まず足のロープをほどいてよ。そうしたら、話をするから」

人がいい買い手の男は、話を聞きたくてうずうずしていたので、すぐにピノッキオの足を縛っていたロープの結び目をほどいた。こうして、空を飛ぶ鳥のように自由になったピノッキオは、こんなことを語りだした。

「いいかい、ぼくはもともと、ここにこうしているみたいなあやつり人形だったんだ。しかも、もうちょっとのところで、人間の子供になるところだったんだよ。どこにでもいる、普通の子供にね。だけど、勉強が嫌いだったんで、悪い友だちの誘いに負けて、家出しちゃったんだ……で、ある朝目ざめたら、ロバになってたってわけなんだ。長い耳がついた……シッポまで生《は》えてるんだ……あんな恥ずかしいことはなかったな……いやあ、あの恥ずかしさっていったら！　おじさんも、ロバにならなくてすむよう、聖アントニウス[28]によくお祈りしといた方がいいよ。そのあと、ロバ市で売られちゃって、買ったのはサーカスの団長だった。団長は、ぼくにダンスと輪くぐりを教えて、スターにしようと考えたんだ。ところが、ある晩、公演の最中に、ひどくころんじゃって、両足が動かなくなったのさ。団長は、足の不自由なロバなんかいらないっていって、また売りとばした。そのぼくを、おじさんが買ったってわけ」

「よくわかった！　だけどな、おれはお前に二十ソルド支払ったんだ。こいつは、だれが返してくれるんだ？」

「おじさんは、なんのためにぼくを買ったのさ。皮を剥いで、太鼓にするために買ったんだろう？　太鼓にさ！」

「ああ、その通りだよ。だが、皮が消えちまったんだ。どうすりゃいいんだ？」

「がっかりすることはないよ、おじさん。ロバなんて、この世にはいくらでもいるんだから」

「このガキめ！　利《き》いた風なことを言って、おれを怒らすんじゃないぞ。お前の話は、それで終わりか？」

「ううん」と、あやつり人形は、答えた。「あとふた言あるんだ。そしたら、終わる

28　聖アントニウスは、四世紀のエジプトにいたキリスト教の聖者。動物の守り手であり、疫病から人間を救ってくれる守護聖人として信仰されている。

よ。おじさんは、ぼくを買ってから、殺すつもりでここに連れてきたでしょ。だけど、おじさんは、人間らしい哀れみの心に負けて、自分では殺せなかった。で、首に石をくくりつけて、海の底にほうり込んだ。こんなやさしい気持ちのおじさんを、ぼくは尊敬するよ。いつまでも、感謝してると思う。ただね、今回のことについては、仙女さまの存在を勘定に入れなかったのがまずかったね」

「だれだい、その仙女ってのは？」

「ぼくのおかあさんだよ。ほかの子供もみんな持ってる、やさしいおかあさんさ。おかあさんてものは、子供をとっても愛していて、決して目を離したりしないもんなんだ。子供が不幸になったら、いつでも愛情ぶかく助けてくれる。たとえ、その子が考えなしで、悪いことをしていても、そう、見捨ててほうっておいたってかまわないって時でさえ、救いだしてくれるんだ。だから、仙女さまも、ぼくが溺れそうになっているのを知って、たくさんの魚をよこしてくださったんだ。そうしたら、魚のヤツら、死んだロバだと思いこんで、ぼくを食べはじめたんだ。いやあ、すごい食欲だった！　子供より魚の方が食いしん坊だったなんて、想像したこともなかったよ！　……耳をかじるヤツ、鼻を食うヤツ、首やたてがみにかぶりつくヤツ、前足の皮に食いつくヤツ、背中の毛皮をかじるヤツ……。育ちの良さそうな一匹の小魚なんか、ぼくのシッポをよろこんで食べちゃったよ」

「魚の肉は、今後絶対に食べんからな！」買い手の男は、身ぶるいして言った。「メバルやタラのフライを食べてる時、ロバの尻尾がでてくるなんて、考えただけでもゾッとする」

「ぼくも、そう思うな」あやつり人形は、笑いながら続けた。「とにかく、魚たちが、ぼくの頭のてっぺんから足の先までをつつんでいたロバの皮を食いつくしたんだ。そのあと残ったものはっていうと、もちろん、骨さ。というか、正確には木だね。ぼくは、見た通り、どこもかしこもすごく硬い木でできてるんだ。食いしん坊の魚たちも、これにはかなわないよ。ちょっとつっつきはしたけど、すぐに自分たちの口には合わないって気づいたんだ。こんな消化に悪そうなものはごめんだとばかりに、みんなあちこちに散っていった。ごちそうになったお礼も言わないんだから、失敬な話さ。とまあ、こんな次第で、おじさんは綱をひっぱりあげた時、死んだロバじゃなくて、生きたあやつり人形に対面したってわけなんだ」

「そんな話なんぞ、どうでもいい！」と、男はカンカンに怒って、大声をだした。

「とにかく、おれは、二十ソルドだしてお前を買ったんだ。どうしても、その金を取り戻すぞ。おれがどうするか、教えてやろう。もう一度、お前を市場に連れていくんだ。それで、暖炉にくべる乾いた薪《たきぎ》として、売りとばしてやる」

「どうぞ、お好きに。ぼくは、かまわないよ！」

言うが早いか、ピノッキオはぴょんとひと跳《と》び、海に飛びこんだ。そして、うれしそうに泳ぎながら、岸からずんずん離れていく。沖から気の毒な買い手にさけぶ。

「元気でね、おじさーん。太鼓に張る皮が必要になったら、ぼくのこと、思い出してよ」

そう言うと、ピノッキオは笑いながら泳ぎ続け、しばらくして、もう一度振り返ると、前より大きな声で呼びかけた。

「元気でね、おじさーん！　暖炉にくべる乾いた薪が必要になったら、ぼくのこと、思い出してね」

ピノッキオはみるみる遠ざかり、やがてほとんど見えなくなった。というか、海の上に、ぽつんと小さな黒い点があるばかり。目を凝《こ》らすと、その点が両足をあげたりする様子が見えた。まるで、すごく気分のいい時のイルカみたいに、波を切ったり、はねたりしている。

こうして、あてもなく泳いでいくと、海の真ん中に、白い大理石のように真っ白な岩が見えた。岩の上には美しい仔《こ》ヤギがいて、まるでピノッキオを呼び寄せるかのように、かわいい声で鳴いている。

なにより不思議なのは、そのヤギの毛が、ふつうのヤギのような白や黒、あるいは白と黒のブチではなくて、トルコ石みたいな青い色をしていたことだった。つまり、仙女の髪の毛の色とそっくりだったのだ。

ピノッキオは胸を高鳴らせ、元気百倍になり、一所懸命《いっしょけんめい》その白い岩めざして泳ぎだした。しかし、ちょうど半分くらいまで泳いだ時、突然、水の中からおそろしい怪物が頭をもたげて、ピノッキオめがけて襲いかかってくるではないか。大きく開いた口は、底しれぬ海の深みのようだ。三列にならんだするどい歯は、もしそれが単なる絵だったとしても、怯《おび》えてしまうようなものすごさだった。

この海の怪物とは、いったい……

そう、それは、この物語にすでに何度か登場している、あの恐ろしく巨大なサメだったのだ。このサメは、手当たり次第なんでも呑みこんで、しかもいくら食べても満足しないという厄介な大喰《おおぐ》らいだったので、ついたアダ名が、《魚と漁師のアッティラ大王》というものだった。[29]

この怪物を目にしたピノッキオはもう、怖くて真っ青。なんとか避けて逃げ切ろうと、泳ぐ方向を変えた。だが、巨大な、なんでも呑みこむ口は、矢のような速さで迫ってくる。

「早く、ピノッキオ！　お願いだから、急いで！」美しい仔ヤギが、メーメー鳴く。

ピノッキオは、腕も、胸も、すねも足も、必死でバタつかせて、力の限り泳いだ。

「早く！　ねえ、ピノッキオ。……怪物が近づいてる！」ピノッキオは、さらに二倍のスピードを出す。

「気をつけて！　怪物に追いつかれちゃう！　……ほら、うしろ！　うしろ！　……お願い、急いで！　急がないと食べられちゃう」

ピノッキオは、いっそうスピードをあげて泳いだ。ぐいぐいぐいと、弾丸のように。そして、もう少しで岩に手が届くところまでやってきた。仔ヤギが、海の上に身をのりだし、彼を海からすくい上げようと前足を伸ばした。

だが、おそかった！　怪物は、ピノッキオに追いつき、息を吸いこむと、まるで雌《めん》鶏《どり》の卵でも呑むみたいに、やすやすとあやつり人形を食べてしまった。怪物の呑みこみ方が、あんまり激しく勢いがよかったので、ピノッキオは、サメの口にころがりこんだ時、いやというほど頭をぶつけて、そのまま十五分くらい気を失っていた。

しばらくして意識を取り戻したのだが、いったいぜんたいどこにいるのか、さっぱりわからない。どっちを向いても、あたりは一面真っ暗。ちょうど、黒いインク壺の中に、頭から飛びこんだようだった。耳をすましたが、なにも物音はしない。ただ、ときどき強い風が顔に吹きつけてくる。はじめのうち、その風がどこから吹いてくるのか見当もつかなかった。しかし、やがて、それが怪物の肺からやってくる風だとわかった。サメはひどいゼンソク持ちで、息をするたびに強い北風みたいに空気が動くのだった。

最初のうちは、ピノッキオも、なんとか元気をだそうとしたのだが、海の怪物の腹に閉じ込められ、二度と外にはでられそうもないと気づくと、とうとう泣きわめきはじめた。しゃくりあげながら、叫んだ。

---

29 アッティラは、五世紀にヨーロッパを侵略したフン族の大王。

「助けて！　たあすけてえ！　ああ、とんでもないことになっちゃったよう！　だれでもいいから、ぼくを助けてえ！」

「だれに助けてもらうんだね、運の悪いお人」暗がりの向こうから、弦がゆるんだギターみたいな声が、そう応じた。

「そういう君は、だれなのさ」ピノッキオは、恐怖に凍りつきながらたずねた。

「私さ！　君と一緒にサメに呑まれた哀れなマグロだよ。で、君は、なんて魚なんだい？」

「見ての通り、魚なんかじゃない。あやつり人形だよ」

「魚でもないのに、なんだってサメに呑みこまれるようなことをしたんだね」

「別に、ぼくが自分から呑みこまれたわけじゃないよ。あいつが、勝手に呑みこんだんだ。だけど、こんな真っ暗な中で、いったいどうしたらいいんだ？」

「あきらめて、サメに消化されるのをじっと待つしかないな」

「ぼく、消化なんかされたくないよ！」ピノッキオは怒鳴り、また泣きはじめた。

「私にしたって、消化されたくはないさ」と、マグロは言葉を続けた。「しかし、これでも私は、ちょっとした哲学者でね。こうやって、自分をなぐさめるんだよ。つまり、マグロに生まれた以上、油の中で死ぬより水の中で命を落とすほうが、より尊厳《そんげん》のある死に方だってね」

「バカバカしいや、そんななぐさめ！」ピノッキオは叫んだ。

「まあ、これはひとつの意見だからね」と、マグロは答える。「そして、意見てものは、マグロの政治家も言っているとおり、尊重《そんちょう》されるべきだよ」

「そんなことより、ここから出たいんだ！　……逃げだしたいんだよう！」

「まあ、やってみるんだね」

「ぼくたちを呑んだこのサメは、大きいの？」と、あやつり人形は、たずねた。

「尾《お》っぽを計算に入れなくても、ゆうに一キロメートル以上ある」

暗闇の中で、そんな会話をかわしていると、ふいに遠くのほうで、なにかチカチカ瞬《またた》くものが見えた気がした。

「あんな遠くの方に、明かりみたいなものがあるけど、なんだろう？」と、ピノッキオは言った。

「消化される時を待ってる、私らの不運なお仲間だろうよ」

「ぼく、行って確かめてくる。もしかしたら、年寄りの魚がいて、逃げ道を教えてくれるかもしれない」

「そうであってくれればいい、と心から願ってるよ、あやつり人形君」

「さよなら、マグロ君」

「さよなら、あやつり人形君。幸運を祈る」

「ぼくたち、また会えるかな?」

「さあ、どうかな。ま、そんなことは考えない方がいいと思うね」

第三十五章

ピノッキオは、サメの腹の中で、ある人にめぐり会う……。さて、それはいったいだれだったのか。この章を読めば、わかる。

友だちになった気のいいマグロに別れを告げると、ピノッキオはよろよろと手さぐりで、サメの真っ暗な腹の中を歩きはじめた。そして、つまずきながらも、ちょっとずつ、はるか彼方《かなた》で瞬《また》く明かりにむかって近づいていった。

やがて、べたべたしてつるつるすべる水たまりに足を踏み入れた。その水たまりは、魚を揚げたような匂いがぷんぷんして、まるで四旬節《しじゅんせつ》[30]の真っ最中みたいな感じだった。

ずんずん前に進んでいくと、光はどんどん強くなり、はっきりしてくる。歩いて歩いて、ついに明かりにたどりついた。そこでピノッキオが見たものは……。とても信じられない光景だった。

食事の支度がととのえられたテーブルがひとつあって、その上では緑のガラスびんにさし込まれたろうそくが、炎をあげている。テーブルにむかって、ひとりの老人が坐っていた。髪の毛も、ひげも、まるで雪か泡立てたクリームみたいに真っ白だ。生きた小魚を食べようと、悪戦苦闘している。小魚たちはひどく元気で、老人が口の中に入れても、逃げて飛びだしてしまうのだ。

そのありさまを見たピノッキオは、あまりに思いがけない、そしてとてつもないうれしさで、すっかり取り乱してしまった。笑いたくて、泣きたくて、言いたいことが山ほどあるのに、頭が混乱してしまって、ろくに言葉もでてこない。わけのわからない音を、ウーウーウーウーロからとぎれとぎれに洩らすだけ。しかし、それでも、やっとのことでまともなよろこびの絶叫を吐きだすと、老人の首にしがみつき、わめくように言った。

「ああ！　おとうさん！　とうとう会えたね！　もう二度と、おとうさんのそばから離れたりしないよ！　絶対！　絶対！」

「すると、わしの目がおかしくなったわけじゃないんだな」と、老人は目をこすりながら言った。「じゃ、お前は、ほんとに、わしのあのかわいいピノッキオなんだね？」

「そうだよ、そうだよ、ピノッキオだよ！　ああ、おとうさん、ぼくを許してくれるよね？　おとうさんは、ほんとにいい人だもの！　それにひきかえ、ぼくときたら……でも、ぼくも、ひどい目に遭《あ》ったんだよ。次から次へと、悪いことが降りかかってきて。あの日のこと、おぼえてる？　おとうさんが、上着を売って、ぼくにアルファベットの練習帳を買ってくれた日。ぼく、あの日は人形芝居を観《み》にいっちゃったの。そしたら、人形使いの親方が、ヒツジの丸焼きをあぶるために、ぼくを火にくべようとしたんだ。だけど、そのあと、親方は、金貨を五枚ぼくにくれて、おとうさんに持っていってやれって。でも、途中でキツネとネコにばったりでくわして、やつ

30　荒野でキリストが四十日間の断食をした故事に由来する行事。「灰の水曜日」から春に行われるキリストの復活祭（イースター）までの四十六日間を指す。きっちり四十日間でないのは、安息日である日曜日には断食をしない習慣があり、その分の日数が増えるため。この時期は十分な食事は一日一回のみ、しかも、獣肉を口にしない習いなので、魚の揚げ物がよく食べられる。それで、街中《じゅう》魚の匂いがぷんぷんするのである。

らはぼくを《赤エビ亭》っていう宿屋に連れてったんだよ。あいつら、オオカミみたいにガツガツご飯を食べてさ。夜中にひとりでそこを出たら、人殺しに出遭《であ》って、追いかけられたんだ。逃げて逃げて、追いかけられて、走っても走っても、うしろについてきて、最後は大きなカシの木の枝に吊るされちゃった。そしたら、そこへ青い髪の毛のとってもきれいな女の子が、ぼくを助けるために、馬車を送ってくれたんだ。お医者さんたちが診察してね、こう言うんだよ。『死んでいるのでなければ、まだ生きてる証拠である』って。そのあと、ぼく、ウソをついたんだ。鼻がぐんぐん伸びてきて、部屋の戸口を通れなくなっちゃった。キツネとネコと一緒に、金貨を埋めにいったんだ。宿で使ったから、四枚しかなかったけど。オウムが、笑いだしてね、金貨二千枚なんて、真っ赤なウソ。裁判官は、悪者をえこひいきして、金貨を盗まれたからって、ぼくを牢屋《ろうや》にぶちこんだんだ。牢屋を出たら、畑にすごくおいしそうなブドウがなってて、ぼく、罠に捕《つか》まっちゃった。あたり前だけど、お百姓さんが怒って、ぼくの首にイヌの首輪をつけて、鶏小屋の番をさせたよ。無実がわかって、お百姓さんが放してくれたんだけど、シッポから煙をだしている蛇のヤツ、笑いすぎて胸の血管が破裂して死んじゃった。やっと、とってもきれいな女の子の家にもどると、もう死んじゃってたんだ、その子。ぼくがおんおん泣いてたら、ハトがやってきて、こう言うんだ。『お前のおとうさんに会ったけど、お前をさがすために舟をつくってるよ』で、ぼく言ったんだ。『ああ、ぼくにも翼があったらなあ』ハトがね、『おとうさんのとこに行きたいか？』って言うんだ。『もちろんだよ。でも、だれが連れてってくれるんだい？』そしたらハトが、『ぼくが連れてってやる』って。『どうやって？』って訊《き》くと、ハトは『背中に乗れよ』って言ってくれたの。それで、一晩中飛び続けて、朝になったら漁師の人たちが、海を見て、ぼくに言うんだ。『あそこの小舟に乗ってる人、気の毒に溺れそうだぞ』って。遠すぎてよく見えなかったけど、ぼくにはおとうさんだって、すぐにわかったよ。絶対そうだって気がしたんだ。だから、岸にもどって、っていう合図をしたんだ」

「わしにも、お前だってことはわかったよ」と、ジェッペットさんは言った。「なんとかして岸に戻ろうとしたんだが、どうしようもなかった。海は大荒れだったからな。わしの小舟も、でかい波をかぶってひっくり返っちまった。すると、近くにいたこの恐ろしいサメが、水の中に投げだされたわしを見つけるが早いか、舌をだしてペロリと呑《の》んじまったんだ。まるで、ボローニャ風のトルテッリーニ[31]を食べるみたいにな」

「それで、おとうさんは、ここに閉じ込められてどのくらいになるの？」と、ピノッキオ。

「そうさなあ、あれからかれこれ二年にもなるかな。しかしな、ピノッキオ、わしには二世紀にも思えるよ」

「そのあいだ、どうやって生きのびてきたの？　このろうそくは、どうしたの？　ろうそくに火をつけるマッチは、だれにもらったの？」

「うん、それじゃ、すっかり話して聞かせるとするか。わしの舟をひっくり返したあの嵐はな、大きな貨物船も一隻《せき》沈めたんだ。乗ってた船員は、みんな助かったんだが、船の方は海の底へ、というわけだ。それを、このサメがまるごと呑んじまったのさ。なにしろ、あの日、こいつはひどく腹を空かしてたようでな、わしをパクリとやったあと、貨物船もひとくちにやっつけちまった」

「貨物船をまるごと⁉」と、びっくりしてピノッキオは言った。

「ああ、ただのひと呑みだ。ただし、メインマストだけは、吐きだしたがな。魚の骨みたいに、歯のあいだにはさまったらしい。ありがたいことに、その貨物船には、いろんなものがたっぷり積んであってな。肉の缶詰めだけじゃない。トーストしたパンに、ビスケット、ワイン、干しブドウにチーズ、コーヒー、砂糖、それからろうそくにマッチ。この天からの贈り物のおかげで、わしはなんとか二年間、生きてこられたんだ。だがな、その蓄《たくわ》えも今日限り。すっかりなくなっちまった。今燃えてるこのろうそくが、最後の一本なのさ」

「これが消えたら、どうするの？」

「消えちまったら、お前とふたり、真っ暗な中にいるほかないな」

「それなら、グズグズしてられないよ、おとうさん」と、ピノッキオは言った。「すぐにここから逃げだす工夫をしなくちゃ」

「逃げだすったって、お前。どうやって？」

「サメの口から出て、海に飛びこんで泳ぐんだよ」

31　薄く伸ばした正方形のパスタ生地に、豚ロースの挽肉、ボローニャ地方のモルタデッラ（豚の赤身の挽肉に喉の部分の脂身を加え、蒸し上げて作られる大きなソーセージ＝日本ではボローニャソーセージと呼ばれる）、生ハム、パルミジャーノ、ナツメグなどを混ぜ合わせた詰め物をして、それを三角形に折り、両端を合わせてリング状にしたパスタ。別名・ヴィーナスのおへそ。発祥の地ボローニャでは、スープに入った状態で供されるのが基本。

「そりゃあいい考えだが、ピノッキオや、わしは泳げないんだよ」

「どうってことないよ、そんなこと。ぼくの背中につかまってくればいいんだ。ぼく、泳ぎは得意だからね。おとうさんを、無事に岸まで連れてってあげる」

「そんなことは夢物語さ、ぼうや」と、ジェッペットさんは、頭をふりながら悲しそうに微笑《ほほえ》んだ。「いいかい、背丈が一メートルにもならないあやつり人形のお前がだよ、どんなにがんばったところで、わしを肩につかまらせて泳いだりできるもんかね」

「やってみなきゃ、わからないじゃないか。それに、たとえ死ななきゃならない運命なんだとしても、抱きあって死ぬんだから、それだけでもなぐさめになるよ」

それ以上言葉を重ねず、ピノッキオはろうそくを手にとって、足もとを照らしながら、父親の先に立って歩きだした。そして、言った。

「ぼくのあとについてきて。怖がらなくても大丈夫」

こうして、ふたりはサメの巨大な腹の中を歩いていった。ようやく、広々とした喉のあたりにたどりつくと、立ちどまり、逃げだす機会をうかがいながら、あたりを見回した。

実はこのサメ、たいそうな年寄りで、ひどいゼンソク持ちである上、心臓も悪いのだった。だから、寝る時にはいつも、口を開けていなければならないのだ。で、ピノッキオが喉の入り口から顔をのぞかせて上を見上げると、とてつもなく大きな口の向こうがわに、星がきらめく美しい夜空と、こうこうと照り輝く月が見えた。

「逃げるなら、今がチャンスだ」と、ピノッキオは呟き、父親に向きなおった。「サメの奴、ヤマネみたいにぐうぐう寝てる。海は静かだし、昼のように明るいよ。さ、おとうさん、ぼくについてきて。そうしたら、すぐに助かるから」

ふたりはすぐさま怪物の喉を這《は》いあがり、巨大な口の中に入るとぬき足さし足、そうっと舌の上を歩いた。舌は、とても広くて長くて、公園の大通りみたいだった。そして、いよいよ海に飛びこもうと身がまえた瞬間、ハークション！　サメが、大きなくしゃみをしたのだ。サメのからだははげしくゆれ、ピノッキオとジェッペットさんは、はじき飛ばされて、またサメの胃ぶくろに叩き落とされてしまった。

はげしく落っこちたショックで、ろうそくの火は消えてしまい、父と息子は暗闇の中にとり残された。

「どうしよう」ピノッキオは、深刻な調子で父にたずねた。

「今度こそ、もうおしまいだ」

「どうして、おしまいなのさ。手を貸して、おとうさん。すべらないように、気をつけてね」

「どこへ連れてこうっていうんだ？」

「もう一度、逃げるのさ。ぼくと一緒なら、大丈夫」

ピノッキオは父親の手を取ると、ふたたびぬき足さし足、怪物の喉を這いあがった。舌を通りすぎ、三列になっている歯をまたいだ。そしていよいよ海に飛びこむ、という段になって、あやつり人形は父親に言った。

「さあ、ぼくの背中にしっかりしがみついてね。あとは、ぼくが引き受けたから」

ジェッペットさんがピノッキオの背におぶさると、勇敢なピノッキオは自信満々海に飛びこみ、泳ぎはじめた。海は油を流したように静まりかえり、月の光があたりを照らしている。サメは、ぐっすり眠り込んでいた。たとえ大砲の音がしても、目をさまさなかっただろう。

第三十六章

ピノッキオは、とうとうあやつり人形ではなくなり、人間の少年になる。

ピノッキオは岸にたどりつこうと、必死で泳いだ。背中では、父親がひどくふるえている。まるでマラリアにでもかかったみたいだった。なにせ、からだの方はピノッキオの背中に乗っかっているのだが、足は半分水の中につかっているのだ。ジェッペットさんは、寒くてふるえているのだろうか、それとも怖くて？　たぶん、その両方だったのだろう。しかし、ピノッキオは、怖さでふるえているのだろうと思って、なぐさめるように声をかけた。

「元気だしてよ、おとうさん。もうすぐ岸につくよ。そしたら、もう大丈夫だ」

「そう言うがな、そのありがたい岸とかいうもんは、いったいどこにあるんだね？」

ジェッペットさんは、ますます不安になって、まるで針に糸を通そうとしている洋服屋のように目を凝《こ》らした。「どこを見ても、空と海しか目に入らんぞ」

「ぼくには、ちゃんと浜辺が見えているんだよ」と、あやつり人形は言った。「ぼくは、ネコそっくりなんだよ。昼より夜の方が、よくものが見えるんだ」

かわいそうに、ピノッキオはいかにも元気があるようなふりをしていたが、実際は……実際は、元気がなくなりかけていたのだ。力は抜け、息はあがって荒くなり……つまり、もうダメだという気持ちになっていたのだ。それなのに、浜辺はちっとも近づいてこない。

息が続くかぎり、ピノッキオは泳いだ。だが、とうとうジェッペットさんの方に首をねじまげると、きれぎれに言葉を吐きだした。

「お、おとうさん……おとうさんだけでも助かって！……ぼくはもうムリだ、死んじゃう」

そして、まさに父と子が溺れようとしたその時、どこからか、弦のゆるんだギターみたいな声が聞こえてきた。

「だれが死ぬって？」

「ぼくと、ぼくのかわいそうなおとうさんだよ」

「その声には、聞きおぼえがあるぞ。君は、あやつり人形君だね！」

「その通りだけど、あなたはだれ？」

「マグロだよ。君と一緒に、サメの腹の中に閉じ込められていた」

「そうか。だけど、どうやって逃げだしてきたの？」

「君の真似をしたんだ。君が逃げ道を教えてくれたんだ。で、あとに続いて逃げ出したってわけさ」

「ああ、マグロ君、君はほんとにいいところに来てくれたよ。お願いだ。君が君の小さな子供さんを愛しているように、ぼくらのことも愛して、助けておくれよ。さもないと、溺れちゃう」

「よろこんで！　まかせておきなさい。ふたりとも、私の尾《お》っぽにつかまるんだ。そうしたら、四分と経《た》たないうちに、岸まで連れていってあげるよ」

言うまでもなく、ジェッペットさんとピノッキオは、マグロの申し出をすぐに受け入れた。ただ、尾っぽにつかまるのはやめて、背中に乗ることにした。その方が、楽だと考えたからだ。

「重くない？」と、ピノッキオは彼に訊《き》いた。

「重いかって？　とんでもない。君らの重さなんて、貝がらをふたつくっつけたくらいなもんさ」と、マグロは答えた。実際、このマグロはとても大きく、がっしりしたからだつきをしていて、二歳の仔牛ほどもあったのだ。

浜につくと、ピノッキオはまず自分が浜に飛び降りて、父親がマグロの背から降りるのを、かかえあげて手助けした。そして、マグロのほうに向きなおると、感激した声で言った。

「ああ、マグロ君、君はおとうさんを救ってくれた！　お礼の言葉もないよ。だから、せめていつまでも感謝しているっていうしるしに、キスをさせてほしいんだ」

マグロは、水の中から鼻をつき出した。ピノッキオは浜辺に膝をつき、マグロの口に心のこもったキスをした。

こんなやさしい、真心あふれるあつかいに慣れていなかったマグロは、すっかり感動してしまい、子供のように涙を流しているのを見られたくなくて、そそくさと頭を水の中に隠すと、姿を消した。

やがて夜が明けた。

ピノッキオは、立っているのもやっとのジェッペットさんに腕を貸して、言った。

「おとうさん、ぼくの腕につかまって。ゆっくり行こう。アリが歩く速さでさ。疲れたら、道々で休めばいいよ」

「だが、どこへ行くんだね、わしらは」と、ジェッペットさんはたずねた。

「人の住んでる家か掘っ立て小屋を探して、パンのひとかけと、寝るための藁《わら》を恵んでもらおうよ」

ところが、ものの百歩も行かないうちに、道ばたに汚らしい物乞いがふたり坐って、施しをせがんでいるところにでくわした。

彼らは、あのキツネとネコだった。しかし、以前のおもかげは、まったくない。ネコときたら、あんまり熱心に目が不自由なふりをしていたので、とうとう本当に目が見えなくなってしまっていた。キツネの方は、すっかり老けこんでしまい、おまけに虫にたかられたせいで、からだの片側の毛がなくなっていた。さらにひどいことに、尻尾もない。なぜなくしたかというと、こういうことだった。この性悪のキツネは、どん底の貧乏に見舞われ、ある日とうとう、自慢の美しい尻尾を行商人に売る破目になったのだ。行商人は、それでハエ叩きを作ろうと考えたのだった。

「あっ、ピノッキオさん」と、キツネは涙ながらに叫んだ。「どうか、この哀れな病人ふたりに、なにかお恵みください」

「哀れな病人に……」と、ネコが同じセリフを繰り返す。

「あばよ、ペテン師さん」と、あやつり人形は、言い返した。「一度はひどい目に遭《あ》わされたけど、もう金輪際《こんりんざい》だまされないよ」

「信じてください、ピノッキオさん。今は本当に、掛け値《ね》なしに貧乏で困ってるんです」

「掛け値なしに」ネコが繰り返す。

「貧乏になったのには、理由があるのさ。ことわざにあるだろ？　『悪銭《あくせん》身につかず』ってね。せいぜい元気で、ペテン師さん！」

「どうか、お哀れみください」

「お哀れみを」

「永久にさよなら、ウソつき屋君！　こんな言葉もあるよ。『天罰てきめん』」

「どうか見捨てないでください」

「……てないで」ネコも言った。

「二度と会わないよ、悪党ども！　もうひとつことわざを教えてやるよ。『隣人からコートを盗む者は、裸で死ぬ』ってね」

　こう言いながら、ピノッキオとジェッペットさんは、ゆっくり道を歩いていった。

するると、もう百歩ばかり行ったところの、小道の突きあたりにある畑の真ん中に、一

軒のかわいい小屋があるのに気づいた。藁でできているのだが、屋根だけがタイルと

レンガ造りだった。

「あそこなら、きっとだれか住んでいるはずだよ」と、ピノッキオは言った。「行っ

て、ノックしてみよう」

　ふたりは、小屋に歩み寄り入り口の扉を叩いた。

「どなた？」中から、かすかな声がした。

「食べ物も、夜露をしのぐ場所もない、哀れな親子です」と、あやつり人形は答えた。

「カギを回せば、扉は開くよ」と、そのかすかな声は言った。

　ピノッキオがカギを回すと、たしかに扉は開いた。中に入ってあちらを見、こちら

を見て探したが、住人はどこにもいない。

「この家のご主人は、どちらですか」と、不思議そうにピノッキオは声をかけた。

「ここだよ、上にいるんだ」

親子が天井を見上げると、はりの上に、なんと、あのお話しするコオロギがいるではないか。

「ああ！　親愛なるコオロギさんだったんですか」ピノッキオは礼儀正しくお辞儀をしながら、言った。

「おやおや、今じゃお前は、私のことを《親愛なるコオロギさん》なんて呼ぶんだね。私を家から追いだした時には、木槌をお見舞いしてくれたっていうのにね」

「あの時は、ほんとうにごめんなさい。だから、ぼくに木槌をぶつけて追いだしてもいいよ……だけど、お願いだから、おとうさんだけは……」

「おとうさんも息子も、ちゃんと面倒を見てやるさ。お前がひどいことをしたのを思い出させたのは、こういうことを教えてやりたかったからなんだ。つまり、この世では、できるかぎり他人に親切にした者だけが、困ったときに親切のお返しをしてもらえるってことをね」

「あなたの言う通りだよ、コオロギさん。心から、正しいと思うよ。ぼく、教えてもらったこと、決して忘れない。で、教えてほしいんだけど、こんなきれいな小屋、どうやって買ったの？」

「この小屋は、昨日かわいらしい仔《こ》ヤギが、私にプレゼントしてくれたんだ。とてもきれいな青い色の毛並みを持ったヤギだったよ」

「そのヤギ、どこへ行ったの？」ピノッキオは、知りたくて知りたくてドキドキしながら、たずねた。

「知らないな」

「じゃ、いつ帰ってくる？」

「たぶん、もう帰ってこないと思うよ。昨日ここを出ていく時、とても悲しそうにメーメー鳴いてたからね。どうも、こんなことを言ってるみたいだった。『かわいそうなピノッキオ！……もう二度と会えないんだわ。……今ごろは、あのサメに食べつくされてしまっているだろうから』」

「ほんとにそう言ったの？……それじゃ、あの人なんだ。……間違いない……ぼくの大好きな仙女さまだ！」ピノッキオは叫び、涙をボロボロこぼしながら、身も世もなく大声で泣きはじめた。

しかし、泣くだけ泣いてしまうと、ピノッキオは涙をぬぐい、藁を使ってふかふか

の小さなベッドを作った。そして、そこにジェッペットさんを寝かせた。さらに、お話しするコオロギにむかって、

「ねえ、コオロギさん。おとうさんにミルクを一杯飲ませてやりたいんだけど、どこで手に入るかな」と、たずねた。

「ここから畑を三つばかり行ったところに、野菜作りのジャンジョっていう人が住んでいて、牝牛《め》を飼ってる。そこで、ミルクを手に入れられるだろうよ」

ピノッキオは、大急ぎで野菜作りのジャンジョの家に走った。野菜作りは、人形にたずねた。

「ミルクは、どのくらいいるんだね?」

「コップ一杯でいいんです」

「コップ一杯で、一ソルドだ。まず一ソルド払いな」

「ぼく、一チェンテージモさえないんです」ピノッキオはがっかりして、悲しげに言った。

「そりゃあ、いかんな、人形君」と、野菜作り。「一チェンテージモがないんじゃ、ミルクひとたらしだってやれんね」

「残念！」と、ピノッキオは帰りかけた。すると、野菜作りが声をかけた。

「ちょっと待った。お前さんとおいらとで、うまく話をつけられるかもしれんぞ。どうだ、揚水機を回してくれんかね？」

「揚水機って、なんです？」

「井戸から水を汲みあげる、木の機械さ。それを使って汲んだ水を、野菜にやるのさ」

「ぼく、やってみます」

「それじゃあ、バケツに百杯水を汲んでもらおうかな。そしたら、かわりにミルクを一杯やろう」

ジャンジョは、あやつり人形を野菜畑に連れていって、揚水機の回し方を教えた。

ピノッキオは、すぐさま仕事にかかった。だが、バケツに百杯汲みあげる前に、頭のてっぺんから足の先まで汗びっしょりになってしまった。こんなつらい仕事をしたのは、はじめてだった。

「今まで、この揚水機は」と、野菜作りは言った。「ウチのロバが回しとったんだがね。今日になって、哀れなヤツめ、死にかけてるんだよ」

「そのロバ、ぼくに見せてくれませんか?」

「いいともさ」

ピノッキオがうまやに行ってみると、藁の上でかわいいロバが一頭、息もたえだえに倒れていた。飢えときびしい労働に耐えられなかったのだ。そのロバをじっと見つめていたピノッキオは、なんだか胸が苦しいような気がしてきて、独り言《ひとごと》をもらした。

「このロバ、ぼく知ってるぞ。はじめて見た顔じゃない」

そこで、ロバの上にかがみこんで、ロバ方言でたずねた。

「君はだれ?」

この質問にロバは、ほとんど生気のない目を開けて、切れ切れに同じロバ方言で答えた。

「おれ……ラン……プ……の芯《しん》」

そして、目を閉じると、息絶えた。

「ああ! かわいそうな《ランプの芯》!」ピノッキオは、低い声で呟くと、頰をつたう涙をひと握りの藁でぬぐった。

「このロバに金を払ったわけでもないのに、ずいぶんと悲しがるんだな」と、野菜作りは、言った。「そんなに悲しがられちゃ、こいつにたっぷり金を払ったおいらはどうすりゃいいんだ？」

「ええと……こいつ、ぼくの友だちだったんです」

「友だちだと？」

「ええ、学校で一緒だったんです」

「なんだって？」野菜作りは、腹をかかえて笑った。「今、なんて言った？　学校の友だちに、ロバがいる！　そりゃ、おまえもさぞかしステキな勉強をしたこったろうな！」

あやつり人形は、侮辱《ぶじょく》された気がして、返事をしなかった。そして、まだほんのり温かいしぼりたてのミルクをもらって、小屋に戻ったのだった。

それから五ヶ月の間、ピノッキオは、毎朝日がのぼる前に起きだして、一杯のミルクのために揚水機を回しにでかけた。父親の弱ったからだは、そのミルクのおかげで、少しずつ良くなっていった。しかし、ピノッキオがやったのはそれだけではなかった。やがて彼は、葦《あし》を編んで籠《かご》や笊《ざる》を作ることをおぼえた。それを売り、むだづかいしないよう注意しながら、日用品を買いととのえた。さらに、そうした仕事の合間《あいま》に、しゃれた手押し車を自分でこしらえた。天気のいい日には、それに父親を乗せて散歩に行き、新鮮な空気を吸わせてやるのだった。

夜は遅くまで、読み書きを勉強した。隣村から、表紙も目次もとれてなくなった分《ぶ》厚《あつ》い本を、わずかな金で買ってきて、読み方をおぼえた。字をけいこする時には、小枝の先をペンのように削って使った。インクは、クワの実やサクランボの汁。それを、小さなびんに入れ、小枝の先を浸《ひた》してから字を書くのだ。

こんな風に、進んで仕事をしたり、賢く暮らしを立てていくようにしたので、からだが弱くなっている父親を元気にすることができただけでなく、自分に新しい服を買うための四十ソルドさえ貯めることができた。

ある朝、彼は父親に言った。

「近くの市場に行って、新しい服と帽子と靴を買ってこようと思うんだ。帰ってきたら」と、笑いながら、付け加えた。「ぼくがあんまりいい服を着てるんで、おとうさん、立派な紳士が来たと思うかもね」

家を出ると、元気よく走りだした。その時ふいに、彼の名を呼ぶ声がした。振り向くと、垣根の中からきれいなカタツムリが顔をのぞかせている。

「私のこと、おぼえていらっしゃる？」と、カタツムリは言った。

「おぼえているような、いないような」

「ほら、青い髪の仙女さまのところで、召使をしていたカタツムリですよ。おぼえていませんか？　私が玄関を開けてあげようと降りていったら、あなた、扉に足をめりこませていたじゃありませんか」

「思い出したとも！」ピノッキオは大声で叫んだ。「きれいなカタツムリさん、はやく教えてよ！　仙女さまはどこなの？　仙女さま、どうしていらっしゃる？　ぼくのこと、許してくれたのかな。ぼくのこと、まだ忘れてない？　今でも、ぼくのこと好きでいてくれてる？　仙女さまのいるところ、ここから遠いの？　会いに行ってもかまわない？」

息せき切ったこの矢つぎばやの質問に、カタツムリはいつものゆっくりした口調で答えた。

「ピノッキオさん。仙女さまは、お気の毒に病院に入られて、ベッドに寝たきりになっていらっしゃるわ」

「病院だって！」

「ええ。不幸せなことばかり続いて、重い病気になられたんです。それに、パンひと切れを買うお金もなくなってしまって」

「ほんとなの⁉　……ああ！　悲しくて、胸がはりさけそうだ。かわいそうな仙女さま！　かわいそうな仙女さま！　……ああ、もしもぼくが百万リラ持ってたら、走って持っていってあげるのに……だけど、持ってるのは、たった四十ソルドなんだ。ほら！　新しい服を買いに行くとこだったんだ。ね、カタツムリさん、これを早く仙女さまのところに持ってってあげて！」

「あなたの新しい服は……？」

「新しい服なんか、どうでもいいよ。仙女さまのためなら、今着ているこのボロだって売るさ。さ、カタツムリさん、早く行ってあげて。それで、二日経ったら、またここに来て。もう少しお金が手渡せると思うんだ。今までおとうさんの世話をするために働いてきたけど、今日からは五時間余計に働いて、おかあさんの世話もするから。さよなら、カタツムリさん。二日後に、ここで待ってるからね」

カタツムリは、いつものゆっくりぶりとは似ても似つかない、八月の酷暑の頃のトカゲみたいな素早さで走っていってしまった。

ピノッキオが家に戻ると、父親がたずねた。

「新しい服は、どうしたんだね？」

「似合うのがなかったんだ。しかたないよ。また今度買うから」

その夜、いつもなら十時に寝るのに、ピノッキオは深夜まで起きて仕事をした。いつも八つ作る籠《かご》を、倍の十六作ったのだ。

それから、ベッドに入って寝た。眠っているあいだに、夢を見た。夢には、美しい笑みを浮かべた仙女があらわれて、ピノッキオにキスをして言うのだった。

〈えらいわ、ピノッキオ。あなたのそのやさしい心に免じて、あなたが今までしてきた悪いことを、みんな許してあげます。おとうさんやおかあさんが病気になったり、手助けを必要としているときに、愛情をもって世話してあげられる子は、いつだって愛されたりほめられたりするねうちがある子なのよ。たとえ、その子が普段は、お行儀が良い、いい子のお手本だって言われてなかったとしてもね。これからは、よくよく先のことを考えて行動するんですよ。そうすれば、しあわせになれるわ〉

ここで、夢は終わった。ピノッキオは、ぱっちり目を開けた。

おどろいたことに、ピノッキオは、もうあやつり人形ではなくなっていた。ほかのみんなと同じような、本当の人間の子供に変わっていたのだ。

あたりを見まわすと、昨日《きのう》までの藁でできた壁は消えている。そのかわりに、家具がそろった簡素で趣味のいい部屋に、彼はいるのだ。ベッドから飛び起きると、そこには新しい服と、新しい帽子、それに革でできた足首までの半長靴まで、きちんとそろえて置いてあるではないか。どれも、まるで素敵な絵のようにピノッキオに似合った。

服を着がえ、なにげなく手をポケットに入れる。すると、中から、象牙《ぞうげ》でできた小銭入れが出てきた。それには、こんな言葉が記されている。

『トルコ石のように青い髪を持った仙女は、かわいいピノッキオに四十ソルドをお返しします。やさしい心づかいに感謝します』

開けると、そこには銅貨四十枚のかわりに、鋳造《ちゅうぞう》したばかりのピカピカ光る金貨が四十枚入っていた。

鏡の前に立って、ピノッキオは自分の姿を映してみた。だれか別の人間に感じられる。そこにいるのは、いつものあやつり人形ではなく、栗色の髪の毛に青い目をした、元気で賢そうな少年だった。少年は、聖霊降臨祭《せいれいこうりんさい》[32]の時のように、うれしそうな顔をしている。

不思議なことが次から次に起きるので、ピノッキオは、自分が本当に目ざめているのか、それともまだ夢を見ているのか、わからなくなった。

「そうだ！　おとうさんは、どこ？」と、ピノッキオはふいに叫んだ。

隣りの部屋に捜しに行くと、そこには昔のように健康で、活力にあふれ、上機嫌なジェッペットさんがいた。ジェッペットさんは、もう、以前と同じ木彫り師の仕事をしていた。木《こ》の葉や花、さまざまな動物の頭を浮き彫りにした、額縁を作っている。

「おとうさん、ねえ教えてよ、どうしてこんなに急に、なにもかも変わってしまったの？」ピノッキオは父親の首にしがみついて、キスの雨をふらせながら、そうたずねた。

「こうやってなにもかもが急に変わったのは、みんなお前のおかげなのさ」とジェッペットさんは言った。

「ぼくのおかげって、どうして？」

32　キリストの復活祭からかぞえて、七回目の日曜日に行う祭り。ペンテコステ。

「悪い子がいい子になると、家族のみんなが晴れ晴れとした笑顔になるようなしあわせが、やってくるものなんだよ」

「昨日までの、あの木のピノッキオは、どこに隠れちゃったの？」

「あそこさ」と、ジェッペットさんは答えながら、椅子によりかかっている大きな木の人形を指さした。

見ると、人形は、頭を片方にかしげ、両腕をぶらんとたらし、足は真ん中でからまって曲がっていた。よく今までまっすぐ立っていられたものだ、と不思議に思えてくる姿だった。

ピノッキオは、人形の方をむいて眺めていた。しばらくじっと見つめたあと、心から満足したように呟いた。

「あやつり人形だったころのぼくって、なんて滑稽《こっけい》だったんだろう。こうして、ちゃんとした人間の子になれて、ほんとうによかった！」

解説

大岡玲

原作の世界と一般的イメージとの落差

イタリアでは、読書の習慣にまったく縁遠い家庭であっても、聖書と『ピノッキオの冒険』だけは必ず家のどこかに置かれているものだ、というまことしやかな文句を、かつてイタリア語を学んでいた学生の頃に何かで目にした憶えがある。その真偽のほどは、もちろん、よくわからない。しかし、二十年ほど前に取材でローマを訪ねた時のこと、宿泊先のホテルのベッドサイドに新約聖書とともに、イラストも鮮やかな『ピノッキオの冒険』が並んでいるのを発見して一驚した経験はある。

私のこのささやかな思い出をもって、冒頭に記したことが真実であるとは到底断言できないが、カルロ・コッローディが十九世紀の末にこの世に生みだした木彫りのあやつり人形の存在が、現在のイタリアの暮らしの中にも確実に根づいていることを示しているのは明らかだろう。そして、作品の広がりもまた、全世界的なものだ。原書の初版が出版されてから百十年を経た一九九三年の時点で、およそ二百六十の言語に『ピノッキオの冒険』は翻訳されている。

日本では、大正九年（一九二〇）に、佐藤春夫が「赤い鳥」誌上に英訳本からの翻訳を、「いたづら人形の冒険」というタイトルで連載（半年ほどで中断）したのが最初で、以降佐藤本人の英語版からの翻訳の完成形をはじめ、多くの訳書が出版されている。原語であるイタリア語からの完全な翻訳は、戦後昭和二十二年（一九四七）にイタリア文学者の柏熊達生《かしわぐまたつお》が訳出したものが嚆矢《こうし》だろう。そうした流れの末流に、今回の私の翻訳は位置している。

しかし、日本での訳書の多くが、児童向けに表現や内容をやわらげてあったり、抄訳や絵本だったりしたこともあって、原作の正確な内容をすぐに思い浮かべられる人が少ないのも事実だろう。むしろ、かつての私自身を含め、戦後生まれの日本人のピノッキオ観は、そうした翻訳よりディズニーのアニメ『ピノキオ』によって形作られた、と言うべきなのかもしれない。若い世代では、アニメは見たが、絵本や童話でピノッキオを読んだ経験があるという人々の方が少ない、という印象さえある。

そうしたディズニー的ピノッキオを念頭に置いて本書を読むと、そのイメージのあまりの違いに驚かれる向きも多いのではないだろうか。大ヒットしスタンダードになった名曲「星に願いを」が流れる中、お話しするコオロギは《ジミニー・クリケット》として登場し、からくり時計でいっぱいのおもちゃ屋を覗く。するとそこには、時計職人兼おもちゃ職人の《ゼペットさん》が、ネコと金魚とともに幸福そうに暮らしている。棚には、かわいらしい姿のあやつり人形《ピノキオ》が坐っている。《ゼペットさん》は、《ピノキオ》が本物の人間だったらなあ、という願いを星に投げかけて就寝する。すると、その願いを聞いた青い衣に金髪の《ブルー・フェアリー》があらわれて……、というのが映画の最初の場面だった。

このアニメ版の《ピノキオ》は、最初からマリオネットの形で登場し、仙女に命を吹きこんでもらったあとの性格はというと、いかにも幼い少年らしい無邪気さに満ちている。仙女から《公認良心》に任命されたジミニーに、誘惑には気をつけるんだよ、と諭されながら、そこはやはり生まれたてであるがゆえの無知、そして無邪気と表裏をなす直情的な欲求と好奇心に引きずられ、危地に陥る。だが、彼の根本的な善良さは、開巻すぐから明らかであって、悪者に誘惑されだまされても、やがて本物の人間の少年に昇格するであろうことは、だれの目にもはっきり見てとれる。

一方、本家のピノッキオはどうかというと、こちらはまったく一筋縄ではいかない性格である。そもそも、原作では彼は、泣いたり笑ったり、人をからかったりする、奇妙な一本の棒っきれとして出現する。そして、ジェッペットさんに全身を作ってもらった瞬間から、生みの父親の頭からかつらをむしり取るわ、鼻を蹴り上げるわ、とんでもない悪たれぶりを発揮する。挙げ句、さっさと家を逃げだし、それを追いかけたジェッペットさんは、ピノッキオを捕まえるどころか哀れ牢屋《ろうや》にぶち込まれる。

その後も、ピノッキオはお話しするコオロギの忠告も聞かず彼を虐殺し、一旦は改心するのだが、今度はジェッペットさんがたった一着しかない上着を売って買い与えたアルファベットの練習帳を売りとばし、人形劇を観にいってしまう始末。気のいいところがないではないが、欲望を制御する術《すべ》をまったく持ちあわせない、勝手気ままで無思慮、つまり愚かそのもののキャラクターだ。その性質ゆえに、彼は木に吊るされて一度は息絶え、青い髪の少女＝仙女に救われたのちも、自分を吊るしたキツネとネコにまたもだまされて金貨を巻き上げられ、今度は自分が牢屋に閉じ込められ、やっとまともになりそうなところで、友人《ランプの芯《しん》》の誘惑に屈し、ロバと化して売りとばされる。

ピノッキオの懲《こ》りない選択は、彼自身を不幸にするのみならず、父であるジェッペットさんをも悲惨のどん底に突き落とす。それこそ善良さの化身《けしん》といってもいいジェッペットさんは、行方知れずになった我が子を捜すために小舟で大海原に乗りだし、巨大なサメに呑まれる。その後彼は物語から姿を消し、二年もの間、なぜか消化もされずにサメの胃ぶくろで暮らす破目になるのである。

ジェッペットさんに対する作者のサディスティックとさえ言える扱い、不条理きわまる運命には慄然《りつぜん》とするほかない。ピノッキオに向けては、再々デウス・エクス・マキナとして救いの手を差し伸べる青い髪の仙女も、ジェッペットさんのことは放ったらかしなのである。物語の最後で彼がピノッキオと劇的な再会を果たす、という筋立て上の都合という面は、もちろん無視できないが、一方で、おそらく、ここには善良であることは、この世における幸運や安全には必ずしも結びつきはしないのだ、という作者の苦い思いが込められているものと考えられる。ディズニー版でも、サメ（映画ではクジラだが）に彼が呑まれた状態に陥っているというこの重要なエピソードは省かれていないが、いかにもファンタジックなユーモアによって、不条理と陰惨をきちんと排除している。

要するに、原作にある残酷と陰惨、貧困、飢え、社会の不正・不平等、悪、恐怖、不条理は、当然のことだが映画からは注意深く取り除かれている。したがって、三十六章にも及ぶこの長いあやつり人形の物語を元の形で読む時、私たちはその色調の暗さに驚かずにはいられないのである。

もっとも、現代の童話が持つ一般的な雰囲気と、『ピノッキオの冒険』の陰惨さを単純に比較しても、あまり意味はないだろう。周知のように、ピノッキオが誕生した十九世紀は「童話」の揺籃《ようらん》期だった。たとえば、言語学者で民話収集家だったグリム兄弟が一八一二年に第一版を世に出した『グリム童話』（正式名は、〈キンダー・ウント・ハウスメルヒェン〉＝『子供たちと家庭の童話』）が、半世紀近い年月をかけて、〈フォルクスメルヒェン〉＝「口承民話」の匂いを色濃く残す状態から、〈クンストメルヒェン〉＝「創作童話」へと漂白されていった過程を、この時期の子供向けの文学がたどった典型例として挙げることができるだろう。過度に残酷な描写や性にかかわる部分などがかなり削られ、十九世紀ヨーロッパの道徳観が加筆され、という七回に及んだ『グリム童話』改版のその先に、二十世紀以降の「童話」がある、とひとまずは考えることができるだろう。

そして、『ピノッキオの冒険』は、十九世紀の後半である一八八三年に初版が出版されたが、当然ここにも漂白されていない「口承民話」の影響が色濃く投影されている。と、同時に、そのむきだしの残酷が伝統的な民話の単なる残映でないこともまた、明らかだ。作者のコッローディは、現実社会の問題点に照応する象徴として、そうした陰惨をあやつり人形の物語に塗り込めたのである。二十世紀イタリア文学を代表する作家イータロ・カルヴィーノは、『ピノッキオの冒険』について次のようなことを述べている。曰く、ピノッキオの物語は、ファンタジーの形式を取ってはいるが、イタリア文学における唯一かつ真のピカロを生みだした成功例である、と。

カルヴィーノの言を検証するには、たとえば、世界最初のピカレスク小説と言われる『ラサリーリョ・デ・トルメスの生涯、およびその幸運と不運』を、この『ピノッキオの冒険』と比較検討するといった手順が必要だろう。しかし、それは、私の能力の範疇をはるかに超えることなので控えたい。ただ、社会の最下層に生まれた主人公ラサロが、何度となくひどい目に遭いながら、飢餓や貧困に満ちた世間を生き抜き、こすからい知恵も身につけつつ、最終的には世間的幸運をつかむ、というストーリーは、たしかにピノッキオの運命に似通っている。なにか知恵を学ぶに際して、必ず社会や悪者たちからとんでもない打撃をこうむらねばならないところにも、類似が見てとれる。さらに、ふたつの作品に共通する、社会に対する作者の深甚なペシミズムと、それゆえの風刺的なユーモアは、ピノッキオがラサリーリョの眷属《けんぞく》であることを示している。

とはいえ、ラサリーリョの最終的な幸運は、結局のところ、いわゆる世間智の範疇に自らからめとられることによって獲得される。一方、子供たちに向けた物語であるピノッキオの運命を、そのような冷笑的な視点、社会そのものへのあきらめを含んだピカレスク的視点で語って終わらせるわけにはいかないのは、ごく当然のことである。あやつり人形の境涯から人間の少年に変身するピノッキオの道程には、童話である以上、なんらかの教育的倫理的方向性が与えられねばならないし、最終的には希望を孕《はら》んだ主人公の未来像が提示されるべきである、と作者は考えたはずだ。

こうした点について、二十世紀前半のイタリア思想界の巨人ベネデット・クローチェは、主宰する雑誌『クリティカ（批評）』誌上で、『ピノッキオの冒険』を《人間の善き生と悪しき生をめぐる寓話》（Favola della vita umana del bene e del male）と定義し、ピノッキオをはじめ多くの登場人物・動物が発揮する《優しさの道徳力》(la forza morale della bonta) が、この物語の最も重要な鍵だと記している。

あるいは、カトリック的立場に立つ著作家ピエロ・バルジェッリーニは、『ピノッキオの真実』という冊子で、この童話が『ルカの福音書』に登場する「放蕩息子の帰還」と同様の構造を持っている、と論じている。すなわち、『ピノッキオの冒険』は、父親と息子の物語であり、「父親からの逃走、救済、すなわち父への帰還」(fuga dal padre, della redenzione, o del ritorno al padre) であるというのである。別の言い方をするなら、野放図な欲望に導かれるまま、神が示す善性から何度となく逃走を試みたピノッキオが、ついに悔い改めて神の恩寵《おんちょう》に帰りつく、そういう物語だとバルジェッリーニは考えるのである。

いずれにせよ、『ピノッキオの冒険』が、人間における善悪や自由といった根源的問題を扱っているのだということは、間違いないことだろう。もっと言うならば、作者コッローディは、この作品を週刊「子供新聞」に発表した時、足かけ二年の連載中、三度の大きな執筆中断をしたのだが、そのように、ほとんどもがくように書き進めたとおぼしいこの『ピノッキオの冒険』には、作者自身にとってきわめて重大な何かが間違いなく埋め込まれているのである。その何かがなんなのかを考える前に、まず作者コッローディの人物像と人生をスケッチしておきたい。

コッローディの生涯と人間性

カルロ・ロレンツィーニ、のちのカルロ・コッローディは、一八二六年十一月二十四日にトスカーナ大公国の首都フィレンツェに生まれた。年譜にも記したが、彼の父母はともに、陶磁器製造で有名だったジノーリ侯爵家に使用人として仕えていた。コッローディのファーストネームであるカルロは、ジノーリ家の当主にちなんだ名前である。コッローディの三歳年下の弟パオロがのちに、ジノーリ窯の支配人になっていることからもわかるように、コッローディの家族にとってジノーリ家は、ある種家父長的な庇護者であった。

もっとも、そうしたジノーリ家の庇護は、ロレンツィーニ一家にのみ向けられていたわけではなく、当主カルロ・ジノーリは、ジノーリ窯で働くすべての人々の子弟にも手厚い保護を与えていた。具体的に言うなら、陶磁器工場の中に小学校や職業訓練校を開設し、子供たちに無償でデザインや画の技術を教えたり、その他にもさまざまな福利厚生を実施していたのである。近現代イタリア史の泰斗・藤澤房俊氏の著書『ピノッキオとは誰でしょうか』（太陽出版）によれば、これはひとりジノーリ家に限ったことではなく、多くの「進取の土地貴族が農業改良だけでなく、新しい産業をもおこし」、そうした「開明的貴族の、近代的な農業・工業活動によって」「トスカーナ地方は経済的に豊かな地域」になっていて、その豊かさを背景にした開明性は、教育や福祉の分野でも発揮されていたのである。

しかも、コッローディが生まれる二年前に王位についたトスカーナ大公国のレオポルド二世は、父王フェルディナンド三世の代から続く啓蒙的な政治を続行し、保守的ではあっても決して専制的ではない統治体制を作っていた。そのおかげで、思想統制はゆるやかで、オーストリアの支配力が強い他の地域（トスカーナ大公国もハプスブルク家につながる王国ではあったが）で弾圧を受けた知識人たちがフィレンツェに移動したり、風刺ジャーナリズムが盛んであったりと、開放的な文化風土がトスカーナには存在した。のちにコッローディが、辛口の政治風刺を得意とするジャーナリストになったのもさてこそ、とうなずける生育環境だったといえるだろう。

もっとも、社会状況がいくら自由で、またジノーリ家の庇護があるといっても、ロレンツィーニ一家の経済状況は決して余裕があるとは言えず、非常に貧しい状態だった。とりわけ、長男であるコッローディが五歳になる間に、弟や妹が次々に生まれ家計がさらに苦しくなったため、彼は母の故郷、祖父や母の兄弟が住むコッローディ村に移らざるを得なくなり、伯父の家から小学校に通うことになった。彼は、後年この村の名をペンネームにしたのだが、そのことからも、幼少期を過ごしたコッローディ村への愛着が並々ではなかったことがうかがえる。

そして、十一歳になったコッローディは、ジノーリ侯爵の指示と援助、そして、祖父が農園管理人として仕え、かつカルロ・ジノーリの妻マリアンナの実家でもあるガルツォーニ侯爵家の援助も受け、シエーナに近いコッレ・ディ・ヴァル・デルザの神学校に入学し、以後五年間にわたって聖職者になる教育を受けた。この聖職者への道というのは、コッローディがコッローディ村に移住した頃にフランスで発表された、スタンダールの『赤と黒』の主人公ジュリアン・ソレルの造型がそうであったように、当時のヨーロッパでは、家柄がない貧しい階層出身の少年が社会的に成功するための、ほとんど唯一といっていい道筋だった。

この神学校での彼の暮らしぶりについて、ここで詳《つまび》らかにできる確かな資料を持ち合わせてはいないが、独立不羈《ふき》の性質と旺盛な批判精神がこの頃すでに芽生え、必ずしも学校の教育内容に順応してはいなかったとか、教師たちとの関係もスムーズとは言えなかった、という話が伝わっている。それでも、十一歳から十六歳までの多感な思春期をここで過ごしたことは、コッローディののちの思想傾向に大きな影響を残したのは間違いないだろう。『ピノッキオの冒険』の物語の背後に横たわる、聖書や福音書、あるいはその他のキリスト教に関わる書物の隠喩《いんゆ》は、聖職者になるべく受けた教育の中で得られた知識が基礎になっているのだろうし、反対に、政治的な立場としては強固に反教権主義、すなわち、カトリック教会と教皇がその宗教的権威を持って政治や市民生活に干渉することへの反発を保持し続けたことは、この時期の彼の経験に根があるのだろうと考えられる。

とりわけこの後者の思想傾向から推測するに、コッローディは、自らが聖職者になる適性を持たないのではないかという疑念をこの時期に抱いたのではないか。それだけが理由というわけではなく、たぶん経済的問題がまたしても起こったのだろうが、彼は一八四二年、十六歳の時に神学校を退学し、今度はスコローピ修道会が経営するフィレンツェの学校・ピーエ校に入学している。

このピーエ校は、貧しい子弟のために教育を施す目的で修道会がイタリア各地に作った学校のひとつだが、ここで彼は二年間、修辞学と哲学を学んでいる。『ピノッキオの冒険』を連載し始めた八一年に彼が出版した『目と鼻』(副題は〈Ricordi dal Vero〉、つまり「実話」をもじった「実記憶」となっている)というエッセイ集の中の、「フィレンツェ人はどんな風に学ぶか」という項で、ピーエ校時代のことについて、こんな風に記している。

「かつてフィレンツェでは、今日より少ない事柄を、今よりもずっと深く学んでいた。この矛盾は、現代の公教育省関係者の目には、一種のスキャンダルに映っているだろうが、彼らのうちの誰ひとりとして、この件についてあえて説明しようという者はいない。この世には羞恥心というものがあって、大臣たちにもその持ち合わせがあるということだろう。(中略)ピーエ校の学生は、それぞれ二種類に分けられる。まず、天賦才能に恵まれよく勉強する第一種は、修辞学と哲学を修め、大学に進学したり、天賦の才を必要とする独立した職業につく。もう一種はというと、怠け者か、もしくは未熟な脳みその持ち主で、このふたつの欠点があるという証明書があれば、国の役人になる権利を得ることができる」

この部分のあとには、八一年当時のイタリアの公教育のあり方に対する批判が述べられているのだが、訳出した部分の皮肉の利き具合は、いかにもコッローディ節だ。特に後半は、自分自身の境遇を笑いの対象にしていて、彼はピーエ校を事情があって二年で辞め、大学に進学することなく、その後紆余曲折ののちにフィレンツェ県庁の役人として、文筆業と二足のわらじを履いた（ちょうど『目と鼻』を出版した八一年に県庁を退職している）のである。

しかし、このユーモアをそのまま額面通りに受けとることはできなくて、むしろ、「今よりもずっと深く学んだ」という自負は強烈にあったはずである。そうでなければ、ピーエ校を退学した直後、フィレンツェ屈指の書店兼出版社ピアッティ書店に職を得て、すぐに新刊カタログに載せるニュースや書評の執筆を任されるなどということはありえないからである。わずか十八歳のコッローディの、卓越した知力がこのことからもうかがい知れる。

ジュゼッペ・アイアッツィらとの出会い

ピアッティ書店で働いた三年ほどの期間は、若きコッローディにとって計り知れない収穫のあった年月だった。この書店は、当時のフィレンツェにあって、いわば知の中心的サロンというべき場で、多くのリベラルな文学者や学者たちが頻繁に出入りしては、政治や文学・芸術について白熱した議論を展開していたのである。そうした議論に二十歳前の若者であるコッローディが積極的に参加したかどうかはわからないが、少なくともそれを傍らで聞いて知の収蔵庫を飛躍的に豊かにしたことはたしかであろう。

なかでも、彼が傾倒したと言われるのが、ピアッティ書店の花形著者だったジョヴァンニ・バッティスタ・ニッコリーニである。ニッコリーニは、一七八二年生まれの劇作家で、ギリシア悲劇に範を取った史劇によって高い評価を得ていた。その劇の内容は、古代史を主題としつつ、その背後にその時点でのイタリアの状況を反映させる愛国主義的なものだった。それに加え、彼は国家体制として共和制を支持し、反教権主義であり、しかも穏健な自由主義者であった。コッローディが、二十一歳の春に第一次イタリア独立戦争に義勇兵として参加した背景には、ニッコリーニをはじめピアッティ書店に集う、イタリアの国家的統一、それも共和制によるそれを願う知識人たちの影響が強く存在したにちがいない。

もうひとつ、コッローディのピアッティ書店における大きな収穫は、同書店の経営責任者のひとりであるジュゼッペ・アイアッツィと深い友情関係を結んだことである。アイアッツィは、書誌学者・古文書学者で、トスカーナ大公国上院の図書館員でもあった。彼の生年ははっきりしないが、著作の出版年から推測してコッローディより二十歳以上年長だったと考えられる。コッローディとアイアッツィの友情は、後者が世を去る六九年まで続いたが、それは友情である以上にコッローディにとっては父親的な愛情を受ける関係性だったとおぼしい。

二十歳にもならないコッローディが、ピアッティ書店の新刊目録に書評などを執筆しえたのは、おそらくアイアッツィの推輓《すいばん》があったからだろうし、また、カトリック教会の「禁書目録」に目を通すよう勧めたり、若きコッローディにさまざまな文学や創作に関する助言をした。さらに、コッローディがミラーノの音楽誌「イタリア・ムジカーレ」に初めての署名原稿（この時は、まだコローディの筆名ではない）を発表したのも、アイアッツィの強い勧めと紹介によるものだった。つまり、アイアッツィは、文筆家コッローディの船出を用意した人物だと言っても過言ではない。

のみならず、コッローディがピアッティ書店の職を離れ、第一次イタリア独立戦争に参加し、戦いから帰郷した際、トスカーナ大公国の書記官の仕事を世話したのもアイアッツィだった。この四八年の九月に実父ドメーニコを亡くし、母親をはじめ生き残っていた兄弟たちの生活を支える必要が生じていたコッローディにとって、この斡《あっ》旋《せん》がどれほどうれしいものであったか想像に難くない。コッローディの末弟イッポリートの息子で、やはり文筆家だったパオロ（筆名は、コッローディ・ニポーテ＝コッローディの甥）は、この時の職の給与が月に百四十リラ、一応の品格を保って暮らせる程度の金額だったと、その著書に記している。現代の価値でそれがどの程度だったかはわからないが、おおよそ大卒の初任給くらいではあったのだろうと想像できる。

これ以降も、アイアッツィは何度となくコッローディの手助けをしていて、実父との関係性がさほどよくなかったらしいコッローディにとって、困った時に温かい援助の手を差し伸べてくれる「父」だったのだろうと思える。それは、あるいは、ピノッキオにおけるジェッペットのような無償の愛だったのかもしれず、自身が多分にピノッキオ的であったコッローディにとって、生きていく上できわめて重要な絆だったと言えるだろう。コッローディがアイアッツィに宛てた多くの書簡からも、そういう景色が読みとれる。

イタリア統一への情熱

こうして、多くの導き手や援助者に囲まれ、コッローディは文筆家としての生涯に乗りだしたわけだが、ピアッティ書店に集った著者たちの例もあるように、この当時世に筆を執って立つということは、そのまま政治的な活動にも足を踏み入れることを意味した。なぜなら、十九世紀は童話が揺籃期をむかえていたように、国民国家もまた揺籃期と自立期をむかえていたからである。この国民国家の成立と近代的な童話の成立には、言うまでもなく深い関連があり、それはやがてコッローディが後半生に執筆することになった子供向け文学にも多大な影響を与えていくのだが、若き日のコッローディにとってまず重要だったのは、祖国イタリアの統一だった。

西ローマ帝国の崩壊以降、イタリア半島は政治的統一体としては機能しない歴史を刻んできた。中世期は、ドイツ王国とともに神聖ローマ帝国の構成国家としてイタリア王国の名を冠されはしたが、結局のところ有名無実であって、その時々のヨーロッパ列強の意のままに、分裂したままの状態で十九世紀に至っている。コッローディが生まれる二十年ほど前に、神聖ローマ帝国を解体したナポレオン一世が、傀儡《かいらい》国家としてイタリア王国を再生させたが、これもナポリ王国が併存するなど、完全な統一にはほど遠かった。アレクサンドル・デュマの大長篇『モンテ・クリスト伯』に、主人公エドモン・ダンテスの導き手として登場するファリア神父は、イタリア統一を夢みてナポレオンと共闘しようと試み失敗し、シャトー・ディフの土牢に幽閉されたのだが、彼がナポレオンの失脚をエドモンから聞いて「イタリアは呪われているのだ」と慨嘆する場面は、当時のイタリアが置かれていた状況を映しだす一景といえるだろう。

しかし、大革命以降、何度となく揺り戻しがある中で共和制国家へ歩みを進めていたフランス、あるいは、ウィーン会議後にオーストリア帝国を盟主として成立したドイツ連邦などでも、国民国家の創成にむけてのナショナリズムが高揚する中、イタリアもまた共和制による統一国家の夢を辛抱強く育んでいた。そうした気運が噴きだしウィーン体制を崩壊させたのが、一八四八年の「諸国民の春」革命だったのであり、イタリア第一次独立戦争もまた、その波の中で起きた事件だった。

二十一歳のコッローディは、若々しい情熱を持って、ロンバルド・ヴェーネト王国をオーストリアの支配から解放するためのこの戦いに参加した。戦いは、結果としてはオーストリアの勝利に終わったが、共和制によるイタリア統一を願うコッローディの思いは、一層強固なものになった。戦場からフィレンツェに戻った直後、義勇兵として一緒に闘った次弟パオロと共に、彼は四ページからなる風刺日刊紙「ランピオーネ」を創刊する。《街燈》を意味するこの新聞名は、「暗中模索している者に光をもたらす」気概を表現したもので、コッローディはきわめて戦闘的な、時にほとんど好戦的と言っていい筆致で、イタリアの統一を阻むオーストリアやカトリック教会の勢力、そして統一のための対外戦争に無関心な一般大衆を批判した。

この「ランピオーネ」紙は、トスカーナ大公国の政治的状況の変化により、四八年七月の創刊からわずか十ヶ月で発刊停止に追い込まれたが、その後もコッローディの鋭い現状批判の筆はやむことなく、五三年に創刊した「スカラムッチャ（小論争）」紙でも、四分五裂する共和主義運動を批判しつつ、イタリア統一への情熱を記し続けた。もちろん、音楽誌で文筆家デビューを飾った彼のこと、政治風刺のみを筆にのぼせていたわけではない。自らが創刊した「ランピオーネ」や「スカラムッチャ」で、演劇、音楽、美術、文学など文化的なジャンルの作品を取りあげて批評し、他の雑誌「イタリア・ムジカーレ」（音楽批評紙）、「アルテ」（美術批評）、「ガゼッタ・ディタリア」「ナツィオーネ」などなど、イタリア全土の主要な新聞・雑誌にも、そうした文化的な評論を政治的なそれと同様に発表した。

一八五九年に勃発した第二次イタリア独立戦争にも、コッローディは義勇兵として参加している。この時彼が所属したのは、サルデーニャ王国軍だった。これは、コッローディのイタリア統一に対する考えが、共和制によらねばならないという主張から、より現実的なサルデーニャ王国による全土統一という方向に変化していたことによる。興味深いのは、この時彼は三十二歳（と五ヶ月）だったのだが、生年を八歳（正確には七歳七カ月）若く偽り、しかもトスカーナ大公国の書記ではなく学生として、サルデーニャ軍に登録していることだ。役人の身分を明かすことで、その後失職したりするリスクを思ってはばかったのか、あるいは単に学生でなければ受けつけてもらえなかったのか、真相は不明だが、二十一歳当時からさまざま経験を積んだコッローディの成長（?）が感じられるエピソードである。

一八六〇年にはトスカーナ大公国はサルデーニャ王国に併合され、さらに翌年ヴィットーリオ・エマヌエーレ二世による立憲君主国家イタリア王国が正式に成立し、イタリアの統一はとりあえずここに果たされた。コッローディも、十数年前に発刊停止に追い込まれた「ランピオーネ」を再刊し、再刊第一号の紙面に「われわれの綱領は、ひとつにまとまった、自由な、独立したイタリアである」と、喜びに満ちた宣言を記した。これによって、コッローディが抱いたイタリア統一への情熱は、ひとまずひとつの結節点をむかえたわけである。

『ピノッキオの冒険』に至る道筋

文筆家としてのコッローディの野望は、ジョヴァンニ・バッティスタ・ニッコリーニに傾倒したことからもわかるように、劇作家として名を成すことだった。第一次イタリア独立戦争後、一八五〇年代から七〇年代の前半、すなわち二十代から五十歳の声を聞く頃まで、彼は多くの戯曲を執筆し、そのいくつかは上演され、ある程度の評価を得た。しかし、その評価はコッローディが望んでいたであろう高みには至らなかった。また、小説や詩にも手を染めているが、やはり成功というほどの果実を手にすることはできなかったようである。とはいえ、作品自体の評価はさまざまでも、コッローディが生みだす言葉の活き活きした鋭さ、言葉遊びの巧みさといったものには、多くの批評家が賛辞を呈している。

一八六八年、『フィレンツェ語彙辞典』の特別編纂委員に推挙されたのも、こうした言語感覚の鋭さ、それから、イタリア統一後の国語問題についての論評を多く発表していたこと、さらに十七世紀からヨーロッパ諸国の知識階級が共通語として使用していたフランス語に堪能であったこと、などが理由だったと思われる。コッローディは、自身の母語トスカーナ語に心から誇りを抱いていたため、詩聖ダンテの言葉でもあるこの方言を、新生イタリアの国語にしたいという希望を持っていたが、それはかなうことはなかった。『ピノッキオの冒険』をはじめ、彼が執筆した子供向けの本には、トスカーナ語独特の表現がその希望の残り火のように、そこここにちりばめられている。

一八七〇年代に入ると、彼は「ファンフッラ」紙を文筆活動の中心に据え、イタリアが抱える多くの問題の中でも、教皇庁が依然として大きな世俗権力をふるっていること、そして、イタリアの初等教育の不備、非常に低い識字率、子供の貧困といった若年層が抱える困難について精力的に論陣を張った。コッローディ自身は、家庭を持つことはなく、また子供もいなかった（文芸評論家アルベルト・アソル・ローザによると、非嫡出の娘がいて早世したという）が、多くの弟妹が幼時に亡くなっているのを目にしていた経験などが、年を経るにつれ、幼少年層への強い思いとなっていったのかもしれない。

もちろん、イタリアの未来を考えれば、子供たちにより良い教育、より良い環境を用意する必要があるのは明白であり、その観点がコッローディの中で使命感へと変じていったとも言えるだろう。そして、この時期にフェリーチェ・パッジ書店とコッローディの間に接点ができたことは、後世の私たちにとってまことに幸運な出来事だったという気がする。

フェリーチェ・パッジ書店は、フェリーチェとアレッサンドロのパッジ兄弟によって運営される書店兼出版社だった。創業は一八四一年で、初期は印刷所がメインだったが、やがてフランスの医学書などを出版しはじめ、イタリア統一の少し前からは、楽しめる教科書を標榜して教育関連の図書に力を入れるようになっていた。そのパッジ書店が七五年、コッローディに最初に依頼したのは、シャルル・ペローの寓話をはじめ、フランスで十七世紀後半から流行していた民話を創作的に再話した作品群を翻訳する仕事だった。前に述べたように、コッローディがフランス語に堪能であることは文筆業界に知れ渡っていたため、パッジ兄弟はそうした依頼をしたのである。

コッローディは、寓話を翻訳する、それもイタリアの子供向けに、という、彼にとっては未経験の仕事に二の足を踏んだらしい。しかし、パッジの熱心な説得に応じて、翌七六年『仙女の物語』というタイトルでそれらの寓話の翻訳を出版した。その翻訳書の前書きに、自分勝手に翻案するのは原作への冒瀆に思われるから、言い回しや語句をいくつか改変した以外は忠実に訳した、と述べられているように、この翻訳は子供向けとはいえ、文学性を損なわないようにしたいというコッローディの願い通りの仕上がりになっている。その思いは読者にもよく伝わったようで、出版後売れ行きも良く評判も上々だった。

それに勢いを得たパッジ兄弟は、すぐにコッローディに新たな提案をした。それは、一八三七年に出版され、統一後、イタリアの初等教育の現場で広く使われていた教科書『ジャンネット』を、新たな形で作り直してほしい、というものだった。教育学者ルイージ・アレッサンドロ・パッラヴィチーニの手になるこの『ジャンネット』（執筆は一八三五年）は、人間が神の手によってできたことをまず説き、人のからだの各部位がどのような働きをしているのか、道徳とはどのようなものか、自然はどのようにできあがっていて、人の暮らしとどんな関連を持っているのか、といった事柄を百科事典風にまとめている。しかも、それらを具体的・効果的に子供たちに教える方法論として、ジャンネットという小さい男の子を主人公にし、彼とそのまわりの人々を登場人物にした短い物語的エピソードを挿入する構成を採用していた。それはたとえば、気管の働きを説明するために、幼いジャンネットが、ひらひら散り落ちてくる桜の花びらを呑みこんでむせる、といった小コントの形で表現されている。

イタリア統一以前は、当然のことながら、イタリア全土をカバーする統一的教科書は存在しなかった。教師がそれぞれの裁量で本を選び、読みあげ、児童がそれを筆記するといった方法が取られていたのである。が、五九年にサルデーニャ王国で採択された初等教育法＝カザーティ法が統一後イタリア全土に適用され、六歳以上の児童に対して初等学校の下級上級の各二年を無償義務教育にすることが決められた。それにともない、義務教育となった初等学校では全員の児童が、教科書にもとづく授業を受けることになった。それはそのまま、教科書の需要が増える、という結果を生んだのである。統一から十年程度は、『ジャンネット』のような統一前に出版された書物が使われていたが、新しいそれを求める声も強く、パッジ書店をはじめ多くの出版社は、確実な収益につながる教科書出版に乗りだすようになったのである。

コッローディは、『仙女の物語』の時と同様、今回もためらった。「いつか機会がめぐってきたら、やってもいいです。でも、今はできません。私を悩ませないでください。もう充分に神経衰弱なんですから」というのが、パッジ書店に対する彼の返事だった。本当に神経衰弱だったかどうかはわからないが、すでに述べたように、コッローディは統一後のイタリアの教育行政に対しては、かなり強い批判的視点を持っていた。時あたかも、カザーティ法を改善するための法律コッピーノ法が発布（七七年）されようとしていた。イタリア王国政府はカザーティ法公布後、学校設立など教育施設の整備を各地方の行政に丸投げしたが、財政的困難を理由に行政の動きは鈍く、また、児童の就学に強制力を持たなかったこともあって、法律自体が有名無実化していた。その弊《へい》をおぎなうべく発布されたコッピーノ法は、六歳から九歳の子供に教育の義務制を定め、加えて違反者への罰則も盛り込んだものだった。

コッローディは、この法律をめぐって時の公教育大臣で法の制定者コッピーノに向けた、「公教育大臣閣下への公開質問状」という文章を発表している。そこで彼は、多くの子供たちおよびその親たちが抱える貧困に言及しつつ、法制定を鋭く批判している。「ごみ屑の中から拾い上げたキャベツの芯しか家族に与えられない、粗末な服をまとい、飢えに苦しむ労働者に、あなたがたの教育制度と書物で、いったい何をさせたいとあなたがたは望んでいるのですか？（中略）われわれは、もう少し胃袋で思考すべきです。人間的尊厳の感情は、教育の力によって頭脳に入るよりも、パンの力によって、はるかにより良く血液に入りこむことを理解しようではありませんか」（"Pane e libri" C.Collodi Firenze 1877）

カザーティ法でもコッピーノ法でも、初等教育自体は無償であったが、教科書は買わねばならなかったし、そもそも初等教育期間のみの就学では子供たちは満足な教育を受けられるとは言いがたかった。それこそ、『ピノッキオの冒険』の最初の部分を想起してほしい。ジェッペットさんは、「絵の具で描いたニセモノ」の火しかないような赤貧の住居に住み、ピノッキオに「アルファベットの練習帳」を買うために、冬の最中、たった一着しかない上着を売るしかないのだ。そういう親たちに、たとえ比較的安い金額だとしても、自分自身が書いた教科書を買わせるという行為に対して、コッローディがためらいを感じたのは当然といえるだろう。

しかし、結局、コッローディはパッジ書店の依頼を引き受けた。それについては彼の個人的な理由（後述）があったとも言われているが、ともかく、コッピーノ法発布と同年、『ジャンネッティーノ　子供のための本』（「可愛いジャンネット」の意）は刊行された。出版後、すぐに三刷・五千冊を売ったというこの本についてくわしく踏み込むのは控えるが、ざっと内容を紹介すると以下のようなものである。

元本になった『ジャンネット』と同様に、コッローディのこの本にも主人公がいる。タイトルになっているジャンネッティーノがそれだが、彼は「健康ですばしこく、いたずらっぽい青い目を持ち、たっぷりした赤い巻き毛の髪が、額のまん中あたりまで落ちかかって」いる十歳から十二歳くらいの男の子である。そして、そのふるまいはというと、暴れて家具を壊し、母親の扇子を破り、イタリア王国初代首相カヴールの肖像画に落書きをするといった、いかにも子供らしいやんちゃ者。これはまさにピノッキオの原型である。このジャンネッティーノを教えるのは、「気むずかしく、一分の隙もない服装をした年寄り」である「ボッカドーロ（金の口）」先生だ。ボッカドーロには、雄弁家という意味と、話しだしたら止まらないという意味の両方がこめられているのだが、この先生の教育理念は悪い子供はイヌのように叩いてしつけるというもの。対するジャンネッティーノは、前述のごときやんちゃ坊主である。当然、先生は憤激するのだが、このユーモラスな対比には、コッローディの伝統的な教育観への皮肉な視線がある。怠惰や傲慢、短慮による失敗、そして時には警察に捕まるような（これは警官の誤解なのだが）ジャンネッティーノの行動は、それを後悔し、なぜそうしてしまったのかを自ら考え、より良き道を歩もうとするジャンネッティーノの精神的成長と常にひとつながりで描きだされる。つまり、外的な道徳規範に従順に従うのではなく自分の頭で考える訓練、すなわち精神の自立を子供に学ばせるべきだ、というコッローディの信念が全篇から読みとれるのである。

人気を博した『ジャンネッティーノ　子供のための本』は、その後シリーズになり、翌七八年にはジャンネッティーノの友達を主人公にした『ミヌッツォロ　二番目の読本』が刊行され、コッローディの死の前年八九年まで八冊がパッジ書店から出版されている（九冊目になる九〇年の『ジャンネッティーノの魔法のランタン』は、ペンポラッド社刊）。このシリーズで、コッローディはジャンネッティーノをイタリア全土を巡る旅に導き、歴史や地理を学ばせ、言葉や算数も学ばせ、自立し愛国心にあふれた少年へと成長させたのである。

賭博癖と母への思い

さて、ジャンネッティーノによって、『ピノッキオの冒険』への道筋がようやく見えてきたのだが、その本題を語る前に、もうひとつ、この解説の前の部分で軽く触れたコッローディの「ピノッキオ性」について述べておきたい。これは、世界的に有名な童話の作者というイメージとは少々そぐわない事柄かもしれないが、誘惑に対しての無類の弱さと、庇護してくれる相手への際限ない甘ったれを存分に発揮するピノッキオの造型に、作者自身の性向が深い関連を持っている気がするので、素通りできないのである。

コッローディの賭博への嗜好《しこう》が、賭博癖というレベルにまで成長したのがいつ頃であるのかは、よくわからない。金銭的な面で負担をかけた相手としては、主に次弟のパオロが考えられるので、パオロがジノーリ窯の支配人としてある程度の収入が得られるようになって以降だとするなら、コッローディの三十代前半あたりということになるかもしれないし、あるいは、もっと以前からなのかもしれない。少なくとも、パッジ書店と関係ができた七〇年代半ば頃には、賭博によってかなりの借金を背負うことがしばしばあったらしいことは、末弟イッポリートの回想や、その息子であるパオロ＝「コッローディの甥」の文章からうかがうことができる。

『仙女の物語』の仕事を渋るコッローディを説得する際、パッジ書店は高い印税を提示して、借財がある彼をその気にさせたとも伝えられているし、『ジャンネッティーノ』執筆も、七六年の謝肉祭のある朝、目覚めたコッローディは、返さなければならない借金が、にっちもさっちもいかないことになっていることを思い知り、パッジ書店の申し出を承諾することにしたようである（イッポリートの回想1911）。『ピノッキオの冒険』も同様で、年表に記したが、賭博の借金とフィレンツェ県庁を退職したことにより金銭的に困っていた（退職金があったのではないかと思われるのだが）コッローディは、まったく乗り気ではない状態で、この歴史的名作を書きはじめたのだ。

さらにショッキングなのは、『ピノッキオの冒険』連載時の中断についてのエピソードだ。コッローディは、彼が言うところの「子供じみた」この話を、第十五章で一度終わりにしている。この章で、ピノッキオはキツネとネコの手によって大きなカシの木に吊るされて息絶える。青い髪の仙女は、この段階では死を待つ弱々しい少女として登場しているのみで、ピノッキオを救ってくれる気配はない。あやつり人形は、悪人たちにたばかられ、哀れその短い命を終わるのである。もちろん、こんな結末を幼い読者たちが承服するはずもなく、猛抗議が殺到し、結果、長い休止のあと物語は再開されたわけだが、しかし、この終了が作者の借金返済が済んだため、と読者が聞かされたとしたら、猛抗議どころの騒ぎではなかったかもしれない。

もちろん、これは伝説に過ぎない。冗談好きのコッローディが、あとになって事実とは異なるホラを吹いた可能性の方が大きいだろう。ただ、コッローディは誘惑に弱い自分の性癖（賭博癖の他に、彼にはアルコール依存症の傾向もあった）を、長年にわたってじっくり、苦いユーモアを持って観察してきたにちがいないのである。ピノッキオというキャラクターを染めあげるに際して、そうした自身の弱さを顔料に使ったことは疑いようがない気がする。

また、コッローディは、若い時代からジノーリ侯爵をはじめ、多くの庇護者に恵まれてきた。青年期以降のその筆頭は、前に述べたジュゼッペ・アイアッツィだろうし、父方の伯父で実業家として成功していたロレンツォには、「ランピオーネ」紙と「スカラムッチャ」紙を創刊する際に、財政面での援助を受けている。母方の親類たちからも、さまざまな助言や援助を受けていた。もちろん、借財で迷惑をかけていた弟パオロも、コッローディにとってかけがえのない庇護者だった。言うまでもなく、こうした実生活面での関係性を、彼の創作に直接的にあてはめるのは行き過ぎだろう。ピノッキオが困難に陥った時、青い仙女をはじめとして多くの善意の動物たちが助けてくれるのは、いかにも童話らしいデウス・エクス・マキナの用法に過ぎない、と言うこともできる。だが、ベネデット・クローチェが指摘した《優しさの道徳力》を実感していた作者だからこそ、見事に血の通ったデウス・エクス・マキナを創り得たのだとも思えるのである。

さらにもうひとつ。庇護者とは意味合いが異なるが、コッローディはマンミズモ（mammismo）の徒であった。マンミズモとは、読んで字のごとくマンマ＝お母さんを崇拝する精神的傾向だ。現代のイタリアでも、結婚後の男性が配偶者よりも母親にべったりする、という微苦笑をさそう話題としてしばしば取りあげられるが、コッローディは不和になった両親に悩み、長男として母親をかばい、常に彼女を生活面で助け続けた。この場合は、彼が母にとっての庇護者だったわけだが、精神面ではむしろ逆だっただろう。母へのそうした強い愛情が、彼を生涯独身のままにしたとも言われるが、『ピノッキオの冒険』の青い髪の仙女には、作者の母への思いが投影されているように感じられる。最愛の母アンジョリーナが一八八六年に亡くなった時、コッローディはその喪失感から引きこもりがちの生活を続け、四年後に自らも世を去った。

『ピノッキオの冒険』に託した希求

長くなったが、作者コッローディの生涯と性格、どのような形で教養を得てきたか、そしてその生涯における実際の行動と思想的傾向をざっとたどってみた。それらを踏まえた上で、あらためて『ピノッキオの冒険』における何かを解析することにしたい。

『ピノッキオの冒険』は、多くの隠喩や象徴に満ちた複雑な物語である。表面にあらわれたストーリーだけを追うなら、暗さや残酷さはあっても、きわめてファンタスティックなあやつり人形の成長物語として読むことができる。しかし、このビルドゥングスロマンのあちらこちらにコッローディが埋め込んだ仕掛けを読み解いていくと、物語が重層性を帯びて立ちあがってくる。そうした仕掛けは、この稿のはじめの方で言及した、ピエロ・バルジェッリーニの指摘するキリスト教的文脈に近縁性があるものがきわめて多い。

たとえば、ピノキオの生みの親ジェッペットの名前など、その典型だろう。ジェッペット＝Geppetto は、ジュゼッペ（Giuseppe）の少々珍しい愛称である。イタリアではごくありふれた名前であるこのジュゼッペ（コッローディの親友アイアッツィもこの名だ）は、ヘブライ起源の人名「ヨセフ」のイタリア語版にあたる。もちろん、ありふれている名前である以上、ジェッペット＝ヨセフの属性如何によっては、別に意味深長とはいえない。しかし、ジェッペットは、木彫り師、もしくは家具職人なのだ。そうなれば、おのずと新約聖書中に登場するひとりの人物を想起せざるを得ない。ナザレのイエスの父ヨセフは、家具職人だった。イエス自身も、布教活動で世に出るまでは大工をしていたと伝えられている。

つまり、ピノッキオがイエスになぞらえられている可能性が浮かびあがるのだ。物語のエピソードからその点を見るなら、第十五章であやつり人形が大きなカシの木に吊るされる場面にもそう考える根拠がある。「ピノッキオの脳裏に浮かんだのは、かわいそうな父の姿だった。……息もたえだえに、呟く。／『ああ、おとうさん！　おとうさんが、ここにいてくれたら……』」という形で、ピノッキオはひとたびは息絶える。これを、マタイの福音書やマルコのそれに記された、イエスが十字架にかけられ息を引き取る間際に父なる神に向けて発した、「エリ、エリ（エロイ、エロイ）、レマ、サバクタニ（わが神、わが神、なぜ私をお見捨てになったのですか）」という言葉に照応させるのは行き過ぎだろうか。そして、生みの父ジェッペットの救いを求めつつ「凍ったように動かなくなった」ピノッキオは、青い髪の仙女によって「復活」する。

「青」は、聖母マリアの図像では、しばしば彼女がまとう衣の色として使われることを、ここでは想起したい。

しつこく言いつのるなら、ピノッキオが「一本の棒っきれ」から作られた木製のあやつり人形であることと、イエスの関係性も無視できない。なぜなら、イエスと樹木の関係性もまた、濃いからである。イスラエル二代目の王ダビデの父エッサイ＝「根」からつながる血統の木の「枝と花」として、公平と義を持つ裁き主がこの世に出現する、と旧約聖書の一書『イザヤ書』には記されており、パウロ書簡にはその人物がイエスである、と述べられている。また、西欧の宗教画では、この「エッサイの木」＝キリストに至る系統樹が象徴表現として頻出する。

ピノッキオが縛り首になるエピソードに戻るなら、イエスが磔刑《たっけい》に処せられた十字架は、ピノッキオが縛り首にされたのと同じカシの木でできていたという伝説も、多く存在している。そして、『ピノッキオの冒険』がフィレンツェの伝統的な人形劇に想を得ているという点に着目するなら、コッローディが生きていた当時、謝肉祭から四旬節にかけての期間に、イエスの洗礼をあやつり人形が演じる演目がしばしば上演されていたという事実もある。つまり、「一本の棒っきれ」に不可思議な魂があって、それがジェッペットの手によってあやつり人形になるという経緯を、イエスの誕生に重ね合わせることは可能なのである。

しかし、そうだと仮定しても、なおピノッキオの性格設定には、疑問が残る。自由と身勝手を履き違えている愚かなあやつり人形を、キリスト＝救い主に同定するのは、いくらなんでもやり過ぎではないか。たしかに、文筆家としてのコッローディの真骨頂は、風刺と諧謔《かいぎゃく》に満ちた発想と文章に存するのであり、かつ、強大な世俗権力をふるうカトリック教会に対しては常に批判的な態度を保持していたのは事実である。その点から考えれば、イエス・キリストを揶揄《やゆ》する物語を描いてもそれほど不自然ではないし、実際、私見ではそうした意図がまったくなかったとは言えない。とはいえ、まるでなんの典拠もなくコッローディがいたずら者のイエスを造型したのかといえば、どうもそうではないようである。

では、その典拠はなんだったのかといえば、おそらく、『トマスによるイエスの幼時物語』がそれだったのではないか。イエスの幼少期についての記述は、正典とされる四つの福音書にはほとんど記されていない。わずかに、ルカの福音書に十二歳のイエスが、過ぎ越しの祭りの時、エルサレムの神殿でユダヤ教の教師たちを瞠目《どうもく》させるような賢い応答をした、という記述が目立つ程度である。しかし、救い主であるイエスの言行を幼時に遡《さかのぼ》って知りたいという欲求は、当然多くのキリスト教信者に共有されていたとおぼしい。そうした願いに応えるべく、紀元二世紀頃に成立したのが、「幼時福音書」と総称される一群の外典《げてん》福音書だった。その中でも異色だったのが、『トマスによるイエスの幼時物語』だったのである。

この書については、日本語でも翻訳が出ている（『新約聖書外典』講談社文芸文庫）ので、くわしくはそちらを参照してもらいたいが、内容をひとことで言ってしまえば、奇跡を起こすイエスが五歳から十二歳までの間に起こしたさまざまな事件を、かなり大げさに語ったものである。しかも、イエスが起こした奇跡は、必ずしも善意や愛に満ちたものではなく、むしろおのれの能力を濫用《らんよう》した態《てい》の、悪魔的といっていい所業が多い。走ってきた子供が肩にぶつかった、というだけで相手を呪い殺したり、それを非難した人々を盲目にしたりする。さらに、その行為をとがめて教育しようとした教師を、反対にやりこめ、そのついでに呪い殺した子供を復活させ盲目にした人々をもとにもどし、自らの力を誇る。そうした奇跡の顕現以後、イエスをあえて怒らせる者はいなくなった、という風な言行録である。奇跡を起こす能力をもっている分、このイエスはピノッキオよりもはるかに始末が悪い。

著者不明（似通った表題の外典である『トマスの福音書』とは無関係）のこの書は、いわばイエスの能力をあざとく誇大に強調して信者の興味を引く一種の大衆小説だったと看做《みな》せるのだが、原典であるギリシャ語以外に多くの翻訳が出されるほどの人気があったらしい。聖職者になるための教育を受けていた時代に、コッローディがこの書のラテン語もしくはイタリア語版の翻訳を目にしていたのか、あるいは教会の禁書目録を閲覧した二十歳前後に読んでいたかは定かではないが、どこかで読んでいたのは間違いない。『ピノッキオの冒険』のエピソードには、この書を匂わせる記述がいくつもある。

一、二の例を挙げるなら、第五章で空腹に苛《さいな》まれるピノッキオが卵を食べようとして割ると、生きたヒヨコが飛びだしてくる場面。『トマスによるイエスの幼時物語』では、五歳のイエスが安息日に泥で十二羽の雀を作っているのを父ヨセフが咎《とが》めると、イエスは手をぽんと打って、泥の雀に「行ってしまえ」と言う。すると、雀は羽をひろげて飛び去る。ピノッキオ版の「卵を割ったらヒヨコが」というのは、ある種古典的なギャグなので、この類似が幼時福音書にもとづくとは言い切れないが、コッローディの念頭にギャグと並列でイエスのエピソードがあったのではないかと感じられる。

また、第二十七章では、悪童たちとピノッキオのケンカの最中に、友人のひとりエウジェーニオが、ケガをして死んだようになるエピソードがある。奇跡をもたらす能力のないピノッキオは、むなしく友人の名を呼ぶうちに憲兵に連行されかけるのだが、トマス版のイエスは、屋根から落ちて死んだ子を、お前が突き落としたのだろうと親に詰め寄られ、その子に「起きてくれ」と呼びかける。すると、その子は生き返って、イエスの無実を言明するのである。あるいは、第二十章でピノッキオの行く手を阻む大蛇が笑いすぎて死んでしまう話。これは、イエスが毒蛇に嚙まれた兄弟の毒を奇跡の力で取り去った途端、毒蛇のからだが裂ける、という挿話のこだまが感じられる。

ここで興味深いのは、自らの乱暴な行動をすべて奇跡によって修復してしまうイエスと、愚かしいふるまいの結果を無力な状態で受けとめ、仙女やそのほかの善意にあふれる助力者の援助によって、かろうじて前進するピノッキオの姿の対比である。言い換えれば、コッローディが、奇跡を起こす神の子イエスに見紛《みまご》う存在として、わざわざあやつられることが宿命であるあやつり人形を設定し、その人形が人の子として人間的自由を獲得するまでの道程を描いた意味は、決して軽くないと思えるのである。

もちろん、聖母的な刻印を帯びた仙女による救いを最重要視するか、それをイヌやハトやマグロといった多くの援助者たちの救いと同列に並べるか、さらにはハトやマグロのそれを自発的な援助として見るかによって、この物語の相貌はかなり違ったものになるのだが、しかし、ピノッキオがイエスとして生まれながらイエスではありえない、という物語を作者が意図的に描いたのだとすれば、『トマスによるイエスの幼時物語』との重ね合わせは、著者のある種の決意として読むことができると思えてくる。

この点については、ピエロ・バルジェッリーニのように『ピノッキオの冒険』を、宗教的回心の物語として読む立場を参考にしつつ、より深く考えなければならないが、その前にコッローディがこの作品で使ったキリスト教的、もしくは古典的な枠組みで、すでに述べたもの以外に目立つものを指摘しておきたい。

この物語の後半部分のクライマックスは、人間になれるという望みがかなう寸前、ピノッキオが友人《ランプの芯《しん》》に誘われるまま《おもちゃの国》に行ってしまい、ロバになってしまう条《くだり》。そして、ロバの皮から解放されたのち、巨大なサメに呑みこまれて父ジェッペットと邂逅する条の二つだろう。このうちの前者は、あきらかに帝政ローマ期の弁論家・詩人ルキウス・アプレイウスの小説で、一般には『黄金のロバ』という題名で知られる『変身』を下敷きにしている。よく知られたこの物語の内容をかいつまむなら、世間を知るために旅にでた若者ルキウスが、好奇心から魔女パンフィレエの膏油《こうゆ》をからだに塗ってロバに変身してしまうというもの。ロバになったルキウスは、さまざまな人の手に渡り苦難の道を歩み、やがて芸のできるロバとして見世物にされ評判をとる。が、ふしだらな行為を見世物として強いられそうになった彼は飼い主から逃げだし、女神イシスの助けによって人間に復帰し宗教者になる。

性的な享楽の箇所を除けば、この物語の後半部分は、ピノッキオがロバになってサーカスに売りとばされ、芸を披露する破目になるエピソードに、そのまま照応する。ピノッキオは、このあと仙女が派遣した魚たちによって、ロバの皮から解放される。『黄金のロバ』の場合、主人公を救うイシスはキリスト教から見れば異教の女神だが、永遠の処女であり、夫オシリスの死後、処女のまま息子ホルスを身ごもったとされ、それは聖母マリアの伝説に引き継がれた。その意味では、コッローディがこの物語を枠組みに使ったことは、カトリック的伝統からはずれているとは言えないだろう。ちなみに、ピノッキオをロバの運命へと導く《ランプの芯》の原語はLucignolo（ルチーニョロ）で、Lucifero（ルチーフェロ）、すなわち堕天使ルシフェルを連想させる。

このピノッキオのロバ化は、もちろん、単に古代小説の枠組みを利用して話を面白くするために語られているわけではない。コッローディは、当時イタリアの大きな社会問題であった子供の人身売買を、この挿話に落とし込んでいる。『クオーレ』の時代』（藤澤房俊著、ちくま学芸文庫）によれば、「子供の売買は、十九世紀中ごろになると組織化された一つのビジネスとして機能するように」なり、「売られた子供たちは、イタリアだけでなくフランス、ドイツなどのヨーロッパ諸国、そしてアメリカなどに連れていかれて、大道芸人や乞食として働かされ」たのだという。コッローディは、この挿話以外にも『ピノッキオの冒険』の中で、統一後のイタリアが抱える貧困問題や、それに対する社会の無策・無慈悲を描いているが、ここではそれが古代小説の枠組みに見事に接続されているのである。

ピノッキオがサメに呑まれるエピソードの方は、旧約聖書の『ヨナ書』を下敷きにしている。預言者ヨナは神ヤハウェから、イスラエルの敵国アッシリアの首都ニネヴェに行って預言を伝えよ、と命令される。が、敵国に対する恐怖から、ヨナは船で逆方向に逃げる。その行為を悔い改めさせるために、神は彼を大魚に呑ませ、三日三晩をそこで過ごさせる。この話は、信仰における悔い改めを表すのみならず、以降のヨーロッパの歴史の中で、広く「死と再生」の象徴として捉えられてきた。特に、ヨナが大魚の腹の中にいた三日三晩と、イエスの死から復活までの三日間を対応させるキリスト教の考え方が、その象徴性を生みだしたのである。

『ピノッキオの冒険』も、当然この象徴性を踏まえていて、自らの弱さに翻弄され、精神の自立になかなか到達できないあやつり人形が、サメに呑みこまれることによって死に、そのあと人間に向けて再生するという構図を形作っているのである。そして、サメの腹の中で再会するジェッペットの風貌は、こうだ。「テーブルにむかって、ひとりの老人が坐っていた。髪の毛も、ひげも、まるで雪か泡立てたクリームみたいに真っ白だ」。この純白は、まぎれもない「聖性」の証であり、その聖なる父をピノッキオは背負って、サメの腹中から脱出するのである。

信じることと帰依することは別

こうしてざっと見ただけでも、『ピノッキオの冒険』には、キリスト教的な枠組みや隠喩を多く見いだすことができる。そうした点を根拠に、『ピノッキオの冒険』を宗教的回心の物語として捉える論がイタリアにはかなりあるのだが、既述のバルジェッリーニのほかに、その代表的な論者としてローマ・カトリック教会の大司教で枢機卿でもあったジャコモ・ビッフィを挙げることができるだろう。

彼は、その著『サクランボ親方に抗して——『ピノッキオの冒険』に関する神学的コメント』（《CONTRO MAESTRO CILIEGIA Commento teologico a 'Le avventure di Pinocchio'》1977）で、「ピノッキオは、まさにカトリックの正統そのものである、というのが私の考えである。だが、コッローディは果たしてそう考えていただろうか」と、序の部分で記している。ビッフィの立場は、この本のタイトルに示されているように、ピノッキオの物語の冒頭に登場し、口をきく棒切れをただの薪《まき》ざっぽうとしか把握できず、ただ怯《おび》えるのみのサクランボ親方のような物質主義者を、霊性に目をふさいだ者として批判するものだ。そして、社会風刺や道徳の観点、あるいは精神分析的読み方などなど、さまざまな論者がさまざまな立場から論じる『ピノッキオの冒険』を、ただの棒切れから生まれた心弱きあやつり人形が、ついに父なる神に到達することによって、霊性の勝利と信仰による全的自由を得る物語なのだ、と定義するのである。

さらに、常に魂の弱さによって悪に引きずられ、ロバへの変身に代表される「獣性」に落ちこむピノッキオは、青い髪の仙女の援助なしには絶対に救われることはない。それは、人間の真の自由が、仙女＝キリストの教えの助けを得ることによってのみ獲得できることを示している、とも述べる。そうした助けを得たピノッキオが、最終的に身のうちに父なる神の霊性を実感し、この世の父であるジェッペットのために心を入れ換える、それこそが回心なのである、というのがビッフィの解釈である。これは言い換えるなら、人は自我によって統轄《とうかつ》されたり、自由を実現したりする存在ではない、という考え方である。みずからの自由意志によって自由を得ようとすればするほど、人間はかえって身内に潜む悪や獣性に囚われ、それにあやつられるままになるほかない。神とキリストにすがり、その愛を受けることで、人は逆にあやつられることから解放される。最終的に救われるピノッキオと、ロバのまま息絶える《ランプの芯》の決定的な違いはそこにあるのだ、とビッフィは述べている。

たしかに、最終章で父ジェッペットのためだけでなく、病気だという仙女のために身を粉にして働こうとするピノッキオは、回心を経た愛と献身を体現しているとも見える。そして、それを確認した仙女の力によって、あやつり人形から人間へと「変身」するというエンディングを考えた時、ビッフィの立論に説得力があることは認めなければならないだろう。もちろん、カトリックに帰依していない人間としては、そのすっきりした解釈に一種の違和は感じるし、そもそも『サクランボ親方に抗して』のイントロダクションにあったように、ビッフィ自身、コッローディが最初から意識的に「放蕩息子の帰還」的な物語を創ろうとしていた、とは考えていない。むしろ、コッローディの内なる信仰心が、彼の世俗的な立場と思考を超えて無意識的に作用した結果、あやつり人形の数奇な運命が信仰への帰還となって実現したのだ、という見解を述べている。

その証拠のひとつとして、『サクランボ親方に抗して』の締めくくりに近い箇所で、ビッフィは、コッローディとその母親の挿話を紹介している。彼の母アンジョリーナは、終生敬虔《けいけん》なカトリック信者だった。コッローディは、老いた母を介助して日曜日のミサに連れていったのだが、自身はミサにはあまり出席せず、教会には距離をおいていた。それを心配した母親が、信仰について彼に問いただしたことがあったらしい。その母の問いに答えて、コッローディは、「信じているから安心してよ」（"Stia tranquilla che ci credo."）と返事をしたのだという。

ジャンネッティーノを主人公にした教科書シリーズでも、コッローディは神が人間を創ったということを明確に述べているし、背信的な感情はおそらく持っていなかっただろう。しかし、そうかといって、カトリックの教義に従うことが人間的自由を確保する最大の良策であるとか、人間の弱さや愚かさが信仰によって向上するとか、さらには社会的な不平等や不正が宗教によって補正されるとか、そんなことを素直に信じていたなどということは、当然ありえない。むしろ、宗教の効用については、深刻な疑義を抱いていただろう。にもかかわらず、宗教的回心の本とも読めてしまうようなファンタジーを、なぜ書いたのか。

　この疑問に関して、やはり私は、『ピノッキオの冒険』が「子供新聞」に連載された際の、作者による十五章での中断（終了）に注目したいのである。第十五章までのピノッキオは、そもそも人間の子供になりたい、という願望など持ち合わせていない。未熟なキリストという半・反（？）聖性を背負い、自分の身代わりに薪として燃やされそうになったアルレッキーノを許してもらうために、やはり自分を燃してくれ、と「火喰い親方」に申し出る雄々しい自己犠牲の精神を持ってはいるが、しかし、金貨を増やしたい欲望に負けてキツネとネコにたばかられ、挙げ句はカシの木に吊るされる。ここまでで物語が終われば、善良さのかけらはあっても、弱さと愚かさという本《ほん》性《せい》にあやつられるしかない、奇跡も起こせない未熟な神の子キリストは、無残な帰結をむかえるものなのだということを、冷ややかに救いもなく綴る、まさに民話的残酷の見本といっていい話が成立したはずである。

青い髪の仙女も、第十五章では無力で冷ややかだ。人殺したちに追われたピノッキオは、聖性を象徴する「雪のように真っ白い小さな家」が森の中にあるのに気づき、その玄関を力いっぱい叩く。やがて窓辺にあらわれたのは、顔が「蠟《ろう》そっくりの青白さ」の「青い髪を持った少女」なのだが、彼女は「あの世から聞こえてくるような弱々しい声」で「この家には、だれもいないわ。みんな死んでしまったの」「私も、死んでるのよ」、と言う。そして、家の窓は閉じられ、ピノッキオは人殺しの手に落ちる。ここで傍点を付した少女の言葉は、実に意味深長だ。カトリック的文脈で『ピノッキオの冒険』を解釈する論者の観点に立てば、青い髪の少女＝仙女はキリスト教による救いを象徴することになるが、第十五章の段階では、彼女の家の住人はみな死んでいて、彼女自身も「お棺」を待っているのである。つまり、皮肉なことに、少女の無力によって、作者はむしろ「救い」の無力を描いているようにとれてしまうのだ。

もちろん、ここでピノッキオが真っ白な家に拒絶されるのは、彼が自分自身の本能的な欲望を制御できず、それにあやつられるままになっている「弱者」であり、しかもそのことにまったく気づいていないからだ、という解釈もできる。しかし、コッローディは、少なくともこの第十五章までは、宗教によってそうした「弱者」を助けることは、そもそもできない、という思想を表現しようとしていた気がするのである。それは、「弱者」自身の問題でもあり、また、宗教を代表する教会には「だれもいない」という問題でもあるからだ、という風に。そして、未熟なキリストであるピノッキオは、その未熟さという罪のために、だれの贖《あがな》いを果たすこともなく、ただむなしく死ぬ。アイロニカルというより、はっきりとシニカルな残酷さに満ちたおとぎ話。コッローディの最初の構想は、おそらくそこまでだった気がするのである。

しかし、読者の抗議と要求に従って、連載を再開することにした瞬間から、コッローディの作者としての「回心」と苦闘が始まったのだ。その意味では、ビッフィが指摘するように、『ピノッキオの冒険』は、全体としては作者がまったく予測もしていなかった方向に、無意識的に発展していったと言えるかもしれない。とはいえ、あやつり人形のまま「復活」したピノッキオは、第十六章以降もしぶとく克己心を持たない「弱者」のまま、だまされたり監禁されたり、右往左往を続ける。その過程の中で、彼は義務の観念や労働することの必要性を学んでいく。ただ、ここでもコッローディの道徳や労働に対する視線は、皮肉と諧謔を忘れない。

第二十五章に至って、ようやくピノッキオは、あやつり人形から人間の子供になりたいと表明する。ここから第二十九章までは、ピノッキオもそうだが、作者コッローディにとって、きわめて困難な道のりだったろう。というのも、「人形」から「人間」へという道程は、おとぎ話としての文脈では、決して奇抜ではない方向性だが、いざ、では、あやつり人形がなりたい「人間」とは何か、という問いに遭遇した時、その答えを明確に出すことはきわめてむずかしいからである。ピノッキオが学校で学んだからといって、その属性への道が拓かれるわけではない。自分自身の「弱さ」の自覚だけでも充分ではない。自分で出してしまった難問に、うまい答えを与えられなかったのではないかと思うが、コッローディは第二十九章で、ピノッキオに「人間」になれるその前日にしくじりを演じさせると、また半年におよぶ休筆をしている。

第三十章から最終章である第三十六章までは、前に述べた『黄金のロバ』と『ヨナ記』の枠組みを使った物語になっている。コッローディは、この時点でようやく物語の着地点を見きわめることができたようである。その証拠に、第三十章からあとは連載が滞ることはなく、二ヶ月ほどで、あやつり人形は「栗色の髪の毛に青い目をした、元気で賢そうな少年」になる。ピノッキオは、椅子によりかかっているかつての自分の姿を眺め、『あやつり人形だったころのぼくって、なんて滑稽《こっけい》だったんだろう。こうして、ちゃんとした人間の子になれて、ほんとうによかった！』」と言う。

こうして、めでたし、めでたし、ということで、物語は終わるのだが、言うまでもなく、人間の子になったからといって、ピノッキオの未来がバラ色に輝いているわけではない。彼には、間違いなく「人間」としての試練が待っているのだろうし、それに打ち勝って「人間」のままでいられるかどうかも定かではない。ふたたび「弱さ」に負けて、「人間」である状態から転落するかもしれないのである。そうした「弱さ」については、作者コッローディは身に沁みて知っていただろう。では、ピノッキオが「ちゃんとした人間」でありつづけるために、いったい何が必要だと作者は考えていたのか。やはり、父なる神を信じ、その信仰によって得られる「自由」にもとづき「愛」を生きていくべきだ、と思っていたのだろうか。

私見では、コッローディは信じることと帰依することは別だという思想を、『ピノッキオの冒険』の最後の数章に塗り込めたのだと見える。最終章の冒頭、父親を背負って泳ぐピノッキオが、力尽きて溺れようとした時、同じようにサメの腹に呑みこまれていたマグロが彼らを助ける。マグロは、ピノッキオたちの逃げ方に倣《なら》って危地を脱し、その直後に恩人であるピノッキオたちを助けるのだ。互いに助け合う行為は、第二十八章から第二十九章にかけて、イヌのアリドーロとの間でも生まれているが、こうした互助、というより「利他と連帯」と言いたいのだが、これこそがピノッキオが獲得した「人間」であり続けるための重要な要件なのではないか。カトリック的な文脈によって、これを「神の愛」の発露と呼んでもいいのだが、しかし、神と人間の垂直的関係から発する「神の愛」よりも、「弱者」としての宿命を受けとめた上で、互いに友情や愛を持って連帯するという横断的関係に、よりコッローディらしさを感じるのである。

ピノッキオの「あやつり人形の滑稽」からの脱出は、真の自由意志の獲得であり、仙女の助けからも自立した存在として生きていかねばならない彼の今後を示している。人間の子となったピノッキオの前途にも、必ずまた不条理や不正、不幸はふりかかってくるはずだ。その時に彼を救うのは、もう仙女の力でも奇跡でもない。弱き人間同士の献身や利他、友情、愛が、「人間ピノッキオ」を救うのであり、同様に彼もまた、他者を助けなければならない。それこそが、コッローディのたどりついた人間的倫理のありうべき姿であり、描きたかった「何か」だったのだと思える。ある意味でそれは、奇跡をもたらす力などまったく持たない新しい救世主の創出だった、と言ってもいいかもしれない。そして、その弱き救世主の物語は、誕生から百年以上が経った現在でも、読み手にとって充分に示唆的であると思えるのである。

カルロ・コッローディ年譜

一八二六年

一一月二四日（二二日説もあり）、フィレンツェの中心部、現在のサンタ・マリア・ノベッラ駅に近いタッデア通りの家で生まれる。本名は、カルロ・ロレンツィーニ。父ドメーニコ・ロレンツィーニは料理人として、母アンジョリーナ・オルツァーリは家政婦として、共に陶磁器製造で有名なジノーリ侯爵家に勤めていた。長男カルロが生まれたあと、九人の子供が誕生したが、生き延びたのはカルロを含め、三男パオロ、マリーア、ジュゼッピーナ、末息子イッポリートの五人のみ。ジノーリ侯爵家の庇護はあったものの、家庭は貧しかった。コッローディの家族とジノーリ侯爵家の縁は深く、のちに弟パオロはジノーリ家の陶磁器工場ドッチィア窯の支配人になっている。

一八三一年〜三六年　　五歳〜一〇歳

母アンジョリーナの故郷ペッシァ村の小さな集落、コッローディ村に住む母方の伯父夫婦のもとに移り、初等教育を受ける。コッローディ村には、ガルツォーニ侯爵家の邸宅があり、アンジョリーナの父は、その農場管理人だった。ドメーニコとアンジョリーナも、元々はヴェントゥーリ侯爵家に勤めていて、そこで知り合って結婚した。その後、ガルツォーニ侯爵の娘マリアンナがジノーリ侯爵と結婚し輿入れした際、二人はジノーリ家に職場を変えたのである。カルロは、幼時を過ごしたコッローディ村の名を、後年ペンネームとして使用することになった。

一八三七年　一一歳
ガルツォーニ侯爵家とジノーリ侯爵家の援助により、シエーナ近郊のコッレ・ディ・ヴァル・デルザ神学校に入学。しかし、聖職者への道に興味が持てず、祖父の死後、ガルツォーニ家からの援助が断たれたこともあって、結局四二年に退学した。

一八四二年　一六歳
フィレンツェにあるスコローピ修道会が経営するピーエ校で、哲学と修辞学を学ぶ。

一八四三年　一七歳
学費を稼ぐために、フィレンツェのピアッティ書店でアルバイトを始める。当時、知識人や文学者、ジャーナリスト、愛国的自由主義者の溜まり場になっていたこの場所で働くことにより、文学のみならず政治に対しても強い関心が芽生えた。

一八四四年　一八歳

父のドメーニコが健康を損ねて仕事を辞めたため、一家の生活を支えうる正規の職につく必要が生じ、秋、スコローピ修道会のピーエ校を退学。これが、コッローディの最終学歴となった。正式にピアッティ書店に就職。すぐに、新刊カタログに載せるニュースや書評の執筆を任されるようになった。そして、同書店の経営責任者の一人であるジュゼッペ・アイアッツィと、生涯にわたる親交を結ぶ。彼は古文書学の権威であり、またトスカーナ大公国上院の図書館員だった。

一八四五年　一九歳

アイアッツィの勧めにより、ローマ教皇庁の許可を取って、十六世紀のカトリック改革期以降作成・改訂されてきた「禁書目録」を閲覧した。「禁書目録」に載せられた著作は、通常出版されたり復刊されたりすることはきわめて稀であり、そうした著作の内容を目録によって知り得たことは、コッローディにとって貴重な経験になった。

一八四七年　二一歳

一二月二九日、ミラノの音楽誌「イタリア・ムジカーレ」に、「ハープ」という題で初めて署名原稿を発表。これは、楽器のハープが廃《すた》れた理由を論じたもので、彼の音楽への関心と造詣がうかがわれる文章である。コッローディは、この後も音楽には終生深い関心を持ち続けた。「リビスタ・ディ・

フィレンツェ」といった、当時次々に発刊されていた日刊・週刊の新聞雑誌にも評論を執筆し始める。

一八四八年 二三歳

三月、オーストリアの支配を受けるロンバルディーア地方とヴェーネト地方で、独立を求める民衆蜂起が起きた。これを契機にオーストリアとサルデーニャ王国の間で始まった第一次イタリア独立戦争に、コッローディは弟パオロ、ピアッティ書店の社主ジューリオ・ピアッティと共に義勇兵として参加。フィレンツェ大隊に配属され、五月二九日、マントヴァ近郊のクルタトーネとモンタナーラで行われた戦闘に参加した。この戦いでは、フィレンツェ大隊にも多くの死傷者が出た。七月に戦線からフィレンツェに戻ったコッローディは、父方の伯父で成功した実業家だったロレンツォに資金援助を仰ぎ、共和制によるイタリア統一を推進するべく、弟パオロと共に七月一三日から風刺日刊紙「ランピオーネ（街燈）」を発行しはじめた。九月、病床にあった父ドメーニコ死去。アイアッツィの口利きでトスカーナ大公国に書記官の職を得る。この職の給与で、ドメーニコ亡きあとの家族を支えた。さらに、わずかな俸給を補うために、さまざまな新聞雑誌に文章を発表し原稿料を稼いだ。

一八四九年 二三歳

二月、トスカーナに臨時共和制政府が成立し、コッローディは主任書記官に昇任する。しかし、まもなく政変が起こり、第一期の「ランピオーネ」紙は、弾圧を受け、四月一一日発行の二二二号を最後に休刊を余儀なくされた。それとともに、コッローディは書記官の職も失う。アイアッツィの尽力により、短期間の失職で同じ職場に復帰するが、この年から五二年に完全に失職するまでの間、失職と復職をめまぐるしく繰り返す状態になる。

一八五〇年　二四歳

ピアッティ書店に取締役として再就職。同時に、編集者としてフィレンツェの「ナツィオーネ」、トリーノの「オピニオーネ」といった日刊紙にも関わる。「イタリア・ムジカーレ」誌の特派記者として、エミーリアとロンバルディーアの両地方をめぐる長期の旅行をした。

一八五三年　二七歳

この年から、ジャーナリスト及び出版人としてさらに膨大な仕事量をこなすようになった。文学・芸術・演劇の総合誌「アルテ」の編集主幹を務め、またフィレンツェの他の多くの定期刊行物に執筆をし、出版にも関わった。なかでも、「スカラムッチャ（小論争）」紙の創刊と発行には力を注いだ（この時も、父方の伯父ロレンツォに資金援助をしてもらっている）。演劇や文学、音楽についての批評を掲載する紙面で、タブロイド判型四ページ分にわたる記事のほとんどにコッローディは精力的に筆をふるった。五三年一一月一日に第一号を発行してから、五五年四月一三日までは毎週火曜日と金曜日の二回、五五年四月二一日以降は週一回土曜日に発売され、五九年四月までこの新聞は続いた。同じ時期、フィレンツェの「カフェ・ミケランジェロ」に集い、のちにマッキアイオーリ派と呼ばれるようになった画家たちと、コッローディは親交を持つようになった。「マッキアイオーリ」とは、「染み」や「斑点」を意味する「マッキア」というイタリア語由来の言葉で、自然描写を色斑で行う非伝統的手法を取る画家たちを揶揄する造語。この画家の一団は、イタリア統一運動を背景とする愛国心を称揚し、それにふさわしい新しいリアリズム画法の必要性を唱えた。コッローディもこうした主張に歩調を合わせるように、イタリア語の近代化を訴えた。

一八五六年　三〇歳

「レンテ」紙の編集に関わり、多くの記事を執筆する。この「レンテ」の紙面で、はじめて「カルロ・コッローディ」のペンネームを使用した。この年、初めての著書を上梓した。二幕物の戯曲『家庭の友』と挿絵入りの『蒸気機関車のロマンス　フィレンツェか

からリヴォルノへ　歴史的・風刺的ガイド』である。前者は五三年にすでに完成していたが、検閲のため上演できず、やむなく本の形で出版したもの。後者は、フィレンツェとリヴォルノを結ぶ鉄道レオポルダ線を題材にした、小説と旅行案内を混ぜたもの。こうした旺盛な執筆活動の中、三月に劇団「ロマンディオーロ＝ピチェーナ」の座長を引き受け、数ヶ月間アンコーナ、ボローニャ、フィレンツェの三都市を頻繁に行き来した。そして、この時期にメッツォソプラノ歌手ジュリア・デ・フィリッピ・サンキオーリと知り合い、恋愛関係になった。コッローディは終生独身を貫いたが、その主な理由として挙げられるのが、実母への強すぎる愛情である。しかし、それに加えて、短期間ではあったが苦悩に満ちていたこのジュリアとの関係や、そのほか青年期から壮年期にかけてのいくつかの恋愛経験が影響を及ぼしているのではないか、という見解もある。

一八五七年　三一歳

一〇月に「ロマンディオーロ＝ピチェーナ」劇団の座長を辞めたあと、フィレンツェに戻るが、すぐに「イタリア・ムジカーレ」誌の特派記者になり、ミラーノとトリーノを行き来する生活を翌年の春まで続ける。著作としては、『蒸気機関車のロマンス』が好評だったことを受け、一九世紀フランススを代表する社会派大衆小説作家ウージェーヌ・シューの『パリの秘密』をパロディー化した『フィレンツェの秘密』を出版。しかし、この作品は第一巻の『社会の景色』のみで中断され、シューの小説のような大衆を魅了する波瀾万丈の展開と結末には至らなかった。これについては、フィレンツェの政治的・道徳的堕落を道化芝居的な風刺の筆致で描き、意図的に結末をつけないことによって、あえて読者に不安定感を与えたかったのではないか、という論評がある。

一八五九年　三三歳

三月、第二次イタリア独立戦争が始まる一ヶ月前の階段で、サルデーニャ王国は義勇兵を募集した。この時、すでに共和制統一イタリアではなく、より現実的なサルデーニャ王国によるイタリア統一を支持するようになっていたコッローディは、八歳若く年齢を偽り、四月二二日にサルデーニャ軍のピネローロ（ピエモンテ州の地名）騎兵大隊に一兵卒として参加する。六月二四日のソルフェリーノの戦いで、ナポレオン三世統治下のフランスとサルデーニャ王国連合軍はオーストリアに勝利するが、その惨害の大きさや諸情勢を憂慮したナポレオン三世は、七月一一日、サルデーニャ王国に諮ることなく単独でオーストリアとヴィッラフランカの講和を結んだ。これにより、サルデーニャ王国は不本意な形で戦争を終結せざるを得なくなった。この状況に失望したコッローディは八月二二日に除隊し、フィレンツェに帰郷。戦闘の精神的後遺症から、自殺念慮をともなう鬱状態に悩まされたとも伝えられている。

一八六〇年　三四歳

三月、トスカーナ大公国ではサルデーニャ王国への併合の賛否を問う住民投票が行われ、圧倒的な賛成多数で併合が決定した。コッローディは、四九年に休刊した「ランピオーネ」紙を復活させ、五月一五日に二二三号を発刊した。この再刊最初の紙面には、以下の宣言が記された。「我々の綱領は、一つにまとまった、自由な、独立したイタリアである。我々の読者は、ヴィットーリオ・エマヌエーレの立憲君主制への併合に自発的に投票した三六万六五七一人である」。新体制化のトスカーナ県で、ジノーリ侯爵とベッティーノ・リカソーリ男爵の推薦を得たコッローディは、フィレンツェ演劇検閲委員会の書記に任命された。これは、戯曲や喜劇の台本を読んで上演の可否を決定する職である。

一八六一年　三五歳

小冊子『ドッチィア窯の陶磁器』を執筆。これは、フィレンツェで開かれたイタリア博覧会で、ジノーリ侯爵家の家業の歴史を紹介するために書かれたものであり、ものでおそらく当時すでにジノーリ家の陶磁器工場の支配人になっていた弟パオロの要請による作物だろう。政治につきものの妥協主義を風刺した喜劇「両極端は通じ合う」を「ランピオーネ」紙に発表。一一月、三幕に編成し直した『家庭の友』を上演。芝居自体に対する批評家の評は今ひとつだったが、言葉の活き活きした鋭さには高い評価が与えられた。

一八六二年　三六歳

「演劇活動促進協会」に参加。

一八六四年　三八歳

フィレンツェ県庁の二等書記官に任命される。

一八六七年　四一歳

「ガゼッタ・ディタリア」紙に、演劇検閲についての重要な論文を発表する。「両極端は通じ合う」の発展形と目される喜劇「良心と仕事」を執筆した。また、上演されないままになった四幕物の喜劇「才気いっぱいのアントニエッタ」も、この時期から七一年くらいまでの間に執筆されたようである。

一八六八年　四二歳

公教育省（文部省）に招聘《しょうへい》され、『フィレンツェ語彙辞典』（四巻本）の編纂に関わる。これは、フィレンツェでの用法に準拠した、統一後の新しいイタリア語創出を強く意識した辞書だった。

一八七〇年　四四歳

三幕物の喜劇『夫の名誉』を出版。内容は、姦通罪を題材にして、ブルジョアの活力と貴族階級の衰退を対比的に描いたもの。この作品は、七二年にフィレンツェを代表するニッコリーニ劇場で上演された。六月に「ファンフッラ」紙が創刊され、以降コッローディのジャーナリスト活動の主舞台になる。

一八七四年　　四八歳
フィレンツェ県庁の一等書記官に昇任する。

一八七五年　　四九歳
フィレンツェの書店兼出版社フェリーチェ・パッジから、フランスの有名な童話を翻訳するよう依頼される。翻訳対象は、シャルル・ペロー、オーノワ伯爵夫人、ボーモン夫人といった、民話を詩や散文の形式で再話する文人たちの作品だった。この時点から、児童文学とコッローディの本格的な関わりが始まり、その後の彼の児童向け出版物はほとんどすべてパッジ書店から刊行された。

一八七六年　　五〇歳
前年に依頼されたフランス童話の翻訳を、『仙女の物語』というタイトルで出版した。一五篇の童話で構成されたこの翻訳の内訳は、ペローの作が『がちょうおばさんの話』からの八篇（「青ひげ」「眠れる森の美女」「シンデレラ」「親指小僧」「仙女たち」「赤ずきん」

「長靴をはいた猫」「巻毛のリケ」）に「ロバの皮」を加えた九篇。オーノワ伯爵夫人の作品は、「可愛い金髪姫」「青い鳥」（メーテルリンクのものとは別）「白い猫」「森の雌鹿」の四篇。残りの二篇が、ボーモン夫人の「怪物になった王子」「美女と野獣」だった。この本が好評だったため、パッジ書店はコッローディにさらに児童書を執筆するよう提案した。提案内容は、一八三七年に教育学者ルイージ・パッラヴィチーニが子供向けの教科書として出版し、以降ロングセラーになっている『ジャンネット』を新たな形に書き直してほしいというものだった。コッローディは、最初はこの提案に乗り気ではなかったと伝えられる。

一八七七年　五一歳

この年、公教育大臣ミケーレ・コッピーノによって「コッピーノ法」が制定された。五九年に成立した初等教育に関する法律「カザーティ法」の有名無実化を是正するため作られたこの法では、六歳から九歳までの子どもに対し、下級小学校二年間の無償の義務教育を徹底化することに加え、子供を学校に通わせない親への罰則も内容に盛り込んだ。コッローディは、この法律に対する反対意見を「公教育大臣閣下への公開質問状」という形で発表し、義務教育を強制する以前に、子供たちの人間的尊厳の獲得、すなわち貧困からの脱出が重要だと主張した。こうした活動の一方、コッローディはパッジ書店に依頼された『ジャンネット』の新たな書き直し『ジャンネッティーノ子供のための本』を出版。ただし、さまざまな事柄の教科書的知識を述べ、それに小話風の具体的エピソードを添えるというパッラヴィチーニの作とは異なり、コッローディの作品は、腕白で落ち着きがなく、勉強への意欲などまるで持たない少年ジャンネッティーノ（一〇歳から一二歳くらいの年齢）が、周囲の大人の言いつけを守らず失敗を重ね、その過程で後悔しながら知識を得て成長していく、という一貫したストーリーのある物語だった。これはまさにピノッキオの前身といってよかった。この本も出版後すぐに好評を呼び、学校の副読本に採用された。そして、この年からコッローディが亡くなるまでの一三年間で、続篇が八作書かれることになった。

一八七八年　五二歳

『ジャンネッティーノ　子供のための本』の兄弟篇とも言える児童書『ミヌッツォロ』を出版。主人公のミヌッツォロ（「パンくず」を意味するトスカーナ語）は、ジャンネッティーノの友だちアルトゥーロのあだ名。この作品にも、『ジャンネッティーノ』と同様、コッローディのイタリア統一の歴史に対する熱い思いが読み取れる。この年、イタリア王冠勲章の五等騎士章を授与される。

一八八〇年　五四歳

『ジャンネッティーノのイタリア旅行（北イタリア篇）』をパッジ書店から刊行。ミラーノのブリニョーラ社からは、短篇小説集『マッキエッテ』を出版した。タイトルは、皮肉を利かせた滑稽味のある小唄及びその歌い手を意味していて、中の六篇はその題名通り、日常的な偽善の風景を喜劇的なアイロニーで切り取った物語である。

一八八一年　五五歳

コッローディの友人であるフェルディナンド・マルティーニとグイード・ビアージの二人は、「ファンフッラ」紙の付録として、週刊「子供新聞」の発行を企画し、春頃コッローディに子供向けの話を連載してほしいと要請した。しかし、エッセイ集『目と鼻』を出版する準備の最中で忙しく、また以前からの賭博好きに拍車がかかり執筆意欲を欠いていたコッローディは、当初は断った。が、六月にフィレンツェ県庁を退職したり、おそらくは賭博によるかなりの金銭的な必要が生じたりしたため、渋々「あるあやつり人形の話」と題した原稿四ページ分を、「支払いが良ければ、お望み通りこの子供っぽい話を続けてもいい」という内容の手紙をつけて、ビアージに送った。結局、「あるあやつり人形の話」は、七月七日の「子供新聞」第一号（刷り部数二万五〇〇〇）に最初の二章が発表された。その後連載は四ヶ月続いたが、一〇月二七日に掲載された一四章と一五章の最後、すなわちキツネとネコによってカシの木に吊るされ息絶えたピノッキオの描写のあとに、コッローディは「終わり」という文字を記した。この終わり方に驚いた愛読者の子供たちから、続行の要求が殺到。

一八八二年　　五六歳

二月一六日、連載が再開された。しかし、その後も掲載は断続的で、三月二三日の二三章のあと数週間中断。六月一日号に二九章が載ったあとは、およそ半年間休載した。一一月二三日に三〇章が発表され、そこからは順調に掲載された。

一八八三年　　五七歳

一月二五日、ついにピノッキオは人間になり、一年半に及んだあやつり人形の冒険が完結した。翌二月には、タイトルを『ピノッキオの冒険』に変え、章立ても新たに整理し、エンリーコ・マッツァンティの挿絵を添えた形でパッジ書店から単行本が出版された。パッジ書店は八六年、八七年、八八年と『ピノッキオの冒険』の版を重ね、コッローディの死の少し前に、別の出版社ベンポラッドから四版が発行された。『ジャンネッティーノの文法　初等教育用』『ジャンネッティーノのイタリア旅行（中部イタリア篇）』も、同年に刊行された。この年から二年間、『子供新聞』の編集長を務める。

一八八四年　五八歳
ラップランドやタイ、パタゴニアといった外国の風習を子供向けに紹介した本『新年の贈り物』を、トリーノの出版社パラヴィアから出す。『ジャンネッティーノの算数』をパッジ書店から刊行。

一八八五年　五九歳
『初等科二年のためのレッスン』をパッジ書店から刊行。

一八八六年　六〇歳
三月一九日、最愛の母アンジョリーナが死去。喪失感の大きさから、それまでの生活習慣が激変し、友人たちとの交際も控え、閉じこもりがちな暮らしに移行した。『ジャンネッティーノの地理』と『ジャンネッティーノのイタリア旅行（南イタリア篇）』をパッジ書店から刊行。

一八八七年　六一歳
『陽気な物語』をパッジ書店から刊行。この本は、八三年から二年間『子供新聞』の編集長を務めていた間に、紙面に発表した作品を主に集めたもの。収録されたものでよく知られているのは、「ピピ、あるいはバラ色の小猿」と「勇気がないなら戦争には行かないこと」の二篇。前者は、『ピノッキオの冒険』によく似た構成の作品。

一八八九年　六二歳
『初等科三年のためのレッスン』をパッジ書店から刊行。
一八九〇年　六四歳
『ジャンネッティーノの魔法のランタン』をベンポラッド社から刊行。一〇月二六日の夕刻、六四歳の誕生日を迎えるわずか一ヶ月前、フィレンツェのドゥオーモ近くにあるロンディネッリ通り七番地にある家に戻った時、その玄関前で急死。心筋梗塞と見られる。その丘フィレンツェ市街を見下ろす小高い丘にあるポルト・サンテ墓地に埋葬された。

訳者あとがき

『ピノッキオの冒険』を翻訳してもらえませんか、という依頼を角川書店から受けたのは、二〇〇二年の十月に入ったばかりの頃だったと覚えている。しかも依頼内容には、ロベルト・ベニーニ監督・主演の実写映画版『ピノッキオ』が、その翌年の春に日本で公開される予定なので、それに合わせて出版したいという条件まで付いていた。

私は瞬間的に、自分にはムリだと思った。というのも、まず、大学・大学院を通じてイタリア語を学んだにもかかわらず、筋金入りの劣等生だったという自覚がある。かつ、『ピノッキオの冒険』を原語で読んだ経験は、まったくない。そして、依頼の状況から考えれば、翻訳にかけられる期間は、せいぜい三ヶ月。まあ、無謀な挑戦というほかない。

そう思って、一度は断ろうと考えたのだが、なぜか、一日二日猶予をいただけますか、と、とりあえずペンディングにして電話を切ったのである。そして、仕事場から家に電話をして、しかじかの依頼があったと伝えた。すると、当時まだ中学生だった娘が、「その仕事、ぜひやって！」と、ヒトの気も知らずに要求するのである。妻も娘に同調する。

別段、家族の言うことを素直に聞き入れるというタイプではないのだが、この時はどうした風の吹き回しか、そんなに言うなら引き受けるよ、と答えてしまったのである。おそらくひとつには、十年ほど翻訳から遠ざかっていて、そろそろそうした仕事をしたいと考えていたことがあるだろう。もうひとつは、やはり、相手が童話だというのでナメていたのである。

だが、この軽はずみは、しっかりしっぺ返しをくらった。解説にも記したが、『ピノッキオの冒険』についての私の当時のイメージは、ディズニーアニメと子供向けの抄訳によって形作られていた。分厚い原書をイタリアのホテルで見かけたことはあったが、内容的にこれほどの質量がある作品だとは感じていなかったのである。

ところが、実際に訳しはじめると、まずは、自分が持っていたピノッキオがらみのイメージを、ことごとくと言っていいほど突き崩されて呆然となり、さらに、今さらながら、おのれのイタリア語についての素養の欠如を呪《のろ》う状況に陥ったのだった。新聞や雑誌に膨大な記事を書いて名を馳せたジャーナリストである作者コッローディは、もちろん、衒学《げんがく》的に複雑な文章など書かないし、まして子供向けの作品であるから、文の構造は平易そのものと言っていい。

しかし、文自体が平易であっても、コッローディが『ピノッキオの冒険』で描こうとした世界観や思想には、子供向けだから、といった妥協は一切ない。それどころか、むしろ先入観に穢《けが》された「大人」よりも、未来を担う若い世代にこそ理解力はあるのだと言わんばかりに、深い含意を持った内容を活き活きした言葉で紡いでいく。

これらを、コッローディが意図したであろう意味合いを崩さずに日本語に移しかえる作業は、私にとっては至難というほかなかった。加えて、彼のフィレンツェ語(あえて、方言とは書かない)への強い愛情が、この作品の難物度を高める。作中のそここに埋めこまれたフィレンツェ語独特の単語や表現は、辞書を通り一遍に掻《か》い撫でしたくらいでは、意味がさっぱりわからないのである。

これについては、翻訳の底本にニコラス・J・ペレッラの註釈本を使ったことが幸いした。ペレッラ氏は、長らくカリフォルニア大学バークレー校で教鞭を執ったイタリア文学の専門家(ジャコモ・レオパルディの研究で特に著名)で、コッローディ独特の表現や十九世紀イタリアの社会状況についての詳細な註釈を付した『ピノッキオの冒険』の伊英対訳本を一九八六年に刊行したのだが、そのペーパーバック版（一九九一年発行）を私は底本にしたのである。

このペレッラ先生の註釈なしでは、おそらく私は途中で翻訳をギブアップしていたのではないかという気がする。加えて、大学時代の同級生で、日本を代表するイタリア語同時通訳者である朝岡直芽《なおめ》さんにも助けてもらった。二歳から十二歳までイタリアで過ごし、いわばイタリア語を母語にしている彼女は、劣等生である私のイタリア語関連駆け込み寺といってよく、この時も、そして今回も、命綱になってもらっている。

と、まあ、そうした援助を支えに、なんとか期日に間にあわせることができ、二〇〇三年の二月に『新訳　ピノッキオの冒険』として拙訳が世に出ることになった。その時は、当然、その形が私にとっての精一杯であって、とにもかくにも訳書の形にできたことでホッとしたものだった。

しかし、その後ピノッキオとは不思議に縁が続いた。朝岡氏と同じく大学の同窓である押場靖志《おしばやすじ》氏が講師を務める、二〇〇四年度のＮＨＫの「イタリア語会話」のテキストに、「ピノッキオを追いかけて」というタイトルで一年間エッセイを連載したり、光文社刊の『本に訊け！』、ベスト新書『不屈に生きるための名作文学講義』といった本でもピノッキオについての論考を書いたり、創作にも『ピノッキオの冒険』を利用したりと、十年以上にわたってかのあやつり人形にはずいぶんお世話になった。

そして、このたび、光文社の「古典新訳文庫」シリーズの一冊に改訳版を入れてもらう幸運を得たのだが、これについても、ピノッキオにあやつられたかのような出来事があった。某日、このシリーズの生みの親で編集発行人の駒井稔氏と、別件で打ち合わせをしていた際に、思いがけない言葉をいただいたのだ。駒井さんは、角川版の翻訳について「あれを読んだ時、ああ、新訳というのはこういうものだ、という気がしました」とおっしゃってくださったのである。しかも、ご自身が「古典新訳」を開始するヒントにもなった、とも。

これには、驚愕した。シリーズ発刊時から、いつかはここに翻訳を入れたいものだ、と強い憧れを抱いていた「古典新訳文庫」の編集統括者その人に、まさかそんなことを言ってもらえるとは夢にも思っていなかったからだ。しかも、もしよければ改訳をシリーズの一冊に、とのお誘いまでいただき、私は一も二もなく「よろしくお願いします！」と即答したのである。前回の翻訳後、この作品について論考を書くたびに、『ピノッキオの冒険』の新たな相貌を発見する感覚があり、それが重なるにつれ、最初に訳した時これに気づいていればなあ、という思いがつのっていた矢先でもあった。ピノッキオが、君、もうちょっときちんと訳してよ、とあやつりの手を駆使してくれたのだろう。

私の個人的な述懐はこのくらいにして、改訳について少し述べておく。翻訳にあたっての底本は、前回と同じくNicolas. J. Perellaによる註釈がついたUNIV. OF CALIFORNIA PRESSの伊英対訳ペーパーバック版"Le Avventure di Pinocchio"（ただし、二〇〇五年の第二版）を主に使用し、FERICE PAGGI LIBRAIO-EDITOREの初版復刻版を参照しながら作業を進めた。訳注も増やし、特にコッローディが風刺やユーモアを意識して書いた箇所や言葉遊びで、現代の日本の読者にわかりにくい部分には、訳者がわかる範囲ではあるが、なるべく詳しい説明を加えた。

この言葉遊びというのは、翻訳者にとっては常に難物中の難物で、この改訳でもどんぴしゃの言い回しができずに注に頼った第十二章の「白い黒ウタドリ」のような例もあり、また、第十八章では《Acchiappa-citrulli》（アッキアッパ・チトルッリ）という町の名を《阿呆捕り》という語にしてみたり、と、ない知恵をいろいろしぼることになった。後者は、《acchiappare》（アッキアッパーレ）＝「引っ捕らえる」という意味の動詞と、《citrullo》（チトルッロ）＝「阿呆、愚か者」を、コッローディが合成して造った言葉である。訳語がピンとこないという読み手の方には、この場で訳者の非力をお詫びしておきたい。

解説と年譜については、多くの著者と資料に頼った。まず筆頭に、訳者が奉職している大学の元同僚、というより、さまざまお世話になった先輩教員である藤澤房俊氏の『ピノッキオとは誰でしょうか』（太陽出版　二〇〇三）と『「クオーレ」の時代』（ちくま学芸文庫　一九九八）を挙げておきたい。コッローディの生涯についての詳細な情報を前者から、後者からはイタリア統一期の社会状況について重要な知見を得た。そのほか、日本の研究者では、前之園幸一郎氏の『『ピノッキオの冒険』とキリスト教的文化の伝統』（青山学院女子短期大学総合文化研究所年報　二〇〇一）にも、多くの示唆をもらった。

イタリアの研究者については、解説文中で挙げたジャコモ・ビッフィ、アルベルト・アソル・ローサをはじめ、ジャン・ルーカ・ピエロッティ（Gian Luca Pierotti）

の“C'era una volta un pezzo di legno. La simbologia di Pinocchio”(1981)、ダニエレ・ブロンツオーリ(Daniele Bronzuoli)の“Introduzione a C.Collodi, Quattro uomini del Risorgimento”(2012)といった著者・著作の知見が参考になった。また、血縁者であるコッローディ・ニポーテの“Collodi e Pinocchio”(1981)、それからもちろんコッローディ本人の作品も参照した。ウェブでは、イタリア百科事典研究所Treccaniのウェブ版のコッローディ評伝に多く助けられている。インターネット上では、他にもコッローディが発刊した「街燈」紙の中身を写したものなどが見られ、大変重宝した。

いたずら者で誘惑にからきし弱く、善良でまぬけで、しかし、時に雄々しく崇高でもあるあやつり人形と私のつきあいも、今回の訳書をもってひとまず休止符を打ちたいと思っている。もっとも、相手が相手なので、今度はどういう手でやってくるか、わからないのではあるが。

ともあれ、十九世紀の国民国家創成の時期、その困難と矛盾を背負って生まれたピノッキオ。彼の物語を、グローバル化の趨勢の中で国民国家が疲弊し、機能不全に陥っている百三十年後の今、あらためて読むことには、きっとなにがしかの意味があるに違いないと私には思えるのである。

『ピノッキオの冒険』の改訳を「古典新訳文庫」に入れてくださった駒井稔氏に、あらためて御礼を申しあげたい。そして、改訳、年譜作成、解説と、所定のスケジュールを大幅に踏み越えて遅れに遅れたダメ訳者の私に、青い髪の仙女のような忍耐をもって臨んでくださった編集担当の佐藤美奈子さんに、心からの感謝を申しあげたい。ありがとうございました。

二〇一六年十月　　　　大岡玲

本書は二〇〇三年二月に角川文庫から刊行された『新訳 ピノッキオの冒険』を大幅に加筆・修正したものです。

光文社古典新訳文庫

ピノッキオの冒険《ぼうけん》

著者 カルロ・コッローディ

訳者 大岡《おおおか》 玲《あきら》

2016年11月20日 初版第1刷発行
2021年11月5日 第3刷発行

発行者 田邉浩司
印刷 萩原印刷
製本 ナショナル製本

発行所 株式会社光文社
〒112-8011東京都文京区音羽1-16-6
電話 03（5395）8162（編集部）
03（5395）8116（書籍販売部）
03（5395）8125（業務部）
www.kobunsha.com

落丁本・乱丁本は業務部へご連絡くだされば、お取り替えいたします。
ISBN978-4-334-75343-6 Printed in Japan

いま、息をしている言葉で、もういちど古典を

長い年月をかけて世界中で読み継がれてきたのが古典です。奥の深い味わいある作品ばかりがそろっており、この「古典の森」に分け入ることは人生のもっとも大きな喜びであることに異論のある人はいないはずです。しかしながら、こんなに豊饒で魅力に満ちた古典を、なぜわたしたちはこれほどまで疎んじてきたのでしょうか。

ひとつには古臭い教養主義からの逃走だったのかもしれません。真面目に文学や思想を論じることは、ある種の権威化であるという思いから、その呪縛から逃れるために、教養そのものを否定しすぎてしまったのではないでしょうか。

いま、時代は大きな転換期を迎えています。まれに見るスピードで歴史が動いていくのを多くの人々が実感していると思います。

こんな時わたしたちを支え、導いてくれるものが古典なのです。「いま、息をしている言葉で」——光文社の古典新訳文庫は、さまよえる現代人の心の奥底まで届くような言葉で、古典を現代に蘇らせることを意図して創刊されました。気取らず、自由に、心の赴くままに、気軽に手に取って楽しめる古典作品を、新訳という光のもとに読者に届けていくこと。それがこの文庫の使命だとわたしたちは考えています。

このシリーズについてのご意見、ご感想、ご要望をハガキ、手紙、メール等で翻訳編集部までお寄せください。今後の企画の参考にさせていただきます。
メール　info@kotensinyaku.jp

光文社古典新訳文庫　好評既刊

月を見つけたチャウラ　ピランデッロ短篇集
ピランデッロ　関口　英子　訳

いわく言いがたい感動に包まれる表題作に、作家が作中の人物の悩みを聞く「登場人物の悲劇」など。ノーベル賞作家が、人生の真実を時に優しく時に辛辣に描く珠玉の十五篇。

猫とともに去りぬ
ロダーリ　関口　英子　訳

猫の半分が元・人間だってこと、ご存知でしたか？　ピアノを武器にするカウボーイなど、人類愛、反差別、自由の概念を織り込んだ、知的ファンタジー十六編を収録。

羊飼いの指輪　ファンタジーの練習帳
ロダーリ　関口　英子　訳

それぞれの物語には結末が三つあります。あなたはどれを選ぶ？　表題作ほか「魔法の小太鼓」「哀れな幽霊たち」「星へ向かうタクシー」ほか読者参加型の愉快な短篇全二十！

天使の蝶
プリーモ・レーヴィ　関口　英子　訳

アウシュビッツ体験を核に問題作を書き続け、ついに自死に至った作家の「本当に描きたかったもうひとつの世界」。化学、マシン、人間の神秘を綴った幻想短編集。（解説・堤　康徳）

薔薇とハナムグリ　シュルレアリスム・風刺短篇集
モラヴィア　関口　英子　訳

官能的な寓話「薔薇とハナムグリ」ほか、現実にはありえない世界をリアルに、悪意を孕む筆致で描くモラヴィアの傑作短篇15作。「読まねば恥辱」級の面白さ。本邦初訳多数。